2020: o ano que não começou

20/20
O ANO QUE NÃO COMEÇOU

Copyright © 2021 Autores
2020: o ano que não começou © Editora Reformatório

Editor
Marcelo Nocelli
Rennan Martens

Revisão
Marcelo Nocelli
Roseli Braff

Imagem de capa
BrasilNut1 (iStockphoto)

Design e editoração eletrônica
Negrito Produção Editorial

Dados Internacionais de Catalogação na Publicação (CIP)
Bibliotecária Juliana Farias Motta (CRB 7-5880)

    2020: o ano que não começou / – São Paulo: Reformatório, 2021.
    312 p.; 15,5 x 23 cm.

    ISBN 978-65-88091-19-7

    1. Contos brasileiros. 2. Crônicas brasileiras. 3. Poesia brasileira. 4. Covid-19 – (Doença). I. Editora Reformatório. II. Título: o ano que não começou.

D658   CDD B869.8

Índice para catálogo sistemático:
1. Contos brasileiros
2. Crônicas brasileiras
3. Poesia brasileira
4. Covid-19 – (Doença)
5. Literatura brasileira

Todos os direitos desta edição reservados à:

Editora Reformatório
www.reformatorio.com.br

*Dedicado a todas as vítimas da Covid-19
no Brasil, e no mundo.*

A todas as famílias que perderam seus entes queridos.

*A todos os médicos, médicas e profissionais que
estão na linha de frente no combate a pandemia.*

O mundo de antes nunca volta. Mas, por outro lado, você nunca começa do zero. A história nunca é uma página em branco. Quem acredita que tudo continuará igual está errado. Quem acredita que tudo vai mudar, também.

ANDRÉ COMTE-SPONVILLE, filósofo francês

Sumário

Apresentação 11

Sai da beira – Américo Paim 17
Festa clandestina – Andrea Del Fuego 28
O eco de Bérgamo – Antonio Martinelli 31
O anjo exterminador – Antonio Porkrywiecki 38
Les amants – Carlos La Paiva 44
2020, o ano do rato que o vírus roeu – Cássia Penteado. 45
Tripulando o foguete do tempo – Celina Moraes. 49
Três mil horas e adeus – Debs Monteiro 61
Os ausentes – Eduardo Cassus 68
Continuidade das fugas – Eliane França 76
Quaresmal – Ernane Catroli 84
O cofre da tia – Flávio Ulhoa Coelho 86
Selva – João Anzanello Carrascoza 99
Laços – Larissa Thatyana 103
A flor que falava – Luciana Paulistano 110
Conto é aquilo que eu chamar de coentro – Marcelino Freire 117
O médico e o monstro – Marcelo Nocelli 121
Paralelas – Marcelo Pagliosa 126
Bivar – Márcio Menezes 135
Médias móveis – Marcos Kirst 138

A fenda – Maria Isabel Gonçalves 147
Dentro e fora do alçapão – Mário Rodrigues. 149
2020 (O ano que não começou) – Mônica Dantas Paulo 160
Às escuras – Nilma Lacerda 162
A morte não facilita a vida da gente – Paola Prestes 174
Resquícios – Paula Akkari................................ 182
Depois de um sono bom – Paulo Moraes..................... 186
A hecatombe e a liga da justiça – Paulo Palado 192
Narração na segunda pessoa – Paulo Scott 196
Uma Carolina – Rafael Zveiter............................. 203
Fim do mundo – Ralfe Gomes Ecard 215
Para quem o cometa virá? – Rennan Martens.................. 222
Eles disseram – Rita de Podestá 225
M – Roberto M. Socorro.................................. 240
Retiro – Roberto Soares.................................. 248
Elegia (Novo) milênio – Roger de Andrade.................... 266
João Pedro – Sacolinha 278
Luísa e a descoberta do amor – Silvia Lobo 284
Por enquanto ainda não – Suzana Montoro.................... 290
Berlim, sol e pedra – Tomas Rosenfeld 296
XXVI – Whisner Fraga 298

APRESENTAÇÃO

2020, o ano que não começou, e o prefácio que não existiu

Em 26 de fevereiro de 2020 tivemos a confirmação do primeiro teste positivo de SARS-COV-2, causado pela Covid-19 no Brasil. Um homem de 61 anos, de São Paulo, que havia retornado de uma viagem à Itália. Em 12 de março de 2020 registramos a primeira morte. Uma mulher de 57 anos. No dia 15 de março, outra morte. Em 16 de março foram mais três óbitos. No dia 17, mais quatro e, desde então, não houve um dia em que não tivemos vítimas fatais, chegando, hoje, dia 29 de janeiro de 2021 – dia em que escrevemos esta apresentação – a 221.547 mortes. Isso no Brasil, o segundo país com mais mortes durante a pandemia, atrás apenas dos Estados Unidos, que até o dia de hoje registrava 433.180, e que era presidido, até o último dia 20 do presente mês, por Donald Trump, tão negacionista quanto o atual presidente daqui, Jair Bolsonaro. Ambos não adotaram as medidas recomendadas pela Organização Mundial de Saúde, não deram ouvidos aos especialistas e profissionais da saúde e, com certeza, por isso, os dois países juntos são responsáveis por 30% de todas as mortes no mundo, que registra no dia de hoje 2.194.790 mortes, em 193 países. Neste momento, 5 países somados registram metade das mortes de todo o mundo. São eles: Estados Unidos, Brasil, Índia, México e Reino Unido. Na China, país onde surgiu o vírus, as mortes até agora chegaram a 4.636. É bom lembrar que a China tem o dobro da população do Brasil e Estados Unidos somados.

No dia 16 de março era véspera do primeiro lançamento do ano da editora Reformatório. O autor, Menalton Braff, que mora fora da capital, já estava hospedado em um hotel na avenida Paulista, para o lançamento no dia seguinte, quando fomos informados de que todos os estabelecimentos comerciais seriam fechados. Na Ásia e na Europa isso já acontecia desde o mês anterior. A ideia era impedir que o vírus, até então, pouco conhecido pelos médicos brasileiros, se espalhasse pela população. A China havia registrado a primeira morte no mundo no dia 02 de janeiro de 2020 e, a esta altura, já contava quase 3 mil mortes. Na Europa, os 50 países somados chegavam próximos de 2 mil mortes, e os Estados Unidos registravam – oficialmente – suas primeiras 6 mortes.

Com o cancelamento do evento presencial, resolvemos fazer uma transmissão ao vivo pelo Facebook, uma conversa entre o autor Menalton Braff e o editor Marcelo Nocelli, no quarto do hotel, ainda não em formato de *Live* – que viria a se popularizar logo em seguida – mas os dois, lado a lado, dentro do quarto do hotel, falando para um único celular. Este foi, senão o primeiro, com toda certeza, um dos primeiros lançamentos virtuais no Brasil. Em março, ainda realizamos outros dois lançamentos virtuais, estes já em forma de *Live,* exibidos por plataformas de videoconferência, com cada um dos convidados em sua casa, falando para uma tela de smartphone ou computador. A esta altura, empresas e escolas já estavam fechadas, o transporte público deixou de funcionar, as pessoas não saíam de casa, e apenas o que era considerado como serviços essenciais: hospitais, farmácias, supermercados e padarias poderiam ficar abertos, restringindo a entrada de pessoas, a circulação e a permanência nos ambientes.

Sem os eventos da editora, com as livrarias fechadas, assim como outras casas editoriais – de todos os tamanhos – nos vimos obrigados a focar apenas no comércio *on-line* de livros, o que, inicialmente, gerou um retorno imediato, pois as pessoas imaginavam que precisariam se ocupar com leituras, filmes, séries, cozinhando, cuidando da casa, até aquilo tudo passar. Para alguns, era como se todo mundo passasse a trabalhar em *home-office,* para outros, a sensação era mesmo de férias. Mas logo os números de contaminados foram aumentando, assim como as internações e as mortes, e com isso veio o aumento da crise financeira. Muita gente perdeu o emprego. Outros tantos perdiam parentes e amigos queridos, e os ânimos foram se esvaindo, o dinheiro encurtando. O desespero aumentando. Não havia motivos para celebrar lançamentos, divulgar livros, apenas a tristeza, a impaciência e as dúvidas prosperavam. A vida se tornando cada vez mais difícil, e não vimos outra alternativa senão cancelar todos os lançamentos programados para 2020 por tempo indeterminado. Feiras e Festas literárias foram canceladas, algumas com estandes já reservados e pagos. E logo a ânsia e a vontade da leitura deram lugar a mais tristeza, às necessidades básicas de sobrevivência, à compra de medicamentos, e a ficção, mais uma vez, se tornava pequena diante de uma realidade tão desesperadora.

Com o trabalho parado, vimos nossas receitas diminuírem 80%, as dívidas foram aumentando e, em julho de 2020, não tínhamos mais condições de levar a editora adiante. Foi quando alguém deu a ideia de realizarmos uma campanha de financiamento coletivo. A princípio não gostamos da ideia, mas não havia outra saída, era isso, ou desistir de um sonho que já completava 7 anos, com 80 livros publicados, de mais de 68 autores diferentes e alguns dos prêmios literários mais importantes no catálogo.

Quando pensamos nessa alternativa, tomamos como base a campanha da rede de livrarias Blooks, que já estava em curso. E ao definir o que tínhamos para oferecer como recompensa aos apoiadores, não havia outro bem maior e mais valioso a nós que nossos próprios livros. Depois decidimos oferecer também algumas formas de patrocínio-parceria, entre eles a participação em um livro, no formato antologia de autores. Neste momento, queríamos também oferecer algum apoio à campanha da Blooks, e o que nos ocorreu foi destinar 10 vagas desta antologia para a campanha da livraria, que, assim como as 30 vagas ofertadas na campanha da Reformatório, foram preenchidas em um curto espaço de tempo.

No momento de definir como seria esta publicação, pensar em um título, formato e demais detalhes, nos veio a lembrança de *1968, o ano que não terminou*, de Zuenir Ventura, publicado pela primeira vez em 1988 pela editora Nova Fronteira e daí a ideia de *2020, o ano que não começou*. Porque assim como naqueles tempos, a ditadura militar e o contexto político deixaram a sensação de que aquele ano realmente nunca terminou; neste 2020, além do contexto político reacionário e retrógrado ao ponto de flertar com aqueles tempos, ainda vivemos a crise sanitária por conta da pandemia. Com isso, o ano de 2020 realmente não começou. A expectativa de contenção da doença, do contágio, às vezes trazia algum alento, alguma esperança, quando, por exemplo, foram implantadas as normas de segurança com o uso de álcool gel, os protocolos de higienização e, pouco mais tarde, o uso de máscaras, práticas comprovadamente redutoras de contágio – no mundo – mas que não eram adotadas ou incentivadas pelo presidente do Brasil. Uma vergonha diante do mundo, empenhado em reduzir a pandemia e, neste momento, já avançando em pesquisas e busca por uma vacina, o que também era motivo de desdém e maledicências da liderança máxima do país. Para piorar ainda mais a situação, o presidente do Brasil passou a receitar medicamentos sem qualquer comprovação cientifica à população, colocando ainda mais em risco a vida de milhares de pessoas.

Com capa definida, todas as participações já fechadas e os textos começando a chegar, nos veio a ideia de que seria muito interessante se o próprio Zuenir Ventura aceitasse escrever o prefácio deste livro. Seria fácil o contato, Zuenir é pai de Elisa Ventura, proprietária da livraria Blooks, que estava conosco nesta empreitada. Desde o início da campanha, em julho de 2020, até o fechamento deste livro, em 29 de janeiro de 2021, tentamos. Mas compreendemos que Zuenir, com 90 anos, sofrendo como todos com a pandemia, e em vias de prazo final para entregar um novo livro à sua editora, não poderia se ocupar com mais esta preocupação. Tudo o que ele não gostaria de ter que ler neste momento eram textos com mais tristeza, sofrimento, doenças e mortes, sem falar também no contexto político inevitável quando refletimos sobre este fatídico ano de 2020.

A sensação que temos hoje é a de que o ano de 2020 realmente não começou. Não houve aulas nas escolas, não aconteceram shows e eventos culturais. Todos os teatros e cinemas ficaram fechados por meses. Projetos foram adiados ou deixados de lado. Enquanto isso, o governo negacionista aproveitava para extinguir leis de incentivo e fomento à cultura, liberava agrotóxicos antes proibidos, não combatia as queimadas no Pantanal e na Amazônia, exonerava pessoas competentes dos mais variados cargos na Educação, na Cultura, na Ciência, na Saúde e nomeava generais e outros oficiais das Forças Armadas para tais cargos, enquanto freava também investigações contra ele, o presidente, e sua família. Em 2020, além de toda a crise sanitária, vivemos também uma ditadura velada, imposta por um alienado e, diferente de anos anteriores, não poderíamos protestar nas ruas, aglomerar pessoas. Metade da população, a parte mais consciente, estava enfurnada não em aparelhos, pensando como agir e protestar contra o governo, como em tempos passados, mas sim, obrigatoriamente, em suas casas, pensando em como sobreviver e não se contaminar. Enquanto a outra metade, a que apoia os desmandos e as insanidades do presidente, estes sim, saíram às ruas, sem máscaras, reais e metafóricas, maldizendo a medicina, a ciência, chamando o alucinado presidente de "Mito", gritando impropérios contra os estudos das vacinas, as orientações sanitárias e todo tipo de tentativa de enfrentamento da doença. Como disse o sociólogo Edgar Morin, a respeito de 1968, mas que também serve para 2020: "Vão ser precisos anos e anos para entender o que se passou". Porque, por enquanto, ainda estamos no olho do furacão. Semana passada os brasileiros começaram a ser vacinados. Mas a oferta é mínima para uma demanda tão grande. As vacinas disponíveis no Brasil não são suficientes para imunizar 1% da população, até agora. Somos um dos últimos países do mundo a começar a vacinar sua população. Todos os nossos vizinhos da América do Sul saíram na nossa frente.

Vivemos agora uma nova onda da doença, que já tem suas variantes. Depois de quase um ano em isolamento, apesar das festas clandestinas, apesar da negação do presidente e seus apoiadores, apesar da falta de oxigênio nos hospitais, apesar da morte cada vez mais perto de todos nós (Nesta editora mesmo, perdemos Antonio Bivar, autor publicado por nós em 2018, para a Covid-19. Bivar se foi aos 80 anos. Era do grupo de risco.) Está cada vez mais difícil se manter isolado. As pessoas precisam voltar ao trabalho, se locomover, viver e, com isso, involuntariamente, voltar a proliferar o vírus. É esse período da história, em que estamos inseridos, que os textos deste livro: contos, crônicas, ensaios e poemas registra, das mais variadas formas, seja pela ficção, seja pelo relato de um real-surreal. Um período complexo demais para ser apreendido em uma só visão. Com a participação destes 41 autores, esperamos não ter realizado apenas um relato dos fatos, mas também a reconstituição de sonhos, do imaginário, das mentalidades, dos sentimentos, do clima e do comportamento destes tempos tão sombrios e ainda tão vivos em todos nós, neste momento. 41 escritores que não perdoarão a falta de políticas públicas na tentativa de contenção do vírus, por conta de ideologias ultrapassadas de um presidente facínora. E, ainda que de uma forma adaptada para os tempos de hoje, como disse Zuenir Ventura, na introdução de seu *1968, o ano que não terminou*: "O conteúdo moral é a melhor herança que a geração de 2020 poderia deixar para um país cada vez mais governado pela falta de memória e pela ausência de ética".

Ainda assim, aproveitamos para agradecer a todos os autores participantes que apoiaram as campanhas da Blooks e da Reformatório, e que cederam seus direitos para este livro, contribuindo para que esta editora permaneça viva. Também agradecemos a todos os leitores deste registro literário de um ano tão conturbado. Mas esta é, também, uma das funções de um livro.

Boa leitura,
Os editores

Saia da beira

Américo Paim

O edifício Miragem, prédio com fachada de pastilhas, fica em um bairro de classe média de Salvador. É um prédio de quase trinta anos. Tem oito andares, vista parcial do mar, quatro apartamentos por andar. Passa por reforma no salão de festas em pleno dezembro do pandêmico ano de 2020 e o serviço está atrasado. Dor de cabeça para o síndico, Arnoldo. É sábado e ele vai checar o andamento do trabalho.

– Nezinho, bom dia. Cadê o resto do pessoal?

– Tô sozinho, hoje, Seu Arnoldo. Os meninos corongaram...

– Não entendi.

– Corongaram, pegaram o diabo do vírus.

– Ah, foi?, diz, se afastando. E aí, tem como acelerar o serviço? A festa é quarta, rapaz.

– Ô, Seu Arnoldo, tem que terminar de quebrar o piso, colocar a manta, assentar. Dá não...

– Como é que esses caras pegaram essa merda?

– Oxe? Se tá tudo aí solto na buraqueira, atrás de mulher e cachaça? Tudo menino novo.

– E a máscara?

– Que máscara, dotô? Quem garante que usa? Falo o tempo todo, mas o senhor sabe como é...

– Não tem alguém para colocar no lugar deles?

– Tem não. Tá tudo corongado lá no bairro. Problema puro, chefia...

Frustrado, Arnoldo sobe para seu apartamento. Sabe que agora não tem mais jeito. Redige o aviso com a transferência do local da festa de Natal do condomínio para o terraço. Manda o e-mail para os moradores e imprime cópias para divulgação no térreo, na garagem e nos elevadores. Tudo concluído, vai à portaria.

– Milton, a festa de Natal vai ser no terraço. A obra do salão vai atrasar. Pode colar os avisos.

– Ih, Seu Arnoldo, tem que limpar tudo lá. Serviço de dia todo e ainda preciso de ajuda.

– Chama aquele seu amigo, o da cicatriz. A gente acerta com ele.

– Quem, Pedra Preta? Dá não. Tá de corona. A mulher dele é enfermeira, coitada. Tá direto na luta, aí aconteceu que ele pegou.

– Velho, também o mundo inteiro tá de corona! – fala irritado. Não arruma outro?

– Vou falar com um primo meu. Mas é mais caro, viu?

– Presente da porra que o ex-síndico me deixou...

Nesse momento, no apartamento 602, o casal Turíbio e Zuleide conversa na varanda. A mulher está em dúvida se devem mesmo ir à festa do condomínio, depois de tudo o que aconteceu. Ela tenta convencer o marido a não irem. Além da aglomeração, acha muita exposição. Comenta que as pessoas já vêm olhando atravessado para ela.

– Não vai aglomerar não. Nem todo mundo vai.

– Eu fico com medo.

– Tenha não, minha filha. Esse vírus é valorizado demais, já lhe disse. Além do mais, é bom aparecer na festa. Vai ajudar a recuperar a confiança dos moradores.

– Ah, tá bom... Isso nunca mais, Turíbio. Mexeu com dinheiro, já era, filho.

– Que nada. Contornei bonito na reunião passada, você viu.

– Sei disso não...

– Claro que sim. E já comecei a pagar...

– As pessoas não esquecem. Por que me veem e ficam cochichando, então?

– Deve ser porque você "dá osadia".

– Quem, eu? Eu não! Só não quero ficar marcada como a mulher do síndico ladrão.

– Ex-síndico. Ladrão? Olhe, me deixe, Leide. Quando a grana pingou na sua mão, você reclamou? Não! Gastou tudo, tranquila.

– Eu nem sabia de nada!

– Qualé, minha filha? Sabia que eu precisava de dinheiro, sim! Foi tipo um empréstimo. Eu tava enrolado com a empresa sem operar por causa dessa merda de corona. Essa frescura toda de isolamento. Isolamento é o caralho!

– Para de xingar! E não fale isso! Tá morrendo muita gente! Respeite a dor das pessoas!

– Respeite o que, rapaz? Essa farsa? Pega uma cerveja ali pra mim que é melhor.

Ela vai até a cozinha. Lá a sua atenção é desviada por ruído de vozes no corredor. Curiosa, vai ao olho mágico e vê Maurício, seu vizinho do 604. Ele conversa com André, do 501. Parecem animados, em roupas de quem vai malhar. Ela observa, mas não consegue imaginar o que falam. Eles entram no elevador.

– Velho, vou falar aqui só pra você: pense numa mulher gostosa...

– Rapaz, fale baixo. Você é casado, Mau. Não me meta nisso. Não concordo.

– Ah, você tá muito certinho. Se essa mulher lhe desse mole, você ia que eu sei...

– Um dia você ainda toma um tombo...

– Nada. Sou macaco velho. E você, por que terminou com Raquelzinha, aquela louraça? Tava todo apaixonado...

– Pois é, foi a pandemia, véi. Ela foi mudando e surtou...

– Como assim?

– Muita agonia com isolamento, higienização e tal. Mora com os pais idosos. Faz uns três meses que ela falou que não aguentava mais o estresse e que a nossa relação era mais uma coisa para se preocupar.

– Tá barril, né?

– Nem fale. O que eu podia dizer? Os velhos não têm lugar para ir e ela é filha única. Quem sabe quando essa loucura passar...

– E se ela sair pior dessa? Não me olhe assim, só trago verdades. Veja o caso dos vizinhos de meus pais, por exemplo.

– Qual foi?

– O casal morava ali na Pituba, os dois com sessenta e poucos. Em junho o sujeito já tava louco por ter que ficar sozinho com a mulher o tempo todo. Pirou o cabeção e começou a sair escondido, dizendo que ia andar no play. Em julho pegou corona: um mês de hospital.

– Morreu?

– Não, mas a mulher descobriu as fugidinhas e só esperou ele se recuperar. Colocou o malandro pra fora de casa. Foi uma confusão! A família toda se meteu pra tentar resolver. Fizeram uma reunião e dias depois o que conseguiram foi mais gente contaminada.

– Que situação...

Na saída do prédio eles cruzam com o jovem Miguel.

– Fala, meu craque!

– E aí, tudo certo, galera?

– Tudo na paz. Vamos na orla dar uma caminhada. Bora?

– Não posso. Tô chegando, mas já vou sair de novo. Tenho uns donativos para distribuir lá no subúrbio, em uma associação de moradores. Situação tá feia lá. Muita gente sem trabalho por causa da pandemia. Consegui umas doações aqui e no escritório. Seu Geraldo vai comigo. Querem ir?

– Com essa dupla de pegadores perigosos? Vou nada – diz Maurício; ri e arrasta André rápido.

– Então nos vemos na festa?

– Festa? Ah, claro.

Nos poucos dias disponíveis antes da festa, Milton e Tonho, o primo dele, conseguem arrumar tudo no terraço, que não via limpeza decente há muito tempo. Um trabalhão. Agora é véspera da festa e eles conversam enquanto terminam as últimas tarefas.

– Véi, que bagaço, hein?

– Fale não, Tonho. Desde o tempo do outro síndico que eu falo disto aqui.

– Milton, mudando de pau pra cacete, cadê Carlão, aquele seu colega? Nunca mais apareceu no baba. Tá de corona?

– Rapaz, soube não? Mordeu a boca. Tá urrando por aí...

– Mandaram embora quando? O que foi que teve?

– Não sei, mas foi babado forte. Eu perguntei, mas não quis me contar.

– Oxe? Então deve ser por isso que tá tudo tão largado aqui. Cê tá sozinho, né?

– Pois é. Tá barril. Não quer fichar aqui não? Falo com Seu Arnoldo. Ele é gente boa.

– Eu? Não, tô melhor sozinho. Fico rodando por aí. Faço mais dinheiro.

– Então, tá. Vamo voltar pro trampo que é bom. A festa é amanhã.

No dia da esperada festa de Natal, o terraço nem lembra a bagunça de antes. A iluminação natalina embeleza o local, junto com alguns enfeites antigos que cumprem seu papel. Há uma mesa decorada, com comes e bebes, a árvore antiga, mas bem conservada, com cartões e embrulhos. Canções clássicas são ouvidas em um som mecânico. As cadeiras e mesas de apoio estão dispostas respeitando o distanciamento de segurança, em um semicírculo, forradas com toalhas brancas onde podem ser vistos alguns discretos remendos. Nada que comprometa. A noite é agradável, com brisa marinha suave. As pessoas conversam animadas, algumas de pé. Nem todos estão com as máscaras, apesar das recomendações. Em instantes terá início o tradicional amigo secreto do condomínio. Lourdes e Altino deixam o elevador e sobem para o terraço.

– Absurdo essa escada! Vinte e um degraus, eu contei! Como o elevador não chega até aqui? – diz uma ofegante Lourdes.

– Calma, bem, falta pouco. É o projeto do prédio, lembra? Essa escada nunca foi prioridade no condomínio, você bem sabe.

– Ninguém merece! Não matei meu pai nem minha mãe...

– Sente aqui e descanse, minha filha.

– Na boca desta pirambeira? Tô fora!

– Pronto – ele muda a cadeira de lugar. A mulher senta, se ajeita e examina com cuidado tudo ao redor, conferindo quem já chegou.

– Tá vendo a puta olhando pra cá? – aponta com a cabeça.

– Que é isso... Lisete é uma boa moça.

– Oxe, ali é putaça... E aquela calça apertada? Só porque é magra. Deve estar de olho no meu vestido.

– Achei que esse tá folgado.

– Me chamou de gorda? – encara.

– Não, amor, falei à toa... Pensou no meu pedido?

– Do amigo secreto? Nem fudendo...

– Fale mais baixo, mulher...

– Nada! O couro vai comer. Tô entalada faz tempo!

A conversa do casal é interrompida por Arnoldo, que está de pé no centro do espaço. Bate palmas e pede atenção ao avistar o casal Osvaldo e Núbia, que acabara de chegar, não falta mais ninguém. O síndico começa.

– Boa noite, amigos. Mais uma vez, sejam todos bem-vindos. Mesmo com esse ano maluco, conseguimos a nossa festa. Podemos começar a troca?

– Você é o primeiro! – grita Maurício.

– Tá bom, já imaginava.

– Bora, enrola não! – fala Celina.

– Muito bem, vamos lá. Todo mundo gosta do meu amigo secreto, um jovem trabalhador, verdadeiro cavalheiro!

– Sou eu todo – diz Geraldo, levantando-se, para gargalhada geral.

– Eu disse jovem! – mais risadas. Esse meu amigo se livrou do corona há pouco tempo, ainda bem, e diz que não quer casar...

– É Miguelzinho! – diz Núbia.

– Acertou! O síndico vai a Miguel e lhe dá o presente. O jovem toma a palavra.

– Agradeço e reforço: casamento ainda não e corona nunca mais! – arrancando mais risos. Bem, minha amiga secreta chegou há pouco tempo no prédio, tem cabelo comprido e é muito dinâmica – ninguém fala, mas já se sabe quem é – vamos lá, pessoal, tá fácil.

– Mais dicas! O que ela faz da vida? É banda-voou? – a voz irônica de Lourdes deixa o ar pesado.

– Está de calça preta – Miguel tenta sair do embaraço e caminha para Lisete com o mimo.

– Obrigada – ela fala com sorriso frio. Respondendo à pergunta, sou independente – olha de forma incisiva para Lourdes, o que deixa a mulher sem graça e com medo.

– Viu isso? Só um cachação nessa vadia! – Lourdes fala para Altino, que ri para si e não diz palavra.

– Meu amigo secreto me parece uma pessoa bem tranquila. Sempre gentil quando me cumprimenta. É discreto e não se mete na minha vida, o que já é ótimo exemplo para outros seguirem. É casado com uma ótima senhora e isso já elimina alguns aqui.

– Me chamou? – diz Osvaldo rindo, a tentando quebrar o climão instalado.

– Não. Ele é mais velho.

– Então deve ser o Rosalvo! – entra Celina.

– A senhora conhece bem o seu homem – vai a Rosalvo e lhe entrega o brinde. Ele agradece e começa a falar.

– Minha amiga secreta é uma das mais antigas moradoras, foi síndica e é casada com um sujeito gente boa – após um silêncio que parece que nunca acaba, ele vai um tanto constrangido a Lourdes e lhe entrega o brinde.

– Agora é minha vez! – exclama a presenteada, erguendo-se.

– Meu bem, pense no que lhe falei! – fala Altino, apreensivo.

– Meu inimigo secreto... Sim, inimigo! Não é amigo de ninguém aqui! E não vai ganhar nada!

– Que merda é essa, véi? – Maurício diz ao ouvido de Arnoldo.

– Não faço ideia, mas essa bozenga é barril dobrado, espia só – comenta tenso.

– O lugar dele é na cadeia! – retoma ela. Roubou o condomínio e só começou a pagar porque entramos na Justiça! – o burburinho é imediato. Por causa do canalha tivemos um processo da construtora, que não recebeu pela reforma da fachada! Deveria ter vergonha nessa cara suja e não aparecer aqui!

– Dona Lourdes, a senhora se acalme, por favor! – interfere Arnoldo. Discutimos isso em reunião ordinária e todos concordaram que ele participaria. Ele já se desculpou, reconheceu o grave erro e está pagando – todos olham para Turíbio.

– Eu não concordei! – ela grita.

As pessoas se levantam e vão comer e beber, mas a discussão continua. Altino leva a mulher de volta à cadeira, e ela segue com os impropérios. Turíbio se limita a olhá-la, provocativo.

– Esta festa não é pra gente da sua laia! – Lourdes, apontando na cara de Turíbio, descontrolada.

– A senhora precisa se acalmar... Assim vão saber o porquê desse chilique todo...

– O que é, ladrão safado? Só uma surra de gato morto...

– Para de fazer enxame, minha filha! Se plante! Tá recalcada porque minha mulher Zuleide foi promovida a gerente do banco e não a irmã dela. Que baixaria! Aceite que dói menos – fala bem alto para todos ouvirem e ganha atenção.

– Que culhudeiro da porra! – grita a mulher.

– O senhor não fale assim com ela! – Altino interfere, já sem paciência.

– Fica na sua aí, dominado...

– Como é? – fala e já parte para a ignorância...

– Calma, meu povo, Natal é tempo de paz! – diz Arnoldo, enquanto segura Altino.

– Isso! Vamos deixar de briga – comenta André, a puxar Turíbio.

– Filho da puta! "Geddelizou" o condomínio! – Lourdes fala, a beber água que Celina lhe dá.

– Calma, amiga. Deixe disso...

Formam-se pequenos núcleos de conversa. Uns olham para Turíbio, outros para Lourdes. Como não há mais clima para o amigo secreto, as pessoas circulam para distribuir seus presentes.

– André, tome aqui. É coisa simples, não repare.

– Seu Altino, muito obrigado. Mais calmo?

– Sim. Eu temia por isso. Lourdes anda muito nervosa com tudo isso, fora os amigos que perdemos para o vírus maldito.

– Que ano horroroso, né?

– Pois é. Mas é Natal. Vamos ter esperança.

– É melhor.

– Acalmou sua fera? – Turíbio encosta nos dois e provoca Altino.

– Turíbio, o assunto já encerrou, por favor! – André tenta contemporizar.

– A minha tá calma. Resolver a sua dá mais trabalho... – Altino fala em tom que deixa Turíbio cismado.

– Seu Altino, deixa pra lá – Arnoldo chega na conversa.

– Eu até ia, mas não vou aguentar insulto de corno manso...

– É o quê?

– Calma, pessoal! – André tenta acalmar de novo.

– Devia olhar mais sua mulher, galhado. Fica aí trabalhando até tarde e a égua tá amarrada no pasto, fácil de chegar e montar.

– Que porra é essa? – Turíbio parte para ele, mas é contido por André.

– Seu Altino, o senhor me prometeu...

– Sim, Arnoldo, mas não vou ouvir lero de chifrudo!

– Como se atreve a falar comigo assim? E respeite minha mulher!

– Eu até respeito, mas o Carlão... Por isso que o pobre do Arnoldo mandou o zelador garanhão embora – Turíbio lhe arregala os olhos.

– Seu Altino...

— Arnoldo, meu jovem, não se culpe. Se eu pegasse a mulher do enfeitado aí na garagem, no bem bom com o Carlão, eu faria a mesma coisa. Fogo da porra, hein? Não guentou nem procurar um lugarzinho mais macio. Na escada mesmo... Rapaz...

Osvaldo, André e Miguel seguram Turíbio a tempo, mas o barulho atrai mais pessoas. Zuleide se aproxima do marido para entender a conversa e ambos se afastam com ele aos gritos, rechaçando suas tentativas de segurar-lhe o braço. Altino bebe, ri e desconversa quando Lourdes chega perto com perguntas. Turíbio é visto ao longe batendo boca com a mulher. Em outro ponto do terraço, à beira do parapeito, Lisete está só e olha a vista, quando Maurício se aproxima e fica ao seu lado.

— Você não responde minhas mensagens – sem olhar a moça e tomando um gole.

— Não tenho nada pra falar. Amanhã eu checo a minha conta e se o valor não estiver lá, vou passar informações úteis para você sabe quem – ele a mira com ódio; saliva e morde a boca ao pensar em um empurrão e o corpo dela a rodopiar no vazio.

— Não é esse macho todo – Lisete completa, como a ler-lhe as ideias. Se eu sofrer um arranhão, a cidade inteira vai saber – ela o assusta com a intervenção fria e segura.

— Tá blefando. Não tem nada contra mim.

— Pague pra ver.

— Você está me extorquindo, sua vaca.

— Não ligo para os elogios, contanto que pague. Veja só, vou facilitar seu comprometimento com a causa – manipula o celular, encaminha mensagem de áudio para ele e o avisa que confira; ele se afasta para ouvir.

— Você não teria coragem! – volta assustado.

— Depende em que buraco você vai se jogar. Aliás, saia da beira. É perigoso – diz, sarcástica, e se afasta.

Maurício a contempla sair e reflete. Se aquele áudio vazar, está liquidado profissional e pessoalmente. Nervoso, pega mais uma bebida e anda de um lado a outro. Sua mulher o observa de longe, mas não interfere. Lisete chega ao topo da escadaria, solta a fumaça do cigarro no ar. Maurício vê a cena e enquanto hesita por um instante se deve ir a ela e resolver o assunto ali mesmo, Turíbio e Zuleide passam por ele e chegam bem perto de Lisete, à beira dos degraus.

– Vamos embora! – ele grita.

– Não vou, já falei.

– Você vem agora! – puxa-lhe o braço.

– Me solte!

– Você vai aprender a me obedecer! – segura o braço e tenta novo puxão, mas ela se desvencilha. Ele perde o equilíbrio e cai de costas escada abaixo, batendo muito forte a cabeça.

– Turíbio!

O grito dela atrai a atenção de todos e uns acodem. Arnoldo e André descem rápido até o infeliz, mas o sangue no chão e o corpo inerte confirmam o pior. Osvaldo desliga a música, enquanto Núbia come mais uma coxinha. Lisete, que assistiu a tudo, apaga seu cigarro e desce os degraus sem pressa e indiferente, a tempo de ser vista por Maurício, que socorre sua mulher desmaiada. Ouvem-se outros gritos. Lourdes se abana e sorri para Altino. Celina chora trêmula no ombro de Rosalvo. Miguel, perto da mesa, tosse muito e toca o pescoço para ver se está quente, mas lembra que já teve corona e conclui que engasgou com saliva. Geraldo ouve o refrão de "Jingle bells" vindo de outro prédio e sente vergonha por cantar junto alguns versos.

AMÉRICO PAIM tem 56 anos, soteropolitano, engenheiro mecânico, amante de muitas artes. Escreve há muito, em especial para música. Gosta de um bom papo e de tocar violão e baixo. Fez o curso de escrita de ficções breves e está no laboratório Submarino (ambos do escritor Ronaldo Bressane) e participa de um grupo de poesia. Publicou dois livros: *O livro das Copas: a paixão em números e curiosidades* (1998) e *Manual das Copas do Mundo* (2018).

Festa clandestina
Andrea Del Fuego

A festa clandestina somos eu e quatro avós do Lar Cristão. O asilo permitiu que eu entrasse, cuido da atividade física semanal, alguns funcionários suspensos, pouca gente nos corredores. Maioria dos idosos dopada nos quartos, tomando oxigênio e anti-inflamatório administrados por um enfermeiro. As quatro avós não estavam acamadas, medicamentos apenas para diabete, pressão e ácido ascórbico de baixa dosagem para evitar trombose. Eu estava à base de anti-histamínico porque o asilo nunca venceu o mofo escondido atrás dos móveis, um deles ofertava jarra de água, revistas semanais com mais de dez anos, um sino que servia de campainha para o *concierge*, um residente com um terço da audição e, naquele momento, recebendo nebulização no quarto.

    Levei bolinhos de carne, enchi a piscina de plástico, todas as avós com o maiô trazido por mim. A supervisora detestou quando sugeri uma atividade mais solta e alegre, contanto que não façam barulho e que ninguém quebre o fêmur, ela disse, faça, mas não passe de uma hora. Dia seguinte, ela me proibiu de fazer qualquer agitação no pátio, era questão de horas para que os sintomas da peste surgissem nas avós, a pólvora estava acesa. Uma semana depois, a supervisora estava contaminada e afastada. A festa clandestina foi em plena segunda-feira, quando nenhum filho aparece, ninguém ia chegar, nenhum doente se levantaria da cama, nenhum outro funcionário estava interessado no que ocorria no pátio que dava para um edifício baixo o suficiente para que um morador não visse mulheres de andar carregado e lento, as peles derrubadas como lençóis sobre o móvel do corpo, na companhia de gente como eu, que sabe aplicar uma injeção se não tiver mais ninguém para fazer.

    As avós bebiam água com limão para dissolver a gordura do fígado, ainda havia um trecho para viver, o fígado estaria enxuto, magro, sem o tempero dos patês feitos de aves que voam baixo. Não havia lanche, uma delas assava a linguiça que levei na churrasqueira de pernas finas e escoradas por tijolos para não mancar, linguiça de frango e sobrecoxa sem pele. Instalada a pouca distância da piscina, rodeada pelas cadeiras sóbrias que eu peguei do refeitório. A avó mais nova usava máscara de argila no rosto, os olhos acesos na terra úmida, secando sob o sol. Não havia lugar para todas na piscina. Eu disse, a senhora está servida uma gelatina? A mais velha aceitou, pegou o copinho descartável de café onde tremelicava o doce vítreo de limão, girou a colher tantas vezes, amolecendo a sobremesa.

    Ouvi a sirene, a segunda na última hora, a primeira trazia um idoso de volta do hospital, a outra levou um corpo. Eu não precisava ir até o portão para reconhecer a movimentação, o zelador estava lá para o ir e vir.

    As avós insistiram, numa volúpia pontual, em entrar todas na piscina, aceitando ficar espremidas. Ajudei uma a uma colocar perna e depois outra, auxiliei agacharem-se até assentar o quadril no fundo de plástico fino, reclamaram da água fria, ia dar cistite, uma disse. Você não vai entrar, meu bem? Declinei, sem que elas ouvissem minha negativa, todas distraídas vendo os pés se encontraram no centro do chão distorcido pela carne da água, uma fez marola, seguida pelas outras, a euforia e a queda de energia davam-se em sintonia, se ainda férteis, menstruariam juntas. A avó mais nova resolveu tirar a máscara de argila do rosto com a água da piscina. Que inconveniente, Aguinalda!, uma reclamou. A argila seca foi derretendo com a insistência das mãos em diluí-la. Vou ajudar, a mais velha se ofereceu. As mãos trêmulas mais reuniam a argila outra vez do que a dispersavam.

A sobrecoxa exalou seu perfume, desossei com facilidade, a faca de pão desceu como avalanche, os ossos se despediram, jogados ao lixo, sacola de supermercado que já suportava cascas de laranja e copinhos sujos de gelatina. Sirene outra vez, estávamos há quase duas horas no pátio, a sirene pareceu dobrar, multiplicar, três viaturas para levar o *concierge* residente, mais dois senhores que, não fosse a peste, estariam às cartas e nem mesmo vivos teriam acesso ao pátio, eu os impediria de ver as avós de maiô.

Estávamos cada vez mais sozinhas no Lar Cristão, já tão pequeno, mantido por caridade de gente também cruzando a cidade atrás de um leito hospitalar onde se debater até afogar-se. A avó mais nova, com o rosto já limpo, a água da piscina com vestígios da lama, tossiu. As outras me pediram ajuda imediata para que eu as tirasse dali. Enquanto eu levantava cada uma, a avó mais nova encadeava a tosse que vinha sendo o som ambiente do asilo, o latido de um canil sem ração nem piedade. As outras avós se encaminhavam apressadas para dentro do Lar, a sobrecoxa ressecando no pratinho descartável. Ergui a avó mais nova, carreguei-a como pude até o interior do Lar com destino ao quarto coletivo. As demais já no aposento, quietas, uma esperava a outra sair do chuveiro quente, a mais nova se juntou a elas. A mais velha abandonou a espera, deitou-se com o maiô molhado, cobriu a cabeça com a manta, e tossiu.

Andréa del Fuego é escritora, formada em Filosofia pela USP. Autora de oito livros entre contos, infantis e o romance *Os Malaquias* (vencedor do Prêmio José Saramago) publicado em Israel, Alemanha, Itália, França, Romênia, Suécia, Kwait, Portugal e Argentina. Ministra oficinas de escrita literária e atualmente é mestranda na Filosofia (USP).

[o eco de Bérgamo]
Antonio Martinelli

para Juliana Braga

[ontem, no avançado da noite]
eu vi o apagamento das figuras
em telas imortalizadas,
agora sem protagonistas,
projetei as incontornáveis obras da história,
sem pessoas, reis, povos,
dançarinas, escravas, modelos, figurinistas
[ontem, no breu]
maravilhado, me perdi nos Espaços Ocultos
do artista espanhol que ressignifica a vida
tomando de assalto, sequestro,
grandes ícones
de um mundo passado
[hoje]
espanto e horror são tanques, são mortos, são caixões,
e tocam os sinos
de Bérgamo

sobressaltado,
ainda perdido no tempo, no avançado cansado das horas,
no embaralhado dos dias: água fervendo, em jejum, para o amargo

do café e um primeiro cigarro
[no jornal] estampada a maior
de todas as certezas:
a vida não imita a arte [no Eco de Bérgamo]
a mais dura de todas
as firmezas: a vida é muito maior que a arte
[agora, diante da tragédia]
ressoam em mim
Ballester e Bérgamo, anunciando
o fim:
do homem no centro, da humanidade, do antropoceno.

[ontem]
sem As Meninas, percebo impossível haver o jogo elíptico
da obra mestra, com os apagamentos da infanta, da freira, da anã,
e removidos o guarda, o camareiro, o bobo da corte, sem o pintor de
    Sevilha,
não vemos o artista com olhos de criador
[para quem Velázquez estava olhando
quando a pintou?] para nós, espectadores,
para a eternidade,
para os que ainda não nasceram?
[mas agora os museus
estão fechados] sem o artífice presente,
o grande protagonista da peça, sem a gente,
fora desse quadro – conceito literário – o jogo de câmera
entre realidade e ficção não se arma.
só resta o ateliê vazio, não há cena no Palácio Real,
no espelho reflexo, no fundo do quadro, não há um só rei, uma só
    rainha,
não há valores, nem ideias,
não há você, nem eu

[hoje]
lendo o noticiário – Eco de Bérgamo – alcanço a tristeza da foto
[uma procissão de funeral] estourada, rasgando página
vazando da folha, acertando minhas crenças
desmoronando o que restava, de mim, de ti, de nós
são muitos os mortos de Bérgamo

[ontem]
segui projetando a beleza em parede branca
noite adentro, no silêncio das ruas
atônito, contemplei a extensa mesa
– peixe, pães, laranjas, água e vinho –
no mais reproduzido dos quadros
da humanidade, aquela última ceia,
inventora das mais diversas narrativas, análises, pseudo-histórias, fo-
    focas
na pós Santa-Ceia de Ballester não estão Jesus, nem Judas,
tampouco os demais apóstolos
[agora não há ponto de fuga para tanta dor
diante das mortes de Bérgamo]
nem todo aquele conhecido teatro:
"– um de vós me há de trair! – sou eu, Senhor?"
[será que se atrasaram, os santos?]
sem esses homens:
não há simetria entre os corpos, não há gestos emocionais,
não há movimentos físicos, não há centro, nem indignação,
não há partilha, tampouco desordem.
retirados, impossibilitados de sentarem-se à mesa,
não comungarão do pão, do corpo, do sangue e do vinho?
sem um Cristo e um Judas estaríamos nós
salvos da traição?
sem a mesa composta pelo Salvador e seu bando,

não haveria um traidor
no seio de nenhuma família?
não teria Iscariotes comido o bocado molhado da inveja?

[hoje, assisto cenas do cortejo dos mortos]
e mesmo todo papel seria insuficiente
para limpar as lágrimas [na véspera do abominável agora]
na minha solitária e imóvel ronda noturna
pela obra de José Manuel,
a espanhola Guernica de Picasso também está vazia
haveria guerra e dor, haveria fascismo, miséria, nazismo, terror
sem a presença do humano?

num outro lugar de caça, desocupado desabitado
na branca neve do quadro vago de Bruegel, sem cães,
o homem não é o lobo do homem,
não há mais caçadores onde o homem é o lobo do lobo
[agora não seriam os lobos os caçadores de homens?]
em Bérgamo, estão todos mortos?
[hoje, ouço a marcha fúnebre] nem todo aquele jornal
– "Eco de Bergamo" – depois de folheado à exaustão
– surrado batido molhado seco deformado enrugado –
seria suficiente para embrulhar meu coração

[como seria o mundo, sem o misterioso sorriso
de Monalisa?] eu durmo, com a luz do projetor e os primeiros raios
    do sol,
a cidade já expulsou seus demônios, Giotto?
estão todos em casa
mas e a doença? e a peste?

já não vejo nada no céu
eu sonho, um jardim inane de desejos e prazeres,
já não há pecados – nem gula, ira, soberba, nem avareza, inveja, preguiça,
todos despejados, já não há luxúria, nem homens
nem mulheres, nem monstros, não restaram nem orelhas escrotais,
nem flechas lâminas facas viris copulando em morangos, cavalgando
 em falos,
nem ovos, nem úteros de vidro,
[um Bosch sem delícias terrenas]
fechado, o tríptico grita: "ele mesmo ordenou e tudo foi criado",
agora tudo é inferno – morte e medo da morte –
em Bérgamo.

[ontem] seguindo, doente obcecado,
o preciso apagamento de José M. Ballester,
chego num mundo sem a harmonia, sem o nudismo das curvas puras
e castas de Vênus, [o vazio da concha no mar não promoveria mais
o nascimento da beleza?]
sem Afrodite, sem a filha do Céu e da Terra,
fecundada na espuma do mar, restaria fertilidade?
sobraria algum prazer? sem o sopro do vento oeste,
sem Zéfiro, teríamos o amor na Terra?
sem a presença da deusa da primavera,
teríamos a renovação do planeta?
sem o manto bordado de açucenas,
carregado por uma Hora, seremos privados das estações do ano?
sem a deusa Flora, vestida com flores bordadas,
não teremos primavera? [inabitados os espaços de Botticelli,
servirão de lugares para um outro renascimento
de novos homens, novíssimas mulheres transgêneras
deusas e deuses do amor?]

[agora, no pranto]
se alguém levasse uma tirinha do impresso rasgada à boca
sentiria o salgado dos meus olhos, junto da tinta preta da prensa
[os tanques e os corpos, se movem, em fila, dirigidos por soldados]
[agora] eu projeto na minha parede
a não figura que faltava ontem
o Cristo Crucificado, de Velázquez
sem seu corpo não sobra nem a força
do sangue, vermelho, rubro, apagado pelo fundo
da tela em trevas, um céu preto e madeiras em cruz
[iriam aqueles corpos em procissão ao encontro de Jesus?]
aos prantos, ligo vídeos caseiros e assisto às despedidas
– amantes, amigos, parentes – todo povo à distância,
em varandas e janelas, em um adeus em bemol menor,
sem o cheiro de flores, crisântemos, nem camafeus pendurados
em vestidos pretos
acenam pros caixões, pros soldados, pros defuntos
de Bérgamo.

agora, estamos todos guardados
para quando todo o horror terminar,
realmente velarmos todos os mortos
[ah, cidade cantada por Hesse, seu palácio e praça,
"o canto mais belo da Itália"] hoje a beleza anda tímida,
nem horizonte, nem quadros, nem galerias, nem natureza,
nem coleções, encobrem a tristeza, dos mortos
de Bérgamo, da cidade fortaleza que desdenhou a Praga
eu penso na arte de José Manuel Ballester
tomando de empréstimo Da Vinci, Géricault, Goya, Vermeer
enquanto as mortes só crescem: aves da noite em New York,
falcões da noite em Paris, gaviões da noite em São Paulo,
urubus sobrevoam a Cidade Tiradentes,

necrófagos da cabeça-preta em Manaus, em Wuhan,
em províncias latino-americanas, abutres do velho-mundo
nos céus
de Bérgamo!

[hoje]
eu aqui, no sofá, tentando fugir da morte grave
melancólico, taciturno, como uma personagem de Hopper,
perdido em pensamento... [Bérgamo é para mim
o que foi Pearl Harbor para Edward]
Rumino o futuro fim das cidades, a vida perdida,
interrompida, solitária, no desígnio poético de um bar sem alicerces,
sem clientes no balcão solidão de esquina depressiva,
decadente, de um não lugar
de um mundo porvir.
Ah, os mortos de Bérgamo!, em mim e em ti
sobreviverão.

ANTONIO MARTINELLI é jornalista, poeta e gestor cultural. Autor de *Tetralogia da Peste [dois tempos, uma cidade]*, publicado pela N-1 Edições e *[Gaia]*, que será publicado pela Quelônio, em 2021. Trabalhou na *Revista Caros Amigos*. Desde 2005, trabalha no Sesc São Paulo. Foi curador e coordenador do projeto "Brasil, país homenageado na Feira do Livro de Frankfurt", em 2013, na Alemanha. Participou de júris e comissões nas áreas de dramaturgia, bibliotecas e literatura.

O Anjo Exterminador
Antonio Pokrywiecki

Suzanna desfila com seu novo casaco de pele. Vai do quarto à sala, e então volta, martelando o piso com os saltos. No dia anterior, enfeitava a cabeça com uma tiara amarela. Vestia uma jaqueta ornada com pedras brilhantes. Pintou o rosto, fez as unhas. Pesadas argolas em suas orelhas. Dou a ela tudo que precisa.

Você gosta?

Sim, meu amor, eu adoro.

O alimento chega por um sistema de roldanas, que permite que outras coisas subam e desçam – as roupas novas de Suzanna, seus brincos e adereços, as plantas que encomendamos, especiarias armênias, guloseimas, que sobem; nossos dejetos e excrementos, entre outras inconveniências, que descem.

Vivemos em uma Torre de Aço e Vidro, como tantas outras. Em algumas torres o material predominante é o vidro: são as chamadas de Torres de Vidro e Aço, altas e imponentes, onde se pode fumar nas sacadas, e se bebe vinho ao anoitecer. Da nossa janela, à direita se avistam as Casas Baixas, o Grande Mercado, os Trilhos do Trem. Também a Masmorra. À esquerda se avistam Torres de Vidro e Aço, as quais Suzanna, percebo há algum tempo, contempla com uma cobiça velada.

Digo a ela que somos afortunados, ainda que não vivamos em uma Torre de Vidro e Aço – porque muitas pessoas, pelo direito de habitá-las, aceitam que suas janelas proporcionem vistas enfadonhas e nada honrosas, como o Morro, a Mata Densa e o Velho Comércio. Sem mencionar a Antiga Estação, onde se juntam ladrões, mendigos e vagabundos – em resumo, Cidadãos Miseráveis. Digo a ela que temos sorte, pois ao olhar para frente vemos o Grande Lago.

Tudo seria mais difícil sem Suzanna. É uma mulher madura e inteligente. Suas piadas me fazem rolar de rir. Como é engraçada e perspicaz! De fato, uma mulher admirável. Bonita também, a mais bela das mulheres, vaidosa e gentil. De todo modo, isso é o que menos importa. Nossas opiniões e preferências se espelham. Conversamos sobre a vida, a política, os livros, em harmoniosa concordância. Assistimos filmes, alguns excelentes, outros terríveis. Em certos filmes, discordamos da opinião um do outro no que se refere à qualidade, ou à mensagem e simbolismos, mas logo nos conciliamos transando demoradamente. Suzanna é criativa, e isso é novo para mim. Nunca mais me envolverei com uma mulher que não seja criativa.

Tenho sorte em tê-la por perto.

Perdemos o gato, disse a ela.

O gato é preto, com exuberantes olhos verdes. Gosto de quando se deita em meu peito, para que eu possa admirá-los. *Onde pode ter se metido?* Revirei o guarda-roupa, procurei na banheira e também na privada. Na máquina de lavar, no armário onde guardamos os pratos. Também não estava na sapateira, onde costuma se esconder, tampouco na gaveta de cuecas.

Não vai me ajudar a procurar?, perguntei em tom de queixa.

Suzanna estava assistindo ao noticiário, compenetrada. Tomei o controle remoto e desliguei a televisão.

Estamos seguros, não se preocupa. Agora me ajuda a procurar.

O administrador da Torre enviou a todos os moradores uma cesta com flores e frutas, indicando a chegada da primavera. Suzanna buscou-a no sistema de roldanas.

Há quanto tempo estamos aqui?

Algo entre três ou quatro meses, docinho.

Há algum tempo já não faz diferença.

Como são fascinantes as mulheres criativas: não preciso dizer a ela o que fazer. Suzanna sabe despertar o que há de mais repulsivo em meu coração. Suas palavras ativam prazeres até então desconhecidos, carregados de culpa.

Não preciso ter vergonha com Suzanna.

Nos demoramos na janela, tomando café ou cerveja. Em frente ao Grande Mercado, Cidadãos Miseráveis suplicam por esmolas. Vemos também Comedores de Lixo, nefasta subclassificação de Cidadãos Miseráveis. Naturalmente, pessoas a serem evitadas. Gritam entre si, riem alto. Brigam em meio à madrugada. Às vezes choram, o que perturba o sono dos habitantes das torres.

Ainda que sejam desagradáveis e preferiríamos que fossem lamentar suas angústias em outro lugar, somos sensíveis aos Comedores de Lixo. Suzanna, que além de tudo é generosa, demonstra por eles uma compaixão especial. *O que será deles?*, me questiona, referindo-se, é claro, ao Anjo Exterminador. *O que será dos Miseráveis e dos prisioneiros da Masmorra?*

Estão condenados e fodidos, é claro. Não é isso que digo a Suzanna, que é inocente e se vê acometida por uma ansiedade paralisante sempre que algo a surpreende. *Eles vão ficar bem*, é o que digo a ela. *Vai passar.*

O Grande Lago é cercado pelo Parque, onde se pode relaxar, pedalar, comer, namorar... as possibilidades são inúmeras. Ao olhar para as águas, os habitantes das torres verão aqueles que estiverem no Parque ampliados em projeções colossais e minuciosas. Quem vai ao Parque e olha para o Grande Lago, vê nele refletido um amplo painel, onde se contemplam os habitantes das torres, reduzidos a miniaturas de si.

Quem vai ao Parque se arruma como pode. Veste suas melhores roupas, e penteia-se com diligência. Os mais inseguros vestem máscaras e fantasias. Há aqueles que tentam se mostrar mais felizes do que na verdade são, e também os que se demonstram entediados, cansados da vida. Uma desenvoltura consistente poderá render comentários de júbilo e enaltecimento dos habitantes das torres. Caso alguém demonstre insegurança ou hesitação, insultos serão sussurrados pelos corredores, e comentários maldosos serão enviados em papelotes por meio dos sistemas de roldanas.

No momento, não queremos ver outra coisa senão o reflexo dos habitantes das torres da outra margem, certificando-nos de que estão todos seguros e em casa. Acima de tudo, que ninguém esteja se sacrificando menos que nós.

O merdinha do Jorge Washington – que faz o tipo entediado – teve a audácia de ir ao Parque. Está atirando pedras no Grande Lago, tremeluzindo as águas. Tudo para chamar atenção.

Que o Anjo Exterminador queime tua casa, maldito. Que tua família seja a primeira a morrer, e que tu voltes ao Grande Lago para nos contar como foi.

O administrador da Torre enviou pequenos discos aos moradores, para não nos esquecermos de que um dia a vida foi diferente. Em cada pequeno disco, o administrador transcreveu algum elemento, fenômeno ou sensação. Reproduzimos o primeiro disco, aquele onde se inscrevia CHUVA, e ouvimos o gracioso salpicar da água nas calhas. Eram centenas de pequenos discos. Ouvimos o VENTO DA MONTANHA, e também PESSOAS DEIXANDO A ESTAÇÃO. Por fim, escutamos o tocante VENDEDOR DE AMENDOINS À PORTA DA IGREJA.

Por que está chorando?, perguntei a Suzanna.

Eu já não lembrava como era...

Quando se anunciou, pensamos no Anjo Exterminador descendo dos céus em uma imponente forma humana, com longas asas. Belo como a morte, duro como mármore. Cobriria a todos com seu manto, e então pagaríamos por nossos pecados. Estávamos enganados. Na televisão, referem-se a ele como uma figura invisível e impiedosa, fiel à sua determinação e nada mais.

Pensamos também que Deus seria justo e ponderado. Que seria misericordioso com os Comedores de Lixo. Os moradores das Torres de Vidro e Aço, estes sim, estariam condenados ao castigo severo por viverem melhor às nossas custas. O Anjo Exterminador arrasta consigo os imprudentes e também os inocentes, sem distinção. Logo os corpos dos Comedores de Lixo estarão empilhados em frente ao Grande Mercado, o que aborrecerá os habitantes das torres mais próximas.

E então descobriremos que estávamos enganados, mais uma vez. Que todo pensamento esperançoso que tivemos até aqui era equivocado. Suzanna está me ensinando a dançar. Descreve como devo avançar, recuar, e quantas vezes devo fazê-lo. Em uma desastrada tentativa, quebramos uma taça de vinho. Rimos juntos, sem represálias. Só depois me dei conta de que me cortara, deixando o piso imundo, mas continuamos dançando, era uma canção antiga.

Me recordo as viagens
Cenários e paisagens
Choro por amantes
Ternas e adoráveis

Será que nos dizem a verdade?, perguntei a ela, com a cabeça apoiada em seu ombro. Apertei-a contra mim, meu rosto em seus cabelos. Sua pele perfumada. Apertei-a, como se reafirmasse algo.

Fez silêncio. Gostaria que respondesse que não. Continuamos dançando.

Por um instante, me questionei se era de fato criativa. Se era tão admirável assim, ou se eu estaria me condicionando a pensar isso a seu respeito. Se tinha mesmo sorte em tê-la por perto. Se não me convencia de seus atributos virtuosos porque era cômodo. Tudo seria mais difícil sem Suzanna. Seria isso o bastante para que eu a amasse?

Noites divertidas, ao fim das quais um pensamento nos ocorre.

O administrador da Torre enviou a todos um rolo de etiquetas, para que não esqueçamos o nome das coisas com o passar do tempo. E para que não demos novos nomes a elas. Eu mesmo as busquei no sistema de roldanas.

Escrevi TELEVISÃO em uma etiqueta, e colei-a na televisão. Escrevi GELADEIRA, e colei-a na geladeira. Fiz o mesmo com a lâmpada, com a espreguiçadeira, com o massageador de pescoço. Escrevi GATO em uma das etiquetas, e a colei sobre o cantinho da estante onde o gato costumava descansar. Como preciso de um exaustor e devo adquiri-lo em breve, colei sobre o forno uma etiqueta onde se lê EXAUSTOR. Fiz o mesmo com as samambaias que ainda vou pendurar na sala, e com os quadros que um dia enfeitarão as paredes. A casa será muito mais bonita se tivermos tudo que as etiquetas dizem ter.

Quando Suzanna se recuperar de sua ansiedade paralisante, colarei nela uma etiqueta com seu nome, sem que ela perceba.

É mesmo audacioso o Casal Valverde, que dá as caras no Grande Lago a esta altura. O Casal Valverde não saberia fazer o tipo entediado, como o merdinha do Jorge Washington. São felizes demais para isso. Ignorantes também, é claro. Porém simpáticos e gentis. Cultivávamos algum respeito por eles, até tomarem essa desastrosa decisão, enquanto nos sacrificamos, confinados.

Que o Anjo Exterminador os envenene. Que a casa desta família seja a primeira a arder, e que voltem ao Grande Lago para nos contar como foi.

Suzanna me toca os ombros, melancólica. Quer ir ao Grande Lago.

O que será de nós ao fim disso tudo? Iremos ao Grande Lago, nos mudaremos para uma das Torres de Vidro e Aço... e então seremos felizes? Suzanna é a mais bela das mulheres. Se formos ao Grande Lago, os homens irão aplaudi-la, e na tentativa de tocar seu reflexo muitos cairão das torres. Os Comedores de Lixo nos dirão coisas terríveis. Ainda vamos nos achar criativos, eu e você? Maduros e inteligentes? Estaremos satisfeitos? Continuarei te achando engraçada, Suzanna? Ainda transaremos demoradamente? Ainda fará as unhas, pintará o rosto? Viveremos em harmoniosa concordância? O que será de nós?

Assistimos ao Casal Valverde por longas horas, em silêncio. É uma boa vida.

ANTONIO POKRYWIECKI nasceu em Joinville, Santa Catarina, em 1996. É autor do romance *Tua roupa em outros quartos*, Editora Patuá (2017).

Les Amants
Carlos La Paiva

> *Amor é privilégio de maduros.*
> CARLOS DRUMMOND DE ANDRADE

No escuro, as bocas enxergam mais que os olhos
Acoplam-se como se fossem naves espaciais em missão quase secreta
No absoluto breu, sua língua busca o céu da minha boca
Em frêmitos, nossas bocas se devoram

Nesse amor, tudo o mais se ajeita
Braços, coxas, corpos entrelaçados permeados de suor
Numa dança inescrupulosa e quase infindável

Assim, continuamos nossa vida de John e Yoko
Trancados num quarto de hotel
Em meio a lençóis amarrotados
E ao barulho do ar-condicionado
Sufocando nossos rumores de elogios proibidos
Na porta, *Stay at Home*

Lá fora, amores engolidos às pressas
Por detrás das máscaras escuras
Sem nenhum tom de esperança.

CARLOS LA PAIVA é goiano de origem e paulistano de coração. Acredita que a poesia está em todo lugar: no olhar de Capitu, no riso de Irene, numa letra de Chico, num filme de Fellini, numa trilha de Nino Rota e até mesmo na prosa de José Luís Peixoto. Participou das antologias "Novos Rumos, Poesia Brasileira..." (Shan Editores – Porto Alegre) e "Painel Brasileiro de Novos Talentos 3" (pela Câmara Brasileira de Jovens Escritores – Rio).

2020 – O Ano do Rato que o vírus roeu
Cássia Penteado

Esta noite, nós nos reuniríamos no meu apartamento, oito de nós, todos alunos do curso de mestrado em literatura clássica chinesa, todos estrangeiros, oriundos de diversas partes do globo para o bosque de cerejeiras que bordeja a Universidade de Wuhan. E Liú Yang. Ele chegaria mais cedo para me auxiliar.

Era a última noite do Ano do Porco. Era para ser comemorada.

Juntos, durante a ceia, seríamos conduzidos por Yang num ritual clássico de passagem de ano. O alimento errado no menu poderia trazer infortúnios que se arrastariam assombrando todos os dias do ano que viria. Convinha evitar qualquer displicência.

No vapor da panela de bambu, prepararíamos o *Jiaozi*, um bolinho em forma de meia-lua. Dentro de apenas um deles a medalha de metal seria introduzida, quem encontra o amuleto tem a sorte por companheira.

Assaríamos o peixe; símbolo de fartura na essência, na forma sugestiva de infinitude, no volume a exuberar na travessa e mesmo no som; a palavra chinesa para *peixe* soa como a palavra *excedente*. Tudo para deixar claro, nada pode faltar no ano que viria:

2020, O Ano do Rato no calendário chinês.

Cozinharia brócolis (poderia ser couve-flor), para que houvesse evolução, reflorescimento. A mim, remetem-me às minhas fantasias infantis de ser um gigante a devorar florestas. Talvez, diante dessa lembrança, eu tenha deixado escapar um sorriso acanhado pelos cantos da boca. Digo isso porque em algum momento senti escorrer do rosto um pouco da tensão. Deve ter sido nesse instante que desviei os olhos para a porta do apartamento; ao lado da porta estava ela, como uma árvore de natal, a minha minitangerineira, repleta de frutos e decorada com cartões vermelhos e palavras auspiciosas em chinês. Súbito ela parecia envolta em atmosfera distinta da que restava no apartamento, ou a atmosfera do apartamento já havia mudado e era eu que me distinguia. Ela parecia ter esticado os galhos para o lado da porta. Parecia maior desde o dia 23.

Era 25 de janeiro de 2020. Havia estado ansiosa pelo meu primeiro *réveillon* na Província de Hubei.

Estendo o braço e pressiono o botão que liga meu Tencent Music e ouço "Vakning aō elska" de Misha Mishenko, a música me abraça.

Eu me valeria das redes sociais para dizer do deserto ensurdecedor que habita as ruas vistas da minha janela nesta cidade de 11 milhões de habitantes, agora, virtuais.

A cidade nua.

E havia uma tangerineira a me ameaçar.

Eu queria poder dizer.

De volta à ceia desta noite, eu engoliria um metro e meio de *noodle*, sem parti-lo com os dentes, sob pena de ter a vida interrompida também, como reza a crença que promete longevidade. A graça estava em fazermos juntos.

Já começo a achar isso tudo uma tolice. Ou talvez , desfazer dessas práticas místicas orientais seja minha primeira defesa.

Fui até a geladeira checar os camarões. Na passagem do ano os camarões salvaguardariam a felicidade.

Na sala, um frio ríspido, como o inverno desigual do lado de fora, parece aguardar por mim; entra pelas narinas e causa tensão em pulmões fragilizados. Revoltaria as cortinas se as janelas não estivessem lacradas. Por puro instinto de sobrevivência espreito a tangerineira que há pouco havia decidido ignorar. Ela continuava lá, obstruindo a saída, como se tivesse livre arbítrio e alguma intensão oculta; como se fosse uma espiã, um agente secreto infiltrado para amenizar os feitiços de passagem de ano?

Tomei um gole de *huangjiu* e busquei me entreter com a imagem da mesa lateral, com os peixinhos doces de arroz glutinado no vácuo de uma embalagem de plástico e papelão. Em sobretons cúrcuma, as escamas glutinadas iam clareando até o perolado furta-cor na altura das entranhas. Nadavam saltando de dentro de vaso vítreo vermelho, como se lava encandecida de uma erupção. Encandecida, encarei de cima a minitangerineira; seus galhos já ocultavam a maçaneta.

Um arrepio rasteja pelo meu corpo enquanto me rouba o alento. Roubaria de outros o fôlego completo, roubaria por todos os continentes, vidas.

Eu queria poder dizer.

No celular acionei o ícone do *WeChat*, escrevi uma mensagem para Yang contando meus desconfortos, mas a mensagem desapareceu antes que eu pudesse enviá-la. Tentei outra vez, já com os dedos trépidos, nada.

Uma poltrona me resgata o corpo e a solidez anímica. Ao meu lado havia um livro de poemas de uma dinastia distante recitando a magnanimidade do Rio Yangtsé, que serpenteia pela cidade de Wuhan.

Eu não podia ler.

Abraçada pela música, de olhos fechados, caminharia pelas vias verdes às margens do Lago Donghu. Ouviria o som das ondas acariciando os pés das montanhas. Teria pulmões para alcançar o voo das andorinhas?

Penso ter ouvido o toque da flauta de bambu.

Eu queria poder dizer.

Conheço as águas sob as pontes de Wuhan.

Do alto da Torre da Grua Amarela, vi refletir no espelho dos seus rios o infortúnio dos seus mercados. Vi exalar difundido nessas águas, o sentido profano da mudez.

Um solavanco faz tombar a poltrona onde eu me amparava, a olhos nus deparo-me com um pesadelo vívido. Ramos, galhos, folhagens, todo o apartamento tomado pela minitangerineira, seus frutos e os cartões vermelhos.

Uma réstia de luz vinda de algum ponto menos obstruído da janela, reflete a tela acesa do meu computador aberto sobre a mesa de jantar. Sem perdê-lo de vista, busco espaço naquela brenha onde colocar vez por vez, pé ante pé, apoiando-me em nada. Aproximando-me da imagem cuja voz era encoberta pela música, reconheci Liú Yang, numa *live*. O Tencent music havia desaparecido no meio de tudo, eu não podia abaixar o som. Ao meu alcance, diante dos meus olhos e dos meus ouvidos turvos, apenas a imagem dos olhos plácidos de Yang e sua voz obstruída pelas máscaras.

Eu queria poder dizer.

Cássia Penteado é advogada, escritora e tradutora. Foi colaboradora do jornal *Diário da Região*, em São José do Rio Preto. É autora das peças de teatro infantil *O coelhinho Joca* e *A verdadeira história do meu computador*, com as quais conquistou dois prêmios no Festival de Teatro de São José do Rio Preto. *EntreMeios* é seu romance de estreia, publicado pela Editora Reformatório em 2018.

Tripulando o foguete do tempo
Celina Moraes

Maio terminava e o sol outonal brilhava num céu resplandecente anil que nem o cinza do céu paulistano conseguia eclipsar. Também não era possível eclipsar as lágrimas que caíam sobre a terra brasileira, onde a Covid-19 já tinha ceifado mais de 29.000 vidas. O país seguia polarizado entre os que negavam a gravidade do vírus e os que pensavam o contrário.

Entre as famílias trancafiadas nos espigões de cimento da capital paulista por causa da pandemia, estava aquela mãe e sua filha adolescente almoçando quando o celular do marido tocou.

– Alô. Aqui é Isabel, a esposa dele. Enquanto ouvia a mensagem do outro lado da linha, a fisionomia da mulher parecia segurar o riso.

Zé Augusto, o marido, sentou-se à mesa quando a esposa desligou o aparelho.

A família morava num apartamento no bairro de Pinheiros em São Paulo. A cozinha era do tipo americana e a mesa de jantar ficava na sala de estar. Os pais estavam trabalhando em sistema de *home office* e a filha tinha aulas virtuais.

– Quem era, Isabel?

– Era da casa de repouso.

– Aconteceu alguma coisa com a minha mãe? – perguntou preocupado e paralisado com a concha de feijão na mão.

– Sua mãe foi expulsa.

– Tem cachaça no feijão, Isabel? Você entendeu alguma coisa errada. Desde quando se expulsa uma idosa de 85 anos de uma casa de repouso?

– Sua mãe organizou um bailinho ontem à noite e agora está com as malas prontas esperando você buscá-la – disse a esposa, rindo.

– Alguém organizou isso e estão jogando a culpa numa senhora indefesa.

– Pelo que me contaram sua mãe não pareceu tão indefesa porque brigou com as cuidadoras quando interromperam a festa – contou a esposa – o bailinho foi ontem à noite por volta das 11 horas, com a Dona Odete – disse, mencionando o nome da sogra – e um senhor e mais dois casaizinhos dançando ao som de *Great Balls of Fire* nos celulares – relatou, referindo-se à música do cantor Jerry Lee Lewis – agarradinhos no fundo da casa – finalizou, soltando o riso.

– Perdi o apetite! – disse o marido sério e irritado, colocando os talheres sobre o prato – vou lá esclarecer quem botou minha mãe nessa enrascada.

– Pai, onde a vó vai dormir agora que o outro quarto virou escritório?

– Na outra cama do seu quarto – informou, abrindo a porta.

– Eu não quero dormir com a vó.

– É o que tem para hoje, minha filha – afirmou, saindo e trancando a porta.

Na manhã seguinte, um sol frio junino iluminava a sala do apartamento da família. Eles tomavam café e reinava um silêncio constrangedor.

Cantarolando, saiu do quarto, que dava para a sala, uma senhora usando calça cigarrete vermelha de couro, malha branca e várias bijuterias.

– Bom dia! – disse com um largo sorriso, sentando-se à mesa.

– Mãe! – exclamou Zé Augusto atônito – onde a senhora pensa que vai com essa calça de menininha?

– Vó, fala sério, essa calça não combina com a sua idade.

Com serenidade, a senhora pegou uma xícara e se serviu de café. Depois, passou manteiga numa torrada e após degustar calmamente o alimento, virou-se para o filho e a neta. – Zé Augusto e Adriana, a roupa é velha como a velha, mas o manequim é jovenzinho. Ganhei essa calça do seu pai quando tinha 17 aninhos – brincou – só não usei quando engravidei de você, Zé Augusto, e hoje resolvi usá-la para tomar o café com vocês.

– Vó, eu jamais sairia com você na rua com essa calça.

– Mãe, eu acho que essa casa de repouso fez muito mal à senhora.

– Claro! Quando decidi quebrar o tédio de assistir televisão, eles me expulsaram – disse, em tom de brincadeira, bebendo o café – e quanto à opinião de vocês sobre a minha roupa, não faz a menor diferença.

– Dona Odete, desde que eu a conheço nunca vi a senhora se importar com o que pensam a seu respeito – disse a nora, com certa ironia.

– Pelo contrário, Isabel, sempre ouvi e muitas vezes segui conselhos de outras pessoas, desde que bem-intencionados e desprovidos de preconceito.

– Vó, nem eu que sou jovem uso uma calça de couro vermelha e justa.

– Com 16 anos de idade, você já é uma menina preconceituosa, Adriana – afirmou Dona Odete séria – preconceito, minha neta, é sinônimo de soberba, ignorância e falta de autoestima. Uma pessoa segura e autoconfiante sempre se relacionará com seres humanos e não com conceitos preconcebidos de seres humanos – concluiu enfática.

A neta a olhou com irritação e impaciência.

– Vó, eu não sou preconceituosa, só acho que para cada idade tem uma roupa certa.

– Adriana, todo velho sem exceção já foi jovem. Saiba que a juventude é um foguete. Quando você achar que ele está subindo, já desapareceu dos seus olhos – disse, servindo-se de mais um café – não é a roupa nem os cabelos brancos que fazem a velhice – afirmou, olhando-a – aprenda a tripular o foguete do tempo, Adriana, para que quando ele desaparecer no ar você não se lamentar de ter sido uma jovem só na idade.

Três meses se passaram e agosto findava com uma tarde fria e chuvosa na capital paulista. A Covid-19, para crentes ou não crentes no vírus, já tinha vitimado mais de 121 mil vidas no país, sem preconceito de idade.

A convivência de 24 horas por dia das famílias na metrópole escancarou a realidade. Onde havia máscaras encobrindo relacionamentos frágeis, surgiu o rompimento; onde havia famílias felizes só em redes sociais, a convivência mostrou que felicidade virtual jamais competirá com felicidade real.

– Vó, até que horas você vai ler este livro? Eu não consigo dormir com luz acesa – perguntou a neta, sentando-se na cama.

– A luz não está acesa, só a do abajur da minha cama.

– Não importa, é luz e me incomoda.

A senhora fechou o livro e acendeu a luz do quarto.

– Vó, não vou conseguir dormir com duas luzes acesas.

– Eu acendi a luz – disse, levantando-se e se aproximando da cama da neta – porque quero que me responda olhando nos meus olhos se é a luz ou eu que estou incomodando?

A garota abaixou a cabeça.

– Responda, Adriana.

– Vó, eu vou ser sincera – disse a garota, erguendo a cabeça e a encarando – o apartamento agora só tem dois quartos e o único lugar em que eu tinha um pouco de liberdade era aqui e eu perdi quando você veio para cá.

– Que bom que você foi sincera comigo. Tudo fica mais fácil com a verdade.

– Só que se a senhora falar para o meu pai, ele vai me dar uma bronca.

– Por que lhe daria uma bronca?

– Porque ele vai dizer que temos de respeitar os pais, os avós e que eu não deveria ter falado isso para a senhora.

– Não é justo punir você por ter falado a verdade.

— Meu pai não aceita minhas opiniões. Diz que eu ainda não entendo nada da vida.

— Engraçado, na juventude, não nos ouvem porque não entendemos nada da vida; na velhice, não nos ouvem porque nosso conhecimento da vida está ultrapassado.

— Vó, eu acho que nunca vou entender por que santificam os pais se eles são seres humanos e erram também. Tem pai que estupra a filha e mãe que joga filho no lixo. Como respeitar eles? – questionou inconformada.

— Você gosta da vida, Adriana?

— Claro! – respondeu intrigada.

— A vida só existe para nós porque nascemos de um pai e uma mãe, Adriana, e devemos respeitá-los porque nos deram a vida, que é sagrada – disse séria – mas isso não quer dizer que todos os pais sejam bons e que quando envelhecem se transformam em santidades. Respeitar os pais é um dever, mas respeito não significa ignorar a própria opinião ou compactuar com a maldade dos pais.

— Vó, não sei a quem meu pai puxou, mas não foi a senhora – disse, sorrindo.

— Adriana, você tem razão quando diz que tinha um canto só seu. Todo mundo precisa de um tempo na solidão e no silêncio para ouvir a própria voz e se conhecer melhor – falou, sentando-se na cama e tocando com afeto o cabelo da neta – eu tenho mais de oito décadas de vida, mas aprendi ainda menina a me conhecer e a investir na minha autoestima.

— Todo mundo fala de autoestima, vó, mas eu confesso que não sei se a minha é alta ou baixa – revelou com ingenuidade.

— Autoestima, Adriana, é você ser fiel aos seus valores e às suas crenças e jamais traí-los. Parece fácil, mas não é. Ao longo da vida, as batalhas vão nos machucando e alguns vão abandonando pelos caminhos sonhos e individualidade, acatando passivamente o que a vida lhes oferece, muitas vezes se rebaixando e se humilhando. Sem nos valorizar é difícil olhar com compreensão para as dificuldades da vida e prosseguir confiante.

– Então só rico tem autoestima porque tem dinheiro para tudo.

– Engano seu, minha querida – afirmou, rindo – a autoestima não é preconceituosa socialmente porque um dos caminhos para se autoconhecer é de fácil acesso a ricos e pobres, mas poucos sabem disso.

– Que caminho? – perguntou curiosa.

– Livros.

– Livros?! E terapia?

– Livros com terapia seria ótimo. Você falou de dinheiro e deve se perguntar como uma pessoa pobre terá ânimo para ler com a despensa vazia?

– É óbvio, vó. Livros são caros e quem passa fome não vai pensar em ler.

– Realmente, livros não abastecem a despensa, abastecem somente o cérebro. Mas de onde saem as ideias? Da mente, minha querida – enfatizou, apontando para a cabeça da neta – imagine duas mulheres paupérrimas. Uma decidiu ler mesmo na miséria e a outra não tem ânimo para isso. A chance da mulher pobre que lê mudar de vida é maior. Veja a história de Carolina Maria de Jesus, que era uma favelada paupérrima e catava livros no lixo, mas virou uma grande escritora.

– Nunca ouvi falar dela.

– Histórias como as dela e de muitas outras pessoas deveriam estar no currículo das escolas para inspirarem os jovens. Tem gente que diz que antigamente o Brasil era melhor. Adriana, em qualquer época que uma pessoa dependa de um emprego para viver e o desemprego ou a falta de um emprego digno a jogou numa sobrevivência miserável, não existem bons tempos. Aliás, falando em época, posso lhe dar um conselho?

– Claro, vó!

– Adriana, toda época tem suas tormentas, guerras e doenças. Hoje existem duas grandes guerras chamadas exposição e polarização. A antiga felicidade de porta-retrato virou pose de felicidade em rede social. Não se iluda, minha neta. Há mais infelicidade virtual do que felicidade real. Jamais vincule seu valor pessoal aos números de curtidas de seus *posts*. Curta sua época, curta sua vida, mas invista no maior vencedor de todas as guerras – aconselhou, tocando no coração da garota – acredite em valores sagrados e éticos, e siga a filosofia milenar de Sócrates do "conheça-te a ti mesmo". O mundo, Adriana – disse, com imenso carinho na voz – evoluiu nas formas de comunicação, mas a maldade humana age da mesma forma há milênios. Tem uma frase antiga que diz que ninguém olha diretamente para o sol quando ele brilha, mas todos o veem quando ocorre um eclipse. Por mais acertos que você tenha na vida, minha neta, bastará um único erro seu para lhe atirarem pedras – afirmou, séria – por isso, fortaleça o coração e a mente para saber se expor e expor seus pensamentos. A vida é bela, sagrada e breve. Viver em paz é uma riqueza inestimável. Estime o coração e a mente como se estima um diamante – concluiu, levantando-se e apagando a luz.

Era outubro e o canto dos sabiás ecoava pelas árvores de Pinheiros. Sobrou polarização até para a ave. Uns reclamavam que não podiam dormir com a sinfonia dos sabiás nas madrugadas; já outros agradeciam a dádiva de ter uma sinfônica tocando na própria janela em plena São Paulo. Sem se importar com a polarização entre negativistas e realistas, o coronavírus seguia ceifando vidas, tendo tirado da terra brasileira 160 mil entes queridos em apenas sete meses.

Passava das 11 horas da manhã naquele sábado e Zé Augusto estranhou que sua mãe e a filha ainda dormiam e foi até o quarto delas.

– Adriana! – gritou.

A jovem acordou sobressaltada.

– Pai, o que aconteceu?

– Cadê sua avó? – perguntou, apontando para a cama arrumada e vazia.

– Não sei, pai. Me deixa dormir – disse, cobrindo a cabeça e dando-lhe as costas.

Preocupado, ele saiu correndo para a sala.

– Minha mãe fugiu, Isabel.

– Impossível. Para onde ela iria? Ela não conhece mais ninguém em São Paulo.

– Eu vou descer e falar com o porteiro e o zelador.

Pouco tempo depois, ele voltou.

– Às 6 horas da manhã, um carro veio buscá-la e ela enganou o porteiro dizendo que precisava me buscar no aeroporto porque você não estava bem – contou à esposa.

Uma hora mais tarde, o celular de Zé Augusto tocou.

– Alô. Sim, é o filho dela. Onde? Como?

Anotou algo num papel e desligou o aparelho.

– Minha mãe está na praia.

– Na praia?!

– Vou lá buscá-la.

– Eu vou com você – disse Isabel – e vou acordar a Adriana para ir junto.

Mais de duas horas de viagem e a família chegou à praia de Boiçucanga, no litoral norte de São Paulo. Zé Augusto tocou o interfone de uma casa amarela que ficava a duas quadras da praia.

Uma senhora veio atendê-los.

– Você é a Lara? – perguntou ele.

– Sim.

Eles entraram. A casa era pequena e repleta de belezas primaveris. Flores de várias cores enfeitavam o jardim e árvores frutíferas ornamentavam o quintal.

Lara indicou o sofá para a família se sentar.

– Onde está minha mãe? – perguntou Zé Augusto aflito.

– Estou aqui – disse Dona Odete, saindo da cozinha com uma xícara de café na mão, usando *shorts jeans*.

– Mãe, que maluquice é esta de fugir de casa na sua idade? – perguntou, disfarçando o incômodo de vê-la com aquela roupa praiana.

– Parece um mantra. Tudo é idade. Por que fez isto nesta idade? Por que foi lá nesta idade? Esta roupa não é para a sua idade – desabafou, sentando-se numa cadeira de frente com a família. Lara os deixou a sós.

– Estamos em uma pandemia, mãe.

– Verdade! Os idosos devem ficar isolados em casa – ironizou – resta saber como as famílias que vivem amontoadas isolam os avós. Será que tem alguém os supervisionando para garantir que estaremos todos protegidos?

– Mãe, a doença mata mais idosos.

– Zé Augusto, pode ser, mas o que eu estou vendo é um vírus matar sem preconceito idosos, jovens, adultos e grávidas. Esse vírus é uma caixa de pandora, os mais atrevidos abrem a caixa e espalham a desgraça para os outros, e os trancafiados dependerão só da esperança para se proteger.

– Dona Odete, não queremos que adoeça – disse a nora, com certa dissimulação.

– Sabe o que é deprimente, Isabel, é as pessoas acharem que porque envelhecemos, vivemos só para esperar a morte. De que adiantou o avanço da medicina para vivermos mais se o ser humano não avançou na compaixão e nos trata como descartáveis e desnecessários? – indagou séria.

– Concordo, Odete. O corpo envelhecido não é sinônimo de mente enrugada – disse um senhor saindo da cozinha e aparentando uns 80 anos.

– Deixa eu lhe apresentar à família, Arlindo. Este é o meu filho Zé Augusto, a esposa dele Isabel e a minha neta Adriana. Gente, este é o pai da Lara e o meu namorado.

O filho, que tinha acabado de aceitar o café oferecido por Lara, quase se engasgou com a bebida.

– Namorado?!

– A gente se conheceu na casa de repouso e fomos os organizadores da festinha que nos expulsou – disse em tom de brincadeira.

– Se jovens fazem uma festinha com música, beijos e abraços, é diversão; se velhos fazem a mesma festinha é depravação – argumentou Arlindo – vocês precisam entender que a Odete e eu temos mais de 80 anos e nossa ambição é só viver.

– Justamente pela idade da minha mãe que preciso tê-la perto de mim e quero que ela more comigo agora – disse Zé Augusto, olhando para a mãe.

– Filho, todos nós gostamos de ter um canto para chamar de nosso. Foi escolha minha ficar numa casa de repouso para não incomodar vocês.

– A senhora nunca incomodou, Dona Odete – apressou-se Isabel em se justificar.

– Eu sei, minha nora – concordou com certa ironia – mas foi boa a experiência de ter vivido alguns anos na casa de repouso porque conheci o Arlindo – disse, olhando com afeto para o namorado – só que casas de repouso são ótimas para quem não consegue mais pensar com a própria cabeça nem andar com as próprias pernas, que não é o nosso caso.

– Deixa sua mãe morar aqui – pediu Lara – eu vou cuidar dos dois. Antes, eu não podia ficar com meu pai porque trabalhava como doméstica e morava na casa dos meus patrões. Meu sonho era uma casa de praia e quando me aposentei em abril meus patrões me deram essa casa de presente.

– Lara, fico feliz pelo reconhecimento dos seus patrões e por sua gentileza, mas minha mãe não é sua parente.

– Sr. Zé Augusto – prosseguiu Lara calmamente – não é fácil envelhecer. Eu mesma vejo que meu corpo não é mais o mesmo e tenho medo de depender dos outros. Mas o que realmente impede uma pessoa de viver não é a idade, e sim a doença, e o coração e a cabeça de sua mãe e do meu pai não adoeceram e eles têm o direito de usufruir desta glória divina de uma longevidade saudável.

– Engano seu, Zé Augusto, que eu não sou parente da Lara. Em breve ela será minha enteada porque o Arlindo e eu decidimos nos casar no cartório e na igreja.

Zé Augusto empalideceu.

– Casar?! Não vou permitir essa loucura nem que more na praia porque se ficar doente, aqui não tem os recursos de São Paulo.

– Filho, eu estou falando de vida, e não de doença. Meus pais viveram para o futuro que não chegou, pouparam para doenças e economizaram para a vida. Seus avós se odiavam e, quando envelheceram, a vida deles se tornou um fardo ainda mais pesado para carregarem. Prometi que seria o oposto e quero viver minha vida de acordo com a minha sanidade – afirmou.

– Mãe, eu nunca soube que meus avós não se davam bem.

– Você não sabe nem essa nem muitas outras histórias, Zé Augusto, porque a história dos velhos não interessa aos jovens. Como na juventude o horizonte que se vê à frente é infinito, ninguém imagina a finitude da velhice. Filho, eu não estou demente e quero viver com quem eu possa compartilhar a vida, e não o tédio.

Houve um profundo silêncio quebrado apenas pelo canto dos passarinhos nas árvores.

Zé Augusto pediu licença e foi até a cozinha beber água. Havia uma expectativa tensa na sala. Pouco depois, ele voltou e se agachou próximo à cadeira onde Dona Odete estava sentada.

– Mãe – disse com afeto, tocando na mão dela – eu lembro que com 15 anos pedi para fazer intercâmbio nos Estados Unidos, durante um jantar. O pai ficou na dúvida porque eu era muito novo para sair de casa – recordou-se, com a mãe ouvindo-o atenta –, mas a senhora me perguntou por que eu queria fazer aquilo e eu lhe respondi que queria estudar inglês onde se falava a língua. Então, a senhora me disse...

– ... que era uma bênção ter um filho pedindo para estudar – acrescentou, interrompendo-o.

– E eu embarquei para os Estados Unidos e o inglês abriu muitas portas na minha carreira – concluiu o filho – então, mãe, agora é a minha vez de dizer que é uma bênção ter uma mãe nesta idade com uma mente tão saudável. Me perdoa pelo machismo. A senhora tem direito de usar o que quiser e morar com seu marido, mas eu quero te fazer um pedido antes.

– Qual? – perguntou curiosa.

– Posso te conduzir ao altar no dia do seu casamento?

Celina Moraes é formada em Letras pela Faculdade Ibero-Americana, com especialização em tradução. É escritora e possui mais de 40 anos de experiência corporativa, ocupando desde 2001 a posição de editora em uma multinacional do mercado financeiro. É autora de *Lugar cheio de rãs*, livro vencedor do Prêmio Lúcio Cardoso e *Jamais subestime os peões: eles valem uma rainha*. www.celinamoraes.com.br

Três mil horas e adeus
Débs Monteiro

O presidente anunciou o *lockdown*. Em pouco mais de quarenta e oito horas os aeroportos foram bloqueados, os voos domésticos acabaram cancelados e nós permanecemos sujeitos aos acontecimentos e às emoções. Esgotou-se a ilusão do controle sobre os nossos planos. Éramos nós dois entre os estrangeiros espalhados por algumas das 7.641 ilhas do arquipélago das Filipinas. Nós sabíamos sobre o vírus antes de embarcarmos naquele avião. E viajamos milhares de quilômetros em busca da felicidade, quando a própria ficou trancada em casa.

Ninguém poderia supor esse acontecimento. As fronteiras escancaradas em sua imbecilidade humana por um bicho rondando o planeta. A cada "vai passar" ecoando eu sentia raiva. A espuma preta crescente impregnando o pensamento e os olhos de desalento. A primavera, o verão, o outono e o inverno passam. A espera passa. Sei que vai passar, mas enquanto isso não acontecer veremos queimar nossos humores até a fumaça sufocar os sentidos. Vai passar, mas enquanto o pesadelo não chegar ao fim seguiremos incrédulos pelos fatos. A falta de poder de ação vai paralisar o riso. E vai doer, bastante. Espero que para sempre.

Só o incômodo preservaria a nossa memória. Nos momentos em que somos pegos desprevenidos pelo abraço cego do imponderável, resgatamos a vontade de estar sãos. No mundo lá fora rondam notícias deprimentes e o pior do ser humano misturados às palavras de ordem para alimentarmos a paz interior e os resquícios de esperança. Inundados de perplexidade, tentamos nos apegar à serenidade necessária para manter o equilíbrio diante do caos instalado.

Ninguém avisou que assim seria o ano de 2020. "Se você foi acometido pela crise justo aí, neste lugar, aproveite". Ouvi muitos conselhos duvidando das belezas de Boracay. Desfrutar parecia a escolha óbvia perante o impedimento de sair dessa ilha que já foi considerada a segunda mais bonita da Terra. Na primeira semana nos concentramos em administrar o dia a dia, usando a tranquilidade resgatada de onde nem supúnhamos haver otimismo. Sobraram restos de prazer mal recolhidos na lembrança. Perdemos a chance de cultivar a alegria dos detalhes na soberba de sermos eternos e trocamos a liberdade da rua pelo susto de apreender os dias. Quando veio a proibição de sair de casa, escolhemos descobrir o contentamento para nos salvar de nós mesmos. Quase conquistamos o sossego com a nossa própria existência, mas nos deixamos escapar em pormenores. O lamento pela escassez de sabores familiares vinha acompanhado do pesar para quem negamos o mínimo alimento. Negamos no plural porque concordamos em fazer parte, nos foi negada a possibilidade de querer. "Salve o capitalismo selvagem"! que nos colocou nesse naufrágio e nos lembra que se não quisermos pertencer a ele é tempo de revolucionar as injustiças. Somos multidão.

Na segunda semana superamos a distância estabelecida pela morte aproveitando o contato digital com os afetos. A coragem de viver o presente repercutia nas frases prontas com palpites para levantar o ânimo. Desconectados, víamos a vastidão do mar, as vitrines fechadas, as ruas vazias, a solidão na areia, os olhares vagos no horizonte. Rodeados por fardas e pistolas na cintura. Silêncio.

O jornal estampou a manchete da contaminação, prelúdio para a terceira semana sem as pequenas descontrações disfarçando a realidade. Na praia o salva-vidas se desculpou pela oferta do paraíso desfeita no papel entregue por mãos afastadas. Começou com a noite não sendo nossa, as sirenes colorindo a vizinhança no alerta para o cumprimento da lei. Depois nos roubaram o sol. Do terraço do prédio com jeito de Miami ainda tínhamos a segurança do céu sobre telhados de zinco. Acolá os barracos acompanhavam os habitantes gargalhando em conversas no idioma incompreensível, os engradados empilhados no canto do quintal, os galos calados observando o torpor. A Humanidade nunca mais será a mesma. Será que estamos preparados para não ser os mesmos?

A quarta semana trouxe hábitos inéditos. A meditação foi interrompida e no meio do ॐ – OM – o peito esfriou com a agulhada de pavor. Senti faltar o amor. Na mente a tentativa de decifrar o anúncio ouvido sem demora: está autorizado atirar para matar os desavisados. Desse jeito (?). "Atirar para matar", falou o mandatário. Custo a acreditar ser apenas força de expressão, temendo a capacidade de insanidade.

As pancadas foram consecutivas, a cada instante uma granada explodiu na nossa calma. A permissão de desobediência às normas coincidiu com o receio de pisar na esquina. Trancados naquele quadrilátero moderno, poderíamos encontrar harmonia e seguiríamos alienados vendo flores. Nosso problema era superior ao tédio. Estávamos longe do ócio criativo, vigilantes um minuto, dois minutos, e em todos os minutos seguintes. O demônio do meio-dia nos espreitando, e nós resistimos soltando feridas que distanciavam e dificultavam a convivência.

A quinta semana foi dominada pela desistência. Quase implodimos o respeito necessário para a intimidade. A probabilidade de ajuda revelava-se um milagre, eis que o celular piscou a mensagem promissora. O Brasil viria nos resgatar. Em vivas recebemos as informações da operação proposta para nos levar embora. Seguimos os protocolos da repatriação e confiamos na euforia.

Na sexta semana nos vimos novamente à deriva de mãos dadas com a angústia. As horas passavam sem chegar qualquer sinal de escapatória. A reclusão obrigatória nas Filipinas foi declarada por outros quinze dias (e ganharia alguns meses), os aeroportos continuavam bloqueados e de novo não pudemos fazer nada para voar até o nosso país. Nada. Só disfarçar. Está tudo bem, repetia resignada ao outro lado do telefone.

"Tudo bem". "Tudo bem". "Tudo bem".

O mantra escondia a verdade da ansiedade. A complexidade normal do relacionamento soterrou a nossa personalidade de desconforto e dúvidas quanto aos nossos quereres, perdidos no cotidiano embaralhado pelo estresse que condensa a consciência a relâmpagos de lucidez. Desde o começo houve pouca adaptação e extremo esforço para eu não sucumbir ao luto e à ausência. Perdemos tantas coisas pelo caminho. E recusamos as oportunidades de reconstrução de novas perspectivas. Eu acabei nos atropelando, despercebendo os sinais que indicavam a necessidade de paciência e carinho. A armadilha do espelho paralisou as minhas atitudes, pois ao nos vermos no outro ficamos assustados, recapitulamos nossos vícios. Conheço a capacidade do relógio carregar sonhos, o lapso do espaço-tempo traz justamente agonia. E no triunfo da confirmação da viagem através dos continentes graças ao Itamaraty, surpresa: a notícia trouxe apatia em vez de alívio. Isso sim foi novidade. Caímos no buraco negro do imponderável. Ninguém está a salvo de si, por melhor que seja o estado de espírito.

Na sétima semana a suspeita se afirmou: estávamos distantes de superar o vírus. A evolução pulsando incapacidade. Todos vibrando as variações do pêndulo acelerado nos ciclos das circunstâncias. Enfim ingressamos no nosso retorno ao Brasil, organizado com sucesso pelos órgãos oficiais. Nós voltamos para cá. Acreditei que sentiria saudades de lá. Sem tempo. Fui invadida pela imaginação da nova rotina que deveríamos estabelecer em outras partes. Afinal, na mudança de ares carregaremos a caixa idêntica encerrada no crânio.

Na oitava semana as lágrimas escorriam livres com intensidade nessa aventura chamada quarentena, que de quarenta dias ficou na simples promessa. No isolamento social infinito chorei dia sim, dia não. Tive que enfrentar a jornada nas Filipinas para enxergar obviedades, algo se perdeu e entendo que é possível transformar em acaso. É urgente conviver com outra História. "A Humanidade nunca mais será a mesma", bradam em ladainha. Eu espero nunca mais ser a mesma. Quero novos erros na ânsia de ser o desejo certo. "Tente encarar a quarentena com mansidão, sem fazer dos dias uma *performance*, e fuja da produtividade". Ainda vivemos a expectativa, e há muito combinamos tirá-la do nosso vocabulário. "Avante, rompa com as falácias do capitalismo"! A cronologia fica embaralhada demais. Que dia é hoje? Tanto faz.

Em junho a ampulheta endoideceu. A memória me arranca da realidade. Não consigo resistir diante de instantes fatais. Acordada, ou não, eu me vejo no passado: a viagem que durou cerca de setenta e duas horas de Manila a São Paulo. A logística organizada para o nosso itinerário foi planejada em minúcia no percurso uma a uma pelas sete ilhas nas quais enviados especiais prepararam a corrente de providências para receber nossas vidas em trânsito. Por onde transformamos nossa gratidão?

Ao longo daquela sexta-feira fomos nos reunindo no avião, embarcando e desembarcando até Manila, distantes de criarmos elos de amizade pelo único fato de cairmos no mesmo barco dessa vez. Porque a tempestade, a pandemia, pode ser igual. Mas cada um navega em sua individualidade. Quem são os outros, como vivem, com quem convivem, como agem, como reagem, podem estar bem? Perguntas cheias de possibilidades para conhecermos sobre nós próprios. Re-conhecer. Quanta potência isso poderia ter!

Ou não. Pode ser uma bobagem. Nada maior sairia de nós.

Sei que na última madrugada filipina eu senti faltar o ar. Tinha o temor pela Covid-19, e tinha o meu luto. Porque a morte também passou por aqui, veio como vem: sem avisar. Sobrevivemos.

Meu pressentimento trazia a vontade de saudar os companheiros do transporte providenciado pela embaixada: ei, existe vida lá fora! Seres humanos! Vocês também estão aqui! Não estamos sozinhos?! Eu me senti de volta a mim – a mesma? – encontrando desconhecidos que trouxeram consolo.

Não estar sozinho é o consolo. Não estamos sozinhos. Impedimos os abraços, e só saberemos sorrir.

Renovaram a temporada de isolamento social e sou catapultada por descobertas. "Se não puder andar lá fora, aproveite para caminhar por dentro". Se eu cair mais dentro de mim do que já estou, acho que não volto à superfície. "No fundo do poço tem uma mola". Será?

A ameaça de sermos contaminados é real, e o medo faz questão de barganhar com a nossa prudência. Sentimos a perplexidade ao nos depararmos com as caras limpas em corredores estreitos, procurando rótulos ou colocando o papo em dia. Os funcionários dos serviços essenciais estão taciturnos. Pessoas por todos os lados esbarram em palavras soltas a plenos pulmões. Desviamos de corpos vivos alheios à fatalidade aguardando além... Desligamos a televisão após sermos soterrados pela tristeza das ausências nas famílias. Eu e ele e você nos unimos superando as tragédias.

Às vezes acordamos seis da manhã para ficar no vazio. Depois os nossos corpos se acostumam: estamos no Brasil. Perdemos o limite entre o ontem e o futuro. No agora digerimos as mudanças, acometidos pelas desilusões. O inimigo ronda invisível enquanto temos que superar outra questão, de carne e osso. Essa esbraveja doente de ódio em nossos rostos espantados de terror. Mascarados, tentamos respirar com sufoco.

O calendário corre sem sabermos aonde isso vai parar. E cumprimos o distanciamento social. Acordo no pânico. O coronavírus está em mim? Eu me confundo com as recomendações: cinco dias sem sintomas serão suficientes? Celebro a vitória de estar ilesa aos trajetos lá fora. Até quando? E enxergo o primordial: negar o acesso à enxurrada de desconsolo para persistir na confiança. Porque o que nos resta é a sinceridade da comoção.

As sirenes me despertam. Uma vez, outra vez, de novo, e de novo. É a sorte de estarmos aqui. E se sairmos para ir ali? Sem passos de exagero? Somente o olhar cruzado ao ar livre? Distância mantida? A persistência da vontade de estarmos perto ameaça as nossas saúdes.

Custa menos aceitarmos a ausência provisória. Desistimos de lavar as embalagens freneticamente, de conferir se as digitais estão limpas, de tomar banho antes de dormir.

Não acredito em um mundo melhor pós-pandemia, e tem hora que não acredito em um mundo pós-pandemia. "Fique em casa". Fica em casa! Desejamos uma casa para cada um. A volta para a nossa casa está incompleta. Duas horas a pé nos separam dos nossos queridos. Duas horas de carro nos separam na estrada para o nosso lar. A cidade fechada insiste em preservar as vidas dos habitantes.

Chegou o mês de junho, imprevisível como a vida sempre é. E nos resta gostar dos dias. A tragédia parece ser a certeza absoluta. Olho a imensidão e vejo o reflexo do pôr do sol avermelhado no horizonte. As janelas me contando a beleza. Aonde nós vamos parar?

Débora Monteiro vive em Paraty e atua como jornalista e educadora social em projetos de audiovisual e comunicação, além de integrar o coletivo de escrita *Segundas Intenções*. Em 2020 publicou o conto *Vítimas Colaterais* e a crônica *Viageiros* na antologia *Parem as máquinas!*, do Selo Off Flip. Também participou do *Zine Submarino*, publicação da La Tosca, com o conto *Bolinhos de Chuva*.

Os ausentes
Eduardo Cassús

Roberto acordou com a claridade atingindo em cheio o rosto. O despertador falhara e ele estava atrasado para uma série de reuniões no escritório. Levantou-se apressado e atravessou o quarto amplo enquanto se despia. Ao entrar no banheiro, percebeu que não havia eletricidade no apartamento. Escovou os dentes, tomou um banho gelado e pôs o terno italiano graças às amplas janelas com vista para a praia que iluminavam toda a suíte.

Ao chegar à cozinha, estranhou a ausência de Neide. A trabalhadora doméstica não costumava atrasar-se, mesmo morando a trinta quilômetros de distância. Imaginou que talvez tivesse algo a ver com a falta de energia. Na verdade, ele nunca se perguntara que meio de transporte ela usava para ir trabalhar. Abriu uma caixa de suco, serviu-se de torradas com geleia e largou a louça na pia um instante antes de pôr o celular no bolso da calça e sair.

Desceu nove andares com ajuda das luzes de emergência. Ao chegar à garagem, ouviu as buzinas dos automóveis enfileirados na saída. Não havia quem abrisse o portão. O porteiro era outro que estava ausente.

Desistiu de pegar o próprio carro. Chamaria um motorista por meio de um aplicativo. Assim que colocou os pés na calçada, percebeu que o celular não tinha sinal. Perdeu a pouca paciência que ainda restava. Bufando, resolveu ir a pé para a sede da empresa. No caminho, reparou que as ruas estavam praticamente desertas. Não havia filas nos pontos de ônibus, nem lojas abertas. O jornaleiro que o cumprimentava todos os dias não tinha aberto a banca. Ao olhar para a padaria da esquina, outrora sempre movimentada, viu apenas a silhueta do dono desolado atrás do balcão, iluminado por uma lamparina. Os elegantes sapatos pretos não haviam sido feitos para caminhar seis quilômetros sobre pedras portuguesas e mal resistiram. A brisa quente vinda do mar pouco aliviava o calor e o sexagenário chegou ensopado de suor à portaria do prédio comercial onde sua empresa estava sediada.

Ficou na calçada, pois não havia quem tivesse as chaves dos portões de ferro de três metros e meio de altura que guardavam a entrada. Os demais sócios, dentre eles Rosana, sua filha mais velha, foram chegando aos poucos, igualmente perplexos com a ausência de seus empregados. Não poderiam realizar a reunião naquelas condições. Provavelmente estavam diante de uma greve geral e as unidades fabris da companhia deviam estar paradas. Roberto praguejou contra os sindicalistas, o governo, os trabalhadores e toda a sociedade repleta de preguiçosos que os cercava. Sentia-se traído por todos os lados. Exigia informações que ninguém parecia capaz de fornecer.

Decidiu cobrar do governador do estado que tomasse providências urgentes. A economia não podia parar. Homens sérios como ele não podiam ser prejudicados pela preguiça dos acomodados, acostumados a terem apenas direitos e nenhum dever. Intimou a filha a levá-lo de carro até o palácio de governo.

Pelo caminho, foram testemunhando o caos sendo instalado pouco a pouco. Ao passarem diante de um posto de combustíveis, viram motoristas tentando abastecer os próprios veículos, enquanto o dono do estabelecimento se desdobrava nas tarefas de organizar a fila, lavar vidros, calibrar pneus e receber os pagamentos. No meio da agitação, um pequeno incêndio teve início.

Sem eletricidade, rapidamente se deu o colapso do sistema semafórico da cidade e os motoristas que circulavam em seus carros de luxo não aceitavam de modo algum ceder a vez. Todos estavam atrasados e acreditavam ter compromissos mais urgentes do que os demais. À medida que Rosana e Roberto se aproximavam da sede do governo estadual, o engarrafamento piorava, com os condutores cada vez mais impacientes usando a buzina como instrumento de intimidação. Num dado momento, um cidadão de um metro e noventa de altura abandonou seu veículo, retirou uma pistola do coldre sob o paletó e começou a brandi-la para outro indivíduo, igualmente furioso, que ousara colocar o carro antes do seu num cruzamento.

Pai e filha decidiram continuar a pé, contornando o tumulto até chegarem a uma barreira policial que cercava o palácio de governo. Um grupo de quinhentas pessoas berrava e sacudia um alambrado, exigindo a presença do governador. Após esperarem uma hora e quinze minutos sob o sol escaldante, conseguiram vê-lo aparecer numa sacada. Um assessor instalou um microfone. Uma mulher usando um vestido decotado gritou: "Eu pago impostos! Quero meus empregados de volta!" Cinco metros atrás, outra mulher, trajando uma blusa amarela de mangas compridas e um lenço verde no pescoço atirou-lhe um copo de água mineral: "Sossega, sua vulgar!" A atingida limitou-se a fazer um gesto obsceno. Os policiais que assistiam à cena riam de tudo, sem interferir.

Um ruído metálico atravessou o ar antes de o governador começar a falar: "Cidadãos, fomos informados que à zero hora de hoje todos os trabalhadores civis simplesmente desapareceram. Eles abandonaram seus postos de trabalho, seus locais de estudo e residências e deixaram nosso país. Não sabemos como fizeram para sair todos ao mesmo tempo nem quem os ajudou. Esse assunto está sob investigação da Polícia Federal. Sem eles, não temos eletricidade, internet, fornecimento de água e gás, transporte de passageiros e mercadorias, limpeza urbana nem atendimento médico, dentre outros transtornos. Além disso, todas as fábricas estão paradas. E ainda estamos avaliando que outros setores foram afetados".

Pela primeira vez a multidão fez silêncio. Aquilo não podia ser sério. Não havia como todos os trabalhadores terem simplesmente desaparecido.

O governador prosseguiu: "Desde que soubemos da crise, colocamos todos os policiais do nosso estado nas ruas, para garantir a segurança e manter a ordem". A mulher de blusa amarela levantou a voz: "E o nosso presidente? Que medidas ele está tomando para resolver esse problema? Ele já se manifestou?" O governador virou-se na direção dela e laconicamente respondeu: "Fizemos uma reunião de emergência com o presidente e os demais governadores por rádio agora há pouco. Lamentavelmente, o líder do Executivo disse que não tem responsabilidade nenhuma nesse caso. As palavras exatas que ele pronunciou foram: 'E daí? Quer que eu faça o quê? Não sou babá'".

A turba ficou silente novamente, antes de explodir de raiva. Nesse curto espaço de tempo, o governador sumiu por entre as cortinas do palácio. Roberto puxou a filha pelo braço e foi até um portão lateral mais escondido. Quando um guarda fez menção de barrá-lo, ele simplesmente passou direto bradando: "Você sabe quem eu sou? Roberto Escaravelho, maior doador de campanha desse que se esconde aí dentro. Nem pense em me impedir de entrar".

O interior do palácio de governo estava tão caótico quanto o exterior. Com os servidores concursados ausentes, sobravam apenas os bajuladores de estimação na distribuição de tarefas. Alguém trouxe água numa jarra no momento em que Roberto e Rosana entravam no salão de audiências, mas faltavam copos limpos. O empresário queria respostas e o político não as tinha. Era uma situação em que o discurso geralmente feito para aplacar as multidões não teria efeito, até porque o assessor que costumava escrever tais textos tinha sido preso na semana anterior por recebimento de propina. Alguém sugeriu que a crise deveria ser algum tipo de chantagem e que logo surgiria um negociador exigindo algo como maiores salários para a população em geral ou a redução no preço do arroz. Bastava esperar e tudo seria resolvido.

Roberto claramente não ficou satisfeito. Levantou-se e fez um discurso inflamado contra o absurdo daquela situação, depois ameaçou o governador, lembrou-o dos antecessores presos por corrupção, gesticulou energicamente, bateu na mesa, apresentou números inventados de quantos empregos suas fábricas ofereciam no estado, chorou, elencou todos os seus méritos como gestor e finalmente voltou a se sentar, suado, sem fôlego e com saliva ressecada no canto da boca. Amparado pela filha, saiu da audiência arrasado.

Roberto acordou no dia seguinte e imediatamente consultou o celular. Era um sonho a união dos trabalhadores do país para derrubar as estruturas vigentes? Percebeu que o aparelho permanecia sem sinal e a bateria estava quase descarregada. Ao levantar da cama decepcionado, ouviu alguém bater na porta. Carla, a vizinha do andar de baixo, convocava os moradores do bairro para uma manifestação em prol dos cidadãos de bem do país. Todos que não haviam desaparecido estavam convidados a vestirem-se de branco e irem à praia na manhã do dia seguinte. Seria a forma de as autoridades perceberem que era o momento de agir. A ingratidão dos fujões precisava ser punida. Os olhos verdes do empresário, emoldurados por olheiras, piscavam sem parar enquanto a mulher sacudia uma folha de papel. Era um abaixo-assinado endereçado ao comandante do quartel instalado no bairro. As forças armadas tinham de ser convocadas com urgência para acabar com a baderna. Ao ouvir aquilo, Roberto recobrou as energias e esqueceu-se do cansaço. Sim, o poder civil tinha perdido completamente o controle. Era realmente necessária uma intervenção militar. Pediu uma hora para se preparar e se ofereceu para acompanhá-la na entrega do documento.

 Com a saída da garagem ainda obstruída, tiveram de caminhar. Carla fez questão de narrar histórias da infância. O pai chegou a ser comandante no quartel e, após a morte, deixou uma pensão que a sustentava. Ela era nostálgica, apesar dos pouco mais de quarenta anos de idade. Roberto fingia prestar atenção, mas só queria sair logo do calor. Havia esgoto vazando pela rua e sujeira espalhada pela praia. Rajadas esporádicas de vento sacudiam as folhas das amendoeiras. Numa pequena praça, mães irritadas tentavam em vão controlar os filhos sem a ajuda das babás. Não havia escolas abertas. Ao chegarem diante dos portões do quartel, tiveram a visão ofuscada pelo meio-fio imaculadamente branco que emoldurava a via. Não houve dificuldade para falar com o comandante. Solícito, ele recebeu a lista com as assinaturas, informou que o generalato estava acompanhando tudo com atenção e que em breve a ordem seria reinstalada no país. Assim que a dupla deixou o gabinete, o comandante chamou um soldado que o conduziu em alta velocidade até o aeroporto.

De volta ao apartamento vazio, Roberto refletiu sobre a situação. Tantos anos de esforço conduzindo a empresa que herdara do pai estavam agora comprometidos por conta desse circo. Assim que a normalidade fosse restabelecida, iniciaria um projeto de robotização das plantas industriais. Quando chegasse a hora de passar o comando da empresa para a filha, haveria um mínimo de gente para dar trabalho.

No terceiro dia da crise, o ruído de uma mosca acordou Roberto. Ao abrir a torneira do banheiro, a água não veio. Na cozinha, uma fila de formigas marchava indo e vindo da louça abandonada na pia para uma rachadura no batente da porta da entrada de serviço. Uma poça d'água se estendia desde a base da geladeira até o fogão. Um cheiro desagradável vinha do corredor do prédio. Os dutos de descarte de lixo estavam lotados esperando por uma coleta que não viria.

Roberto esfregou as mãos no rosto. Sentiu falta de Neide. Como ela pôde abandonar o serviço e se juntar a essa aventura absurda? Ele sempre a tratara bem, como se fosse da família. E agora, sem ter como preparar o próprio desjejum, restava apenas tentar conseguir algo na padaria.

Ao chegar ao térreo, foi surpreendido tanto pela imundice nas ruas quanto pela passeata dos vizinhos em direção à praia. A maioria trajava branco, como pedido, mas cerca de um terço estava de camisa amarela e alguns traziam a bandeira nacional enrolada no pescoço, como se fosse um lenço. Roberto tinha fome, mas achou melhor unir-se ao grupo. Um casal mais falante tirou uma faixa que dizia: "BASTA!" No meio da manifestação, o empresário reconheceu a mulher que atirara o copo de água na frente do palácio do governador na antevéspera. Ela usava amarelo novamente e exalava um cheiro de incenso misturado com suor. Carla também estava presente, acompanhada do companheiro e do filho.

Um sujeito apareceu com uma roupa camuflada, fantasiado de militar estrangeiro. Ele empoleirou-se num caixote e pigarreou, preparando-se para discursar. No momento em que ligava um megafone a pilha, um jato cruzou o céu em velocidade supersônica. A onda de choque estremeceu prédios e quebrou janelas. Em seguida, tanques e caminhões verdes começaram a desfilar pela orla. De um deles, um alto-falante anunciava:

Atenção, cidadãos brasileiros, o governo corrupto que permitiu a instalação do caos foi encerrado. Nas primeiras horas dessa manhã, o presidente foi deposto e uma junta foi empossada com o aval do poder moderador das forças armadas. O Congresso Nacional e o Supremo Tribunal Federal, cúmplices igualmente corruptos da situação atual, foram fechados. Está decretado o Estado de Sítio. Todos devem obedecer ao toque de recolher e abandonar imediatamente as ruas. Repetindo: todos devem abandonar imediatamente as ruas!

A multidão correu da areia para o asfalto. Surgiram sinais de incêndio em várias partes da cidade e alguns sons de tiroteio. Roberto viu uma aglomeração na porta da padaria da esquina. Precisava abastecer sua despensa e conseguir água para os dias incertos que viriam. Espremeu-se para entrar. Seus vizinhos saqueavam as prateleiras e ele não podia esperar a volta da ordem. O dono do lugar havia fugido tentando buscar auxílio. No ambiente mal iluminado, o empresário pegou um pacote de pão, duas garrafas de água mineral e, ao se lançar na direção de uma embalagem de macarrão instantâneo, esbarrou violentamente em um rapaz ruivo com um terço da sua idade. O jovem também agarrou a embalagem com força. Roberto não a soltou. Começaram a discutir furiosamente.

"Me respeite, menino! Eu sou empresário!"

"Você não sabe com quem está falando!"

"Eu tenho idade para ser seu pai!"

"Meu pai é desembargador, velho ridículo!"

"Ridículo é você! Eu tenho berço!"

Com sangue nos olhos, Roberto Escaravelho socou o ruivo e arrancou-lhe o macarrão. Assim que saiu da padaria, ouviu um estampido e sentiu as costas queimarem. Caiu aos pés do filho do desembargador. O sangue espalhava-se rapidamente e as garrafas de água mineral rolavam pelo asfalto enquanto os alimentos eram subtraídos de seus braços. O rosto ardia sobre uma tampa de bueiro escaldante. Alguém chegou a gritar por socorro, mas não havia ambulâncias nem paramédicos. As autoridades que restaram estavam ocupadas jurando lealdade ao novo governo. Dois carros foram arrombados e seus alarmes dispararam ao mesmo tempo. À medida que a visão embaçava, Roberto despedia-se mentalmente da filha, que herdaria uma fortuna absolutamente inútil; da empresa, cujas fábricas nada mais produziriam e, por fim, de Neide, aquela ingrata que ele sempre tratou tão bem.

EDUARDO CASSÚS nasceu no Rio de Janeiro em 1977 e foi criado no subúrbio carioca. É engenheiro químico com doutorado em Química, professor e fotógrafo profissional. Foi um dos fundadores da Associação Brasileira do Veículo Elétrico. O conto que integra esta antologia é sua primeira incursão na literatura.

Continuidade das fugas
Eliane França

De manhã, ainda deitada na cama, ela sabia que tinha sido contaminada. Simplesmente porque sonhou. Não se recordava dos detalhes do sonho, mas teve a certeza de que tinha a nova doença que aparecera no outro lado do mundo há dois meses. Seguiu como de costume e foi trabalhar. Não comentou com ninguém o que pensava. Todos a achariam louca, mas cada pessoa ou superfície em que ela encostava, lembrava-se do sonho e de que estaria contaminando aquela pessoa e tudo à sua volta. Esperou os sintomas. Não apareciam. Sua irmã lhe lembrou da festa de aniversário da mãe. Ela disse que não iria. Inventou uma dor de cabeça. A irmã insistiu, disse que todos estariam lá. Ela pensou: por isso mesmo não posso ir, e aumentou a dor para uma enxaqueca com vômitos. Ficou em casa, pesquisando sobre a doença, acompanhando as notícias, tentando traçar o caminho da doença pelo mundo e se já tinha chegado ao seu país. Não tinha nem chegado ao seu continente. Até que um dia chegou, e ela se sentiu como a única pessoa preparada para tal situação. Isolou-se como pôde, mas com o enorme sentimento de que estava somente esperando a morte chegar.

Quando acorda no dia seguinte, o confinamento obrigatório é decretado para evitar a circulação do novo vírus. Ela começa a seguir uma rotina de tarefas domésticas, de descer para pegar seus mantimentos, de trabalhar pelo computador e de tomar banhos demorados. A rua lhe parece uma coisa distante, impossível. Ela se distrai olhando a pequena praça que tem uma daquelas mesas de cimento com um tabuleiro de xadrez pintado e quatro banquinhos em volta, embora nunca tenha visto ninguém jogando nada ali. Algumas pessoas usam máscara, a maioria com sacolas de compras. Vai à estante e puxa um livro do Cortázar. Senta-se na poltrona, agradecendo o silêncio lá fora, que a faz escancarar as janelas como não estava acostumada a fazer. No primeiro conto do livro, um homem abandona o romance que está lendo. Esse homem ignora o risco que corre, ao voltar a ler o livro sentado em sua poltrona. Ele não sabe, pobrezinho, que é apenas um personagem. Ele termina seus afazeres e acha que é só voltar ao lado de seus cigarros, sua poltrona e seus livros que estará seguro. Ele mal desconfia que o protagonista do romance que está lendo pode, sem sair das páginas, invadir seus parques, subir as escadas de sua casa e matá-lo. Genial o conto, ela acha. Mas ao terminar, ela mesma acaba abandonando seu livro na mesinha ao lado da poltrona e adormece. Sente-se muito cansada, como se estivesse gripada e essa sensação, nesses dias, tem cheiro de morte, embora perceba que está totalmente sem olfato.

Sonha, e no sonho a morte está sentada na mesa de xadrez da praça. Ela vai até lá e pergunta se é Bergman quem está dirigindo o sonho. A Morte ignora o jocoso comentário e segue seu roteiro: "Vou rondar vocês". "Vocês quem?" – ela quer saber. "Todos vocês", responde espremendo-se pelas grades da pracinha.

Acorda sem saber quanto tempo dormiu. Põe o livro de volta na estante e coloca uma música. Não sabe o que fazer. A única coisa que tem certeza é de que não irá sair de casa. Dentro desse pequeno apartamento onde, felizmente, bate sol pelas manhãs, só quer abrir as janelas e inspirar o ar que vem de fora. Assim cresce seu espaço com o som dos passarinhos que antes não conseguia ouvir. Para ocupar seu tempo, faz algo que sempre quis fazer e sempre adiou: começa a ter aulas virtuais de violão, mas abandona quando uma corda arrebenta. Senta-se e lê. Tenta escapar para dentro das histórias. Perde a concentração e vai ouvir mais música. Enseja se esquivar pelas melodias. Quando se sente sufocada, vai olhar a rua deserta. O som dos passarinhos conforta-a um pouco. À noite, a Morte está novamente sentada na pracinha. Ela desce para conversar levando duas xícaras de café. Quando chega perto, a Morte não está jogando xadrez. Fuma, usa óculos e lhe oferece uma tragada. "Não, obrigada." Ela volta para seu apartamento com uma xícara só.

    Depois de um mês de isolamento, o presidente demite o ministro que seguia as orientações que o mundo inteiro tenta respeitar. Ele desfila na rua sem máscara, come um cachorro quente de boca aberta e aproveita para cuspir na cara de algumas crianças. Sua rua, que antes estava deserta, volta a se encher de gente. Seus parentes, amigos, conhecidos e colegas começam a sair, querem até ir visitá-la. Na sua pracinha, há um rapaz de óculos, sem máscara, mexendo no celular e fumando. O som da rua começa a incomodá-la. Contudo, não parece um simples incômodo. Além da coceira pelo corpo todo, fica com o coração acelerado a cada grito que escuta. Vive o paradoxo de não querer sair de casa e, no entanto, querer fugir. Para o meio do mato. Sítio, fazenda, qualquer lugar em que ficasse realmente isolada, mas não tem dinheiro para isso. Vai fazer um café e pensa se deveria oferecer uma xícara ao rapaz. Mais tarde, a Morte parece lhe sussurrar algo. "Misofonia", ela consegue entender depois de um tempo. Mas já é tarde, muito tarde, e ela abandona seus sonhos.

    Acorda e vai colocar uma música, enquanto pesquisa o significado da palavra sussurrada pela Morte e vê que ela tem razão. Ao abrir a janela, vê um grupo lá embaixo. As falas e risadas lhe provocam taquicardia. As unhas já não são suficientes e ela se coça com a corda arrebentada do violão. A dor de coçar arrefece a agonia da coceira e ela prende a corda do violão no braço como se uma pulseira fosse. Encosta a cabeça no teclado do computador e continua ouvindo as irritantes vozes humanas. Falam alto. Riem. Não sabe de quê, já que o número de mortos aumenta por causa da doença que nos obriga a usar máscara e ficar em casa. Obriga? As pessoas, lá embaixo, começam a gritar: "Desce, desce!". Parecem furiosas e dispostas a invadir o apartamento se ela não descer. Resolve fazer um discurso: máscara, máscara no queixo, respirador, cloroquina, vermífugo, confinamento, quarentena, *live*, auxílio emergencial, anticorpos, álcool em gel, *lockdown*, hipoclorito, vírus, higienizar, lavar, sorologia, transmissão, distanciamento, flexibilização, negacionista, vacina, imunidade, EPI, hospital de campanha, aglomeração, telemedicina, *home office*, reabertura, protocolo, *faceshield*, novo normal, e daí, facínora, genocida... Eles não parecem ouvi-la. Suspira e a Morte a consola: "Não ligue pra eles. Ah, pode me chamar de Moça Caetana se quiser". "Só posso estar dormindo!", ela ainda tem consciência para discernir. Abre olho, fecha janela. Desliga o Quinteto Armorial e cai em mais um sono profundo sem sonhos.

Passa-se um mês? E quem está contando? O governador é retirado do cargo, pois roubou o dinheiro dos respiradores para comprar creme de avelã e mussarela de búfala. O prefeito tem medo de não se reeleger, então libera tudo: podem voltar a funcionar bares, frequentar praias, tudo. Libera geral. Ela percebe que, todos os dias, sem exceção, o rapaz de óculos está lá embaixo. Mexendo no celular, sem máscara. E quando se dá conta, nota que o rapaz não está mais sozinho. Há um grupo de dez, vinte meninos, que fumam, falam alto e... vendem drogas embaixo do seu prédio? Ela se recusa a sair de casa. Mas o grupo entra, pela insistência dos sons, dentro do seu apartamento. A rua parece próxima demais. Encomenda um fone de ouvido que abafa ruídos externos e, por algumas semanas, acha que resolveu o problema. No entanto, ela pressente a presença do rapaz muito antes de confirmá-la ao olhar pela janela. Pensa em tirar uma foto com uma teleobjetiva, imprimi-la, colocar em uma moldura e pendurar nas grades da pracinha: "funcionário do mês". Tem um desejo de matá-lo. Não consegue identificar os outros, só grava o rosto desse porque ele parece ser a única presença constante. Sente um desejo resistível de matar que, no entanto, aumenta sua urticária e causa dor de estômago. Cria uma espécie de diário para anotar quando ele fica lá embaixo e a roupa que está usando, talvez para saber que não está ficando louca, mas o confinamento avança em meses e ela começa a desconfiar que perdeu o juízo, pois não consegue pensar em mais nada. Caetana lhe observa aos pés da cama. Ela não tem medo dela, apenas ódio do outro. Entreabre um olho e ficam assim, em recíproca vigilância.

A vida está normal novamente. Na cabeça de milhares de pessoas que, dizendo-se cansadas da situação, querem suas antigas rotinas de volta. Ela não. Tem certeza de que está contaminada, recontaminada. Tem certeza de que irá morrer. Ou irá matar. Para relaxar, vai tomar um banho fazendo bastante espuma e lembra-se de um artigo que leu que dizia estarem vivendo uma sindemia... Não seria só o novo vírus junto à outra comorbidade. Não seria somente a soma de duas doenças. Seria muito mais grave... Achou poético os cientistas dizerem que *um* mais *um* não soma *dois*, nesse caso, e ignorarem a pobre rima: sinergia, pandemia... Fora as condições sociais. As pessoas que não têm acesso a um banho quente estão sofrendo mais e serão as mais prejudicadas, ela não consegue deixar de pensar. Enxuga-se e vai observar o rapaz na janela. Percebe que, com o passar dos dias, ele vai ganhando peso. Junta alguns ovos para enterrar até ficarem podres e atacar no grupo quando estiver reunido. Desiste. Faz uma omelete que engole com dificuldade. E se arremessasse um coquetel molotov? Pega a garrafa de vodka, um trapo, fósforos. Mas acaba colocando gelo, limão e açúcar e oferecendo um copo à Caetana, que aceita e sorrindo diz: "Ah, esses problemas de classe média!". Toma mais um copo e diz que não entendeu. A outra continua: "Sabe... talvez, se não houvesse a mesa e as cadeiras, eles ficassem menos tempo lá embaixo...".

Os dias são todos seguintes e, nesse dia seguinte, ela encomenda um pó de mico. Vai descer, afinal. Esfregar na mesa, nos bancos, transferir sua urticária aos dementes barulhentos. Abandona os livros e não consegue mais ouvir música. Não quer acompanhar as notícias, acha que é o fim do mundo. Lembra-se do filme em que seres fofinhos continuariam fofinhos desde que não fossem alimentados após a meia-noite. E o que as pessoas fazem? Dão comida para eles após esse horário e as adoráveis criaturas acabam virando pequenos monstros (*Gremlins!*, ela se lembra do nome.) que levam o caos onde passam. Custava, Humanidade? – ela se pergunta. Não era pedir muito: máscara, distanciamento, higiene. Então, tem desejo de matar. Por enquanto, só vai afastar os garotos. O pó de mico chega. Covarde, não consegue descer. Caetana a ajuda dar descarga no pó que ela joga na privada, quando ouve o rapaz lá embaixo vendendo "pó de um, pó de dois".

No outro dia seguinte, encomenda uma marreta. Às três da manhã, consegue finalmente descer. Estranha o ar, sente-se como astronauta, as pernas pesadas. Há quanto tempo não caminha? Os braços pesam com a marreta. Mas ela está determinada e não quer saber se os vizinhos vão ouvi-la quebrando o patrimônio público, nem se vai ser presa. E no momento, levanta os braços e, em fúria, vai quebrando tudo. Estranha ninguém olhar pela janela. Estranha ninguém aparecer. Nem um guarda, nem um morador de rua. Não aparece ninguém. Estranha a felicidade que sente ao levantar o braço e quebrar tudo, deixando tudo em ruína. Estranha ainda mais sua inseparável companheira não aparecer quando, finalmente, vai dormir.

Ao olhar pela janela, do lado de fora lá estão: mesa e cadeiras. Do lado de dentro, procura a marreta, o livro do Cortázar. Não acha nada. Nem sua poltrona. Somente enxerga o fone de ouvido e, enrodilhada em seu punho, a corda do violão. Que ela tenta passar pelo pescoço, mas é pequena demais. Coloca o fone. Começa a ouvir uma música após a outra, porém todas lhe dão dor de cabeça. Quer se mudar, mas como? Sabe que as pessoas estão vendendo e comprando apartamentos durante a sindemia. Ela não. Recusa-se a desistir das normas de prevenção. Só não desiste das fugas. E as encontra em um álbum chamado "cravo temperado". Na verdade, é um piano. O musicista toca as fugas de Bach. Deita no chão da sala vazia. Por que a sala está vazia? Ninguém sabe responder. Esse local branco, asséptico. É um cubo para onde ela foge. Sente o enorme desejo de ser nada. Nem pó, poeira, rastro de nenhum tipo, memória saudosa, dolorosa. Nada. Explodir. *Big Bang*. Ser nada. Tudo. Ao escutar o pianista, escuta a Morte cantarolando baixinho com voz de esforço enquanto as teclas, sortudas, executam suas fugas.

A Morte lhe cutuca o ombro: "Acorde, você está sonhando com formigas e maçãs". De torso erguido, na vigília, sabe que Caetana tem razão. Precisa matar a rainha, o que pode ser muito difícil, já que ela vive entocada no formigueiro. Mas a rainha das suas ruidosas formigas exibe-se na pracinha a todo instante, é infalível em sua insistente presença. Faz um café. Não sabe onde achou cafeteira nem o pó... Mas lambe a borda da xícara, tem certeza de estar contaminada. Vai oferecer ao rapaz, vai sim. Mas antes que desça, uma pergunta a assola: por que maçãs? A Morte não quer conversa hoje, diz que está muito ocupada. Toma seu próprio café na xícara lambida. Ela não pode envenenar-se a si própria mesma, pode? Executar uma morte pleonástica?

Que belo dia para se encomendar maçãs. E retirar as sementes. E macerá-las com todo o cuidado. E ninar o cianeto como bálsamo benigno para oferecê-lo em forma de café ao rapaz. Que bela ideia! Afunda-se nas fugas de Bach enquanto a Morte lhe diz: "Não sou eu que estou sussurrando. Qualquer pessoa que ouvir esse pianista ouvirá seus esforços para gravar. Sabe que ele também cansou das plateias e se isolou? Em seu confinamento, só queria gravar as fugas. É ele quem fala na gravação". Que loucura, ela pensa. Vai fazer um chá de maçã com cravo. Desiste de fazer das sementes veneno fatal. Caetana mordisca uma maçã e diz: "Mas posso fazer a segunda voz se você quiser..." Vai começar a cantar, mas a outra já tem intimidade suficiente para lhe fazer um gesto de negativa com a mão: "Me deixa dormir".

De manhã bem cedo, ela tem certeza de que está acordada. Porém, Caetana está sentada em sua poltrona. Relaxada, à vontade, lê um livro. Está tudo tão estranho, as autoridades são as primeiras a espalhar o caos pelas ruas e até dentro da sua casa, onde ela tinha se abrigado tão bem! Está tudo tão esquisito que ela revira os olhos e vai fazer um café, embora saiba que está acordada e tenha plena consciência de que a Morte está sentada em sua poltrona preferida. Olhando as costas de Caetana, pensa: "E se eu passasse essa corda em volta do pescoço dela? As pessoas parariam de morrer? Ela seria boazinha e *sexy* como a Morte do Saramago? Aliás, o que está fazendo aí sentada? E pior... o que será que ela está lendo?".

Fecha o livro abruptamente dando um susto na outra: "Não adianta, querida. Se você me matar, eu não morro. Nem te mato. Só ficarei um pouco sufocada. O que iria me irritar bastante...". Deixa o livro em cima da poltrona e sai pela janela. A outra desconfia que ela talvez faça isso só para se mostrar... Pega o livro e senta na poltrona. Sorri ao notar que o assento está gelado. A capa do livro diz que o ano passado ainda não começou. São vários escritores. Ela tenta saber qual é a editora e só vê umas grades desenhadas. E dessas pequenas grades, como se estivesse em um filme de animação, a Morte aparece, dá uma piscada e um adeus. Ela também pisca, e é o tempo certo para que Caetana desapareça. Lembra-se de outro livro que diz que 1968 ainda não tinha terminado. Eis a explicação! Se esse ano não terminou, o outro não poderia mesmo ter começado. Sente-se presa por algum ato institucional de um lunático que uma nação inteira deixou ter o cargo mais importante do país, sente-se presa e quer fugir como Caetana pulando pela janela, sente-se encarcerada e quer fugir escorregando pelas grades da pracinha lá embaixo, quer escapar pelas grades do logotipo da editora, mas acha que engordou mais do que o rapaz de óculos e, portanto, não conseguirá passar. Começa a ler o livro, põe o cravo temperado para tocar. Começa a se questionar o que ela estaria imaginando e o que ela estaria realmente vivendo. E quantas fugas teria ainda para executar. Pensa que deve ter imaginado toda aquela gente na praça, essa doença louca, um presidente, governador e prefeito com planos genocidas, a indiferença brutal das pessoas ao sofrimento dos outros, o rapaz na praça, a Morte se tornando sua amiga invisível... Deve ter imaginado tudo isso. Não é possível. Deve ter imaginado que imaginou até a si mesma, pobrezinha. Quem sabe personagem presa em algum conto do qual não poderá nunca fugir.

ELIANE FRANÇA é formada em Artes Cênicas pela UNI-RIO. Atriz, cantora, compositora é também professora de Teatro da rede pública de ensino há mais de quinze anos. Integra o grupo literário Os Quinze, com contos publicados nas coletâneas *Contágios* da Editora Oito e Meio e *Ninhos* da Editora Patuá. Faz parte do coletivo Caneta, Lente & Pincel, que mescla artistas visuais e escritores em troca constante de criação e divulgação. Com o livro inédito *Sobre o dorso das fêmeas* foi finalista do 4º Prêmio Rio de Literatura, Categoria Novo Autor Fluminense.

Quaresmal – Diário da pandemia
Ernane Catroli

> *(...) to live with my mother in her old age, and mine.*
> R. CARVER

Conhece-os de outras paragens e os procura pelos cômodos da casa. Tão pálidos. E trazem todos as mãos ocupadas. Uma gaiola vazia, uma bússola, uma taça quebrada. Tem um pássaro ferido naquele canto do quarto e sobre o criado-mudo, um anzol retorcido, um cinzeiro, um cigarro aceso. Borboletas de asas urticantes voejam e pousam nas paredes, nos móveis, no lençol da cama antiga onde dei à luz cincos filhos. Ah, e as estampas de santos entremeadas de cacos de vidro no chão onde piso. E não sei se já lhe disse que agora tomamos conta de um menino. Um menino inquieto. Arre! Chama-se Gil. Ou Dil. Acho que Gil. Acho. Apareceu aí, aos prantos. Agora ele deve estar na escola e só volta tarde porque vem vadiando pelas ruas com os amigos. Um bando. E não se esqueça que preciso ir pra minha casa. Quero ir pra casa. Esta não é minha casa. Não vai esquecer. Não vai esquecer. E não esquece que perdeu dois filhos, os dentes, o brilho dos olhos. Dois filhos. *Aquela tarde. Tarde avançada quando fui buscá-los seguindo a linha do trem*. Tinham saído muito cedo para pescar e armar arapuca para passarinhos. Paixão por passarinhos. *Aquela tarde. O bambuzal tombado pelo vento. O zumbido do vento. Os meus gritos*. E quanto a estas alianças, lá, na loja mesmo, seu pai e eu colocamos nos dedos. O casamento pra novembro. Agora elas estão aqui. Dentro da minha viuvez. Dentro do pesadelo.

Antes de dobrar a esquina me virei. Ela acenava da entrada do beco sob a luz amarela de um poste da avenida. Ela mais curvada. Mais magra. Madrugada. Último horário do ônibus. *Vou aguardar as suas cartas. Promete. Promete. Agora anda. Vai, vai. Que os filhos. Os filhos são mesmo para o mundo e para este lado do peito.* A sua voz que seguiu comigo.

Hoje, anoitecia quando deixávamos o consultório do médico. Enquanto esperávamos um táxi, ela baixou a cabeça, brincou com um botão frouxo da minha camisa, secou uma lágrima. Depois procurou meus olhos para que eu jamais pudesse esquecer. De mãos dadas ficamos em silêncio. O amor. O amor mais forte. Igual o amor. Igual. E a revolta. A minha revolta. E o medo. O meu medo mil vezes aumentado. Algo muito grave nos aconteceu.

16/04/2020

ERNANE CATROLI é natural de Sant'Anna de Cataguases-MG. Reside no Rio de Janeiro. Participou das Antologias: *Conta Forte, Conta Alto – Contos inspirados nas canções de Martinho da Vila* – Funarte/2018. Antologia CEAT – *50 anos – Uma releitura da obra de Chico Buarque* – Rev. Philos/2019.

O cofre da tia

Flávio Ulhoa Coelho

Nos derradeiros segundos do último dos minutos da última das horas do último dos dias do último dos meses daquele ano de 2019 o garoto correu em direção à beira do mar e, de lá, arremessou o mais longe que pode aquela semente de mexerica concentrando-se sobremaneira no seu estranho pedido de ano novo que, sabemos, não chegará tão cedo...

Um, dois... gravando!

É, o mais difícil é começar, saber por onde... Depois que engrena, fica fácil, ou mais fácil ao menos, pois fácil, fácil, isso nunca é. Só queria deixar o meu testemunho por aqui, sei lá se é importante, se alguém se interessará, se vai trazer novidades, mas, de qualquer forma, queria deixar um registro, meu, pessoal, sem entraves. Estou, ou estamos, presos temporalmente entre um não término de algo e um não começo. Claro, irão dizer, essas coisas estão linkadas, ligadas por assim dizer: se algo não terminou, não haveria como começar qualquer próximo algo. Claro está também que, sequer isso, não temos a mínima ideia do que poderia ser esse tal começo. Mas tentarei não filosofar muito, que isso eu não sei fazer, nem tampouco me dispersar demasiado na narrativa, que de narrativas este nosso mundão está cheio, e que de narrativas, todos nós as temos, nossas favoritas, repetidas ou não, repetitivas ou não, narrativas para todos os gostos. Coerentes ou longe disso. Mas eu poderia, ou melhor, deveria começar minha fala em algum momento que fizesse sentido, sejá lá o que isso significa de fato, mesmo que não fosse o momento mais apropriado para se convencer do algo que não terminou. Poderia começar a minha narrativa com a eleição desse último presidente, por exemplo, do presidente que é uma mera mistura do Jânio Quadros (por seu populismo, pelas imagens simbólicas, pelas caspas), do Figueiredo (por seu militarismo, truculência e gosto pelo cheiro de estrebaria), do Collor (pelo *jet-ski*, pelo dito combate incessável à corrupção, há até quem acredite) e do Aécio (pelo antipetismo raivoso, pelo jogo nas sombras), sim a história se repete como farsa burlesca, preso que estamos neste país sem futuro. Mas não, é recente demais para um começo convincente e, principalmente, porque sabemos que isso não foi o início de nada, mera consequência de um processo que começou lá atrás e se aprofundou nesses estranhos tempos entre o *Vem pra rua* e o *Fique em casa*. E, mesmo isso, sequer começou poucos anos atrás, nossa (des)graça é bem mais longínqua. Poderia começar bem lá no passado, bem mesmo, e colocar o início de minha narração no dia em que o primeiro habitante destas terras escravizou alguém, mas aí a narrativa, mesmo com uma linha de argumentação segura e honesta, poderia se perder em tantos anos, tantos golpes, tantos acordos que de acordos este país (sobre)vive. Façamos uma restrição, começar em algum momento desse último século, que elementos teríamos de sobra para essa minha infrutífera (e talvez inoportuna) narrativa. Seguramente haverá momentos suficientes de potenciais inícios neste país de fardas e togas. Comecemos, talvez, em um dos dias em que fiquei preso. Sim, perdi energia, dentes e esperanças nos dias em que passei naquele porão escuro e imundo, a ouvir gritos e decorar choros. Sim, a gente passa a reconhecer as pessoas por seus gemidos e choros. Passei eu e ela presos simultaneamente, mas, por mais que conhecesse seus gemidos, não os identifiquei naqueles meses, naquelas longas e abomináveis noites. Ou será que foram anos em que me desesperei naquela imundície? Depois soube que ela fora levada para outro porão, que porão, assim como esquinas, não faltam nesse nosso mundão. Foi numa delas que fui preso, numa esquina quero dizer, numa sombria esquina, diria. Estava esperando por ela, ambos já perdidos no usual submundo daqueles dias, e penso tê-la visto presa em um dos carros que me cercaram naquele momento. Era ela? Nunca soube ao certo, a pessoa presa no carro olhava para baixo, escuro estava e eu me preocupava naquele momento em tentar respirar depois do soco na boca do estômago. Deixemos esse detalhe para lá, o que importa é que existem porões e esquinas para todos os gostos no país das togas e das fardas. E dos vices e dos golpistas, alguém se arriscaria a completar. Poderia começar minha narrativa no dia em que aquele governador, o que rouba mas faz, pediu à sua amante que guardasse uns dólares em seu cofre. Uns? modo de dizer, só modo de dizer. A notícia depois se espalhou entre os seus parentes, um dos quais nosso companheiro, e nós resolvemos reaver aquele dinheiro de corrupção. Muito se fala no cofre do Dr. Rui desde então, mas, na realidade, nós, os envolvidos na expropriação, o conhecíamos como o *cofre da tia*. Tia ou Dr. Rui, o que importa? Importa que estivemos envolvidos até o final nisso, ela e eu. Ela, não a tia, claro. Quer dizer, para evitar confusão, a tia também estava envolvida com aquele cofre, mas de jeito totalmente diferente. Poderia começar, quem sabe, no dia em que o senador olhou o visor da televisão, com o aquele olhar patético e com o champanhe pronto para estourar, não acreditando que perdera a eleição e prometendo a si mesmo que a presidenta eleita não iria governar, que haveria um *impeachment*, decidido antes mesmo da posse. Tal e qual um dia, décadas atrás, o chamado Corvo também assim prometeu, que o eleito não iria governar. A história se repete, definitivamente. E por falar em senador de olhar patético, poderia também começar com aquele outro que, ao receber a ligação de seus advogados dizendo que o processo contra ele tinha prescrito, apenas perguntou: *quer dizer então que eu posso ficar com os vinte e três milhões?* Pergunta que um pastor também faria em circunstâncias similares um par de anos depois. Qual mesmo era o processo prescrito? Tantos foram que a gente até se perde nessa conta, teve um que prescreveu mais do que uma vez, parece até escárnio, não fossem as tais interpretáveis leis. O direito não é uma ciência exata, já ouvimos tantas vezes, mas haja limite! Meses ou anos na prisão, o que importa é que nunca abri a boca, perdi dentes mas não abri a boca, mordi o pano imundo de graxa enquanto sofria os inomináveis choques elétricos mas nunca abri a boca, pimenta na boca, sal na boca seca, vinagre, mas nunca a abri. Gemidos, choros, gritos, a tudo isso me permiti. Não para agradá-los, porém. Nunca tive essa preocupação para com os bedéis, mas, quem sabe os permiti como forma de libertação, somos livres de certa maneira em nossos gritos, gemidos, em nosso sofrimento. O fato é que nunca abri a boca, nada saiu dela que comprometesse quem quer que fosse. Nenhuma delação valendo prêmios, literal ou não. Como sobrevivi? Vai saber. Até o dia em que fui lembrado em uma lista de prisioneiros trocados por um embaixador. Ela, minha querida companheira, foi lembrada antes, disseram-me que ela estava sofrendo mais com as torturas, justo que houvesse prioridade para sua libertação. Disseram-me também que ela era mais importante para o movimento. Fui lembrado no último momento para a última lista do último embaixador sequestrado naqueles tempos. Parece que precisavam de um nome a mais para fechar uma conta que satisfizesse um dos princípios básicos da numerologia, tão em voga em certos meios, e um conhecido acabou se lembrando de mim. E assim, graças mais à matemática do que à política, fui solto. Mas, agora, presos estamos todos nesses tempos difíceis, um ano termina e não começa o seguinte. Que tal começar em um dos tantos golpes, ou tentativas, que já sofremos entre 1930 e 2016? Haja paciência para contabilizá-los todos. Podia começar minha narrativa no dia em que o Getúlio entregou Olga Prestes ao regime nazista ou, naquele seu jogo dúbio, Natal aos americanos em troca da Vale que, depois de devidamente desvalorizada, seria privatizada dali algumas décadas (mas não vou mencionar o tal senador de novo, não, tudo isso é tão cansativo, tão repetitivo...). Ou no dia em que Getúlio criou a CLT, que ainda hoje incomoda golpistas, ou pelos porões que ele tanto cultivou e que tanto inspiraram as ditaduras seguintes. Nada se cria, tudo se tortura. Poderia começar em um dos inúmeros dias em que Getúlio entrou para a história, e são tantos e ele só pararia com essa sua mania no dia em que, simultaneamente, deixou a vida. Poderia começar em algum dos dias em que fardados resolveram adiar seus ditos movimentos militares, na fala de um supremo, para melhores tempos, até que não quiseram esperar mais. País de bedéis e de meirinhos. E de pastores, por que não? De vices traidores e golpistas insistentes. Começar, talvez, relembrando aqueles dias todos em que me perdi por ruas de cidades desconhecidas, por países temporários, por quartos improvisados. Poderia começar minha narrativa no dia em que aquele coronel latifundiário, em uma epifania pseudodemocrática, deixou a Arena governista e se transformou, para deslumbramento de muitos, em um menestrel da oposição. Ganhou cartuns em troca. Até música ganhou. País de acordos, eternos acordos E de palhaços. Ou no dia em que o empresário, depois de tanto tempo e tanta saudade, reencontrou a sua cédula favorita de cem dólares. A mesma nota que chegou ao seu bolso depois de um contrato público, transitou desse ao do governador, passando por vários intermediários, e repousou por meses em um cofre no Rio de Janeiro, o tal *cofre da tia*. De lá, devidamente expropriada por nós, foi trocada por moeda nacional a preço de banana com o empresário saudosista. Fico imaginando o financiador da tortura encontrando-se com futuros torturados para trocar os dólares expropriados por esses por moeda corrente. Sim, poderia começar a minha narrativa no momento em que Michael Corleone ouve pela primeira vez *it´s not personal, it is business*. Nada é pessoal, tudo são negócios, nada pessoal até o momento em que se olha diretamente ao torturador e o canto de sua boca denuncia o prazer, os olhos brilham frente à garota que será estuprada, frente ao cara que receberá um cabo de vassouras em seu rabo, um fio incandescente nos seios, na vagina, no pênis, choques, socos. Nada é pessoal, tudo são negócios, até o momento em que os negócios trazem vantagens pessoais. Tudo são negócios até o momento em que é preciso negar existência ao outro. Nada é pessoal até o pau de arara, a cadeira do dragão ou o afogamento. A cédula de cem dólares que tinha passado de mãos em mãos, ouvimos dizer, foi finalmente enquadrada, pendurada na parede principal da sala e exibida aos amigos em semanais jogos de pôquer. Significativo amuleto do empresário que, no futuro, ainda usaria a mesma nota como parte de um pagamento de propina de mais uma obra, abrindo mão de uma de suas manias. Quem mandou exibi-la ao futuro governador? Quem mandou alimentar, mesmo sem querer, a inveja daquele que teria o poder da caneta? A nota ainda passearia por muitas outras mãos, seria encontrada por policiais federais e fotografada e vista em rede nacional. O eterno rodízio de dinheiro e personagens. Quem, por exemplo, poderia imaginar que o vice ou o governador ou o senador ou o deputado federal que tanto fizeram pelo golpe mais recente achariam que seus passes eram mais valiosos do que realmente valiam ou cobravam? Mas os passes não eram assim tão valiosos, descobriram dolorosamente com a Polícia Federal à porta. Há sempre alguém disposto a fazer o mesmo serviço por um preço menor. Fardas e togas, bedéis e meirinhos, pastores, o país dos vices, o país dos cartórios! A nota de cem dólares ainda circula e muitos ainda serão seus donos e, talvez, em uma ironia do destino, até volte a pertencer ao empresário que financiava a tortura e hoje aparece no jornal noturno exaltando a grande função social de sua empresa na migalhenta doação de alimentos e máscaras cirúrgicas durante a pandemia. Eu tento entender o fascínio por aquele pedaço de papel, eu o tive em minhas mãos mesmo sabendo que não me pertencia, contei-a junto a tantas outras antes de dividirmos em pacotes menores para trocarmos e seguirmos nossa batalha. Dinheiro essencial para quem vivia às escondidas, trocando de residência dia a dia, deixando para trás maquinários de impressão e boletins e papéis em branco e roupas e comida. E armas. E esperanças. Poderia começar com um sonoro *Anauê* ou com um simples *iba áles*.

Acima de tudo, poderia começar com pastores negocistas, ou com os tais milicianos do bem. Poderia começar com terras roubadas, florestas queimadas, agro é tudo. Com boiadas em pandemias, boiadas federais, estaduais e municipais que ninguém é trouxa nessas esferas. Betinha e Laura, filhas do empresário, uma legítima e outra não, uma vivendo na casa-grande e outra no quarto dos fundos com a mãe empregada. Mas que cresceram juntas sem saber dessa relação, que cresceram sob os olhos incomodados, mas silenciosos, da submissa esposa do empresário, que cresceram juntas para orgulho do pai ausente a ao menos uma delas Na idade das descobertas, elas eram inseparáveis. Poderia começar no dia em que bateram à porta da casa do empresário, era noitinha e alguém buscava a Betinha. Com preguiça depois do gozo, ela mandou a Laura se vestir e ir atender. Seria a última vez que elas se veriam a sós, pois no portão esperava um colega nosso com um pacote de dólares a serem entregues à companheira Betinha e, na hora em que a Laura se apresentou em seu nome, surgiram das sombras, que nas sombras é que eles vivem, uma porção de fardados sem fardas. Na confusão, o empresário foi chamado e surpreendeu-se com tudo e, na confusão, Laura foi presa juntamente com o nosso emissário e, na confusão, o pacote com dinheiro desapareceu e só foi reaparecer tempos depois justamente no fundo da segunda gaveta da mesa do escritório do empresário, *it is not personal*. E, na confusão, ninguém sequer percebeu a ansiosa lágrima que resistiu a sair dos olhos do dono da casa, nem mesmo a sua perspicaz mas silenciosa esposa percebeu seus olhos quase úmidos, ou mesmo a jovem Betinha, que, por si só, também segurava a sua própria tristeza e espanto frente àquilo tudo. Não, ele não sabia do que se tratava, não, não sabia quem era aquele rapaz, nunca o tinha visto, nem imaginava o que fazia no portão de sua casa àquela hora, que aliás nem era assim tão tarde, mas a forma de dizer tornava a tardinha em suposta meia madrugada e aumentava a dramaticidade, e não, não, definitivamente não, não tinha nada a ver com isso, e que a menina era só a filha da empregada, que decepção, vergonha frente aos vizinhos, e vocês sabem com quem estão falando? Um telefonema e todos vocês estarão no olho da rua, gritou finalmente. Mas, apesar da bravura, deixou levarem a Laura presa, não se responsabilizou por ela. Levem-se os anéis, é a regra do mercado. E a empregada perdeu o seu emprego a pedido da esposa do dono da casa que sequer contestou. Sentiu-se finalmente vingada. E por falar em prisões, parece até que somos eternos prisioneiros em um daqueles inúmeros túneis pertencentes ao subterrâneo paulistano. Ou em um dos cofres da tia, em um dentre os oito existentes, por exemplo aquele onde achamos milhões de dólares e que muitos garantem estar vazio. Sim, eram oito os cofres que a tia mantinha depois da morte do famoso governador que fazia. Oito eram e sete desapareceram, isso se não contarmos que também o que achamos desapareceu dos papéis oficiais, nunca existiu por assim dizer e, se por um absurdo linguístico existisse, estaria vazio. Nesse país de togas e fardas e cartórios, desaparecem cofres e prescrevem crimes com uma frequência ímpar. Frequência só comparável à costura dos acordos, com *os maiorais e tudo*, que somos forçados a engolir no dia a dia. Poderia listá-los todos aqui mas, aí, haja papel e paciência e, ao final, haveria quem concluísse que é um acordo só, renovado periodicamente por novos, e mais baratos, personagens. Há sempre aqueles que cobram cachês menores, atores do circo político. Há os que detêm o poder e há os que cobram cachês e gozam suas férias. Inútil insistir nessa discussão. Quem sabe um bom começo seria o dia em que o juiz e o acusador usaram o zapzap para discutir como condenar o réu inimigo. Paciência, parece que isso nunca aconteceu, assim como não aconteceu o desejo de se criar uma fundação com dinheiro público para pagar palestras e viagens particulares em defesa de um tal combate à corrupção, assim como não aconteceu de engavetarem investigações para não constranger aliados. Não, não podemos começar nossa narrativa com fatos que nunca aconteceram. Dureza a vida. Mas dureza mesmo foi tirar aquele cofre da casa da tia. Não imaginávamos o seu peso, precisamos achar um meio para fazê-lo descer a escada do sobrado da tia sem sobressaltos, como se fosse um desfile, um baile de debutantes. Gastamos fosfatos e papéis para planejar a rampa por onde o cofre da tia deslizaria altaneiramente em direção à Rural Willys azul. Fosfato malgasto, pois a rampa não serviu nem para o começo, tamanho o peso do suposto inexistente dinheiro que habitaria o cofre, no muque é que precisamos terminar o serviço. Dureza foi secar o dinheiro, todo aquele dinheiro inesperado que tivemos que afogar para que a explosão do cofre não o destruísse. Lavagem de dinheiro, diríamos. Ninguém esperava, ingênuos que éramos, que haveria tanto dinheiro no cofre da tia. Dureza foi trocá-lo, em grande prejuízo, por moeda nacional. Negócios, nada pessoal. E escondê-lo. Dispersou-se por aí, sei lá onde foi parar tudo aquilo. Lutas foram financiadas, pontos, armas e comida. Poderia começar com o cheiro inebriante que vinha dos mimeógrafos a álcool. Quem nunca escreveu um manifesto e o imprimiu em um mimeógrafo a álcool escondido em um calorento quartinho dos fundos sequer sabe que algo não terminou ou sequer imagina que algo distinto poderia ter começado. Poderia contar também dos outros sete cofres da tia, os que não existem, que foram teletransportados para a terra do nunca, e fazem agora companhia aos processos prescritos e às delações premiadas. Riem abertamente de nossa cara, deve ser muito divertido viver nesse tal mundo. Poderia começar com aquela foto dos libertados prestes a embarcar para o exílio depois do sequestro do embaixador americano. Icônica, não? Mas irreal, poucos sabem, pois de fato foram libertados mais de duzentos companheiros por conta daquele primeiro sequestro de embaixador, sim, o americano. Os fardados só permitiram que fossem fotografados os que lá aparecem naquela foto ao lado do avião, proibiram qualquer foto com o grupo maior, com o grupo completo. Houve uma longa negociação até chegarem a essa farsa. Parece que não queriam que a sociedade soubesse o tamanho da vitória daquela ação, mesmo que isso implicasse uma visível desvalorização da mercadoria americana. Ela, minha querida companheira presa no mesmo dia que eu, estava naquela lista estendida, dentro dos duzentos que foram realmente soltos naquele dia, ou me engano com datas?

Ou me engano com fatos? Ou será que essa confusão temporal que me ataca por esses dias tem alguma influência em minha memória? Daqui a pouco, pode até ser, vou estar elogiando, de tão confuso estar, vou estar precisando, vou estar repetindo, vou estar insinuando, vou estar argumentando, vou estar gerundiando adoidado. Será que, ao final, toda nossa desgraça não começou com um simples gerúndio? Ou com a profusão de títulos falsos em currículos falsos de tantos (falsos) pertencentes ou postulantes a cargos oficiais e benesses? Ou com promessas de vida eterna em troca dos trocados do dia a dia? Dividido o dinheiro, nós nos separamos, não era bom, naqueles dias, ficarmos juntos e senti muita falta dos gemidos dela, ainda sinto. Fui preso, já contei, né? E ela também. E perdemos contato, e nos perdemos por aí. Dos outros, pouco soube depois, pouco soube por muito tempo. Mas, do dinheiro do cofre da tia, soube que parte financiou nossa luta, aqui ou acolá, que a luta é internacional. Mais, não soube, nem soube nada mais sobre ela, que foi extraditada naquele primeiro voo de libertados, ou me equivoco? Ela e outros duzentos companheiros e companheiras. Tampouco soube algo da Laura, ou de tentativas de seu pai para libertá-la, se as houve, muito havia a perder se meter nessa história, ele provavelmente pensou. Evite-se o pessoal. Nunca é pessoal. Mas da Betinha, sei, ela ainda tem calafrios de noite, ainda se recorda do toque de sua meia-irmã em seu corpo ainda jovem, a troca de beijos, carinhosos e sensuais. Dos banhos tomados juntas, da pretensa igualdade que parecia haver naquele relacionamento. Deve herdar o império do pai, melhor sofrer em silêncio ou esquecer o passado e insistir na meritocracia recebida de herança que, neste país, isso também se herda. Poderia começar minha história com JK inaugurando Brasília, mas por que raios faria isso? Começar em um dos dias que um supremo visitou um presidente na calada da noite, ou com uma das tantas *ordens do dia* exaltando a hierarquia e o anticomunismo. Ironias no país onde atualmente generais de quatro estrelas batem continências a um capitão expulso do exército. Poderia, até, subvertendo a lógica que escolhi, começar em um momento alegre, em um dos tantos tempos esperançosos que ficaram para trás antes que *a alma anoitecesse de vez* (né, Carlos?), cantando *arrastão* ou *sabiá* ou *o bêbado e a equilibrista*. Começar nas *Diretas Já*, na *Esperança Erundina*, na *Telma e Luiza*, no *Lulalá*, no *fome zero*, no grito das ruas, nos gemidos em nossos quartos, no silêncio respeitoso pelos que valem a pena homenagear. Ou nos tantos programas sociais que fizeram a diferença e que agora estão na berlinda gerando tanto ódio, vai entender essa elite. Diziam serem oitos os cofres da tia, achamos dois, expropriamos um, que foi negado sequer existir. Melhor, parece que não há dúvidas para a polícia ou para a mídia sobre a existência desse cofre, mas, vazio estava, todos eles concordaram à época. Como os milhões em espécie no apartamento do ministro ou a cocaína no helicóptero do senador (e nem vou citar a do avião presidencial), arquive-se tudo, não há provas, pois para provas, não basta a tal materialidade, ou melhor, essas nem servem de fato. As provas que servem são as convicções dos togados. Mas o dinheiro existiu, comi esse dinheiro, morei esse dinheiro, imprimi panfletos com esse dinheiro, ou foi tudo ilusão? Equivoco-me novamente? Certeza que não. Poderia começar com essa nossa antiga tradição, mas com nome novo, de duelos de *fake news*: a minha é melhor que a sua, não acredite nas *fake news* dos outros, só nas minhas, verifique as *fake news* conosco, não mentiremos a você. Poderia começar pelo fim, mas quem se importaria? Poderia começar pelo começo, mas quem se arriscaria a acreditar? O cofre, lembro, foi expropriado em nossa terceira tentativa, não era fácil garantir que a tia e seu marido estivessem simultaneamente fora da casa. Na primeira vez, quase fomos pegos, chegamos a entrar na casa que supúnhamos vazia, mas qual o quê, um barulho vindo do quarto nos alertou e saímos correndo. Soubemos, depois, por nosso informante que até a polícia foi por isso acionada, mas preferiram acreditar que se tratava de um grupelho de ladrões de esquina. Ladrões de esquina, já se viu? Até ações ideológicas são desqualificadas nesse nosso país, confundidos que sempre somos. Baderneiros, maconheiros, universitários. Mas isso correu a nosso favor, ao menos no que diz respeito à ausência de incrementos de segurança na casa da tia. Poderia mencionar até a segunda tentativa frustrada em detalhes, tantos os são, mas quem se importaria? O que fica para a história é a expropriação daquela pilha imensa de dólares que, de mão em mão, circulou muito nesse país. E ainda circula, pelo que sei. E os dólares circularão mais e mais, serão fotografados pelos federais, farão manchetes indignadas e suportarão crimes que prescreverão no momento oportuno, tudo uma questão de tempo. O tempo, bah! Quem culparia o tempo pelas prescrições de tantos crimes? Que culpa ele teria pelo nosso sistemático esquecimento? Que culpa tem o tempo, afinal? E, por falar nele, poderia começar pelo lento mas contínuo processo de formação de uma elite mal resolvida e raivosa que não percebe que, na realidade, só lhe falta uma coisa: um bom divã. Poderia mencionar o companheiro que duas vezes assinou os documentos que lhe estenderam em troca de uma premiação, lá nos anos sessenta para escapar da tortura e mais recentemente em troca de uma pena muitíssimo menor da que o ameaçavam. Alguns até insistem que eu começasse minha narrativa no dia em que o sonho acabou. O sonho acabou e alguns sequer sonharam, como nos recordou o poeta. Poderia começar no ano que não começou, futurando esperanças tolas no tal novo normal, nos inúteis abraços virtuais, nas tais inconcebíveis aulas *on-line*. Mas, quem se importaria, quem se importa realmente? Poderia mencionar os túneis que se espalham por baixo da cidade de São Paulo e que nos servem de abrigo nos momentos críticos. Foi assim para os quilombolas, tem sido assim para as minorias, para os comunistas desde a época do Getúlio, foi assim na(s) ditadura(s) e começa a ser assim nesses tempos confusos e perigosos. Os túneis *dois de julho* e há controvérsias sobre a origem desse nome. Uns dizem que foi em um dois de julho que eles foram criados, lá no passado, bem lá no passado, mas outros insistem que é porque esse dia marca exatamente a metade real do ano, o que ficou para trás igual ao que virá e, se isso não é um sinal, nada o será. É em um desses túneis que me escondo para gravar meu depoimento, aproveito o silêncio dos desesperançados que me fazem companhia. Mas hoje começamos a ouvir ruídos vindo dos fundos dos túneis e levantamos as cabeças para tentar identificá-los. Surgem duas hipóteses, ou a esperança recomeçou a mexer com nossos sentimentos e, talvez algo irá finalmente começar, ou fomos descobertos pelas milícias e logo eles estarão por perto para nos dizimar. Previno-me, melhor parar a gravação.

Melhor cortar... corta!

São Paulo, outubro de 2K20

Flávio Ulhoa Coelho é professor na Universidade de São Paulo e escritor. Seu primeiro livro, *Contos que conto,* foi publicado em 1991 como premiação da 5ª. Bienal Nestlé de Literatura Brasileira. Desde então, publicou outros oito livros, a maioria de contos. Os seus últimos livros são *Pigarreios* (romance, Editora Chiado, 2016), *Guarda-trecos* (infantil, Belo Dia Editora, 2017) e *"outros tantos"* (contos, Penalux, 2019).

Selva

João Anzanello Carrascoza

1

– Há alguma vaga aqui? – perguntei, quando a porta se abriu e a mulher apareceu com o candeeiro na mão.

– A pousada está vazia – ela disse, aproximando o facho de luz de meu rosto. – A praga espantou os turistas...

– Não tenho medo – eu disse.

– De onde vens? – ela perguntou, mirando-me os olhos.

– Da fronteira – respondi.

– O sol se pôs faz tempo. Como te guiastes, pela mata, nessa escuridão? – ela perguntou, mordendo os lábios.

– Vim lendo as estrelas, como os índios – respondi.

– Passe! – ela disse, empurrando-me. – O diabo costuma tentar entre os batentes...

– Obrigado – eu disse.

– Ainda há estrelas em teus olhos – ela disse, acendendo outro candeeiro.

– Vou apagá-las com o sono – eu disse.

– Tuas roupas estão molhadas – ela disse.

– Logo secam – eu disse.

– Tens fome? – ela perguntou.

– Sim! E a sede me queima a boca – eu respondi. – Mas não tenho dinheiro com que pagar.

– Aqui o dinheiro não vale nada – ela disse. – E tu falas demais para quem andou tanto.

– Perdoa-me – eu disse.

– Tua voz é mais jovem que o teu rosto – ela disse, enfiando-se por um largo corredor.

– Talvez porque sou um contador de histórias – eu disse, seguindo-a.

– Esse é o teu quarto – ela disse, abrindo uma porta. – É o melhor da pousada.

– Não sei se mereço a cortesia – eu disse.

– Aqui dormia uma antropóloga – ela disse. – A praga a levou na semana passada.

– Lamento – eu disse.

– Deixou aí esse vestido de noiva – ela disse.

– Panos sempre têm alguma serventia – eu disse.

– Estamos sós! – ela disse.

– Tem certeza? – perguntei. – Vejo umas sombras ali.

– São apenas macacos – ela respondeu. – Vou ferver água para o teu banho.

2

– Ensopado de tartaruga – ela disse, colocando a terrina fumegante à minha frente. – Espero que aprecies, é o que temos por aqui.

– A fome apura o paladar – eu disse, servindo-me. – E tu? – perguntei vendo-a beber um gole de aguardente.

– Estou nauseada – ela respondeu, enxugando os lábios com as costas das mãos. – A solidão me tira o apetite.

– Em mim aumenta – eu disse, mastigando com avidez.

– O banho te reanimou – ela disse, entregando-me a garrafa.

– Nada pode reanimar uma alma partida – eu disse, indiferente.

– E o que tu sabes da alma? – ela perguntou, as feições diluídas na penumbra.

– O mínimo para se viver – eu disse.

– Ninguém sabe muito de si mesmo – ela disse e soltou uma gargalhada. – A fome destempera a razão.

– A tua comida está saborosa – eu disse, mudando de tom.

– Não te esforces para me agradar – ela disse. Recolheu a garrafa e bebeu outra talagada. – O melhor de um homem é a sua sinceridade.

– Não sou adulador – eu disse, a boca cheia de comida.

– Tua voz é mais jovem que o teu rosto – ela repetiu, engolindo-me com os olhos. – Vais me contar uma história?

– É só o que sei fazer – eu disse. – Mas não esta noite!

– Por quê?

– Preciso dormir. Me sinto exausto...

– Estou pedindo apenas o que podes me dar – ela disse, tomando outro gole.

– Ninguém pode dar senão o que já é do outro – eu disse.

3

– Posso entrar? – ela perguntou, batendo à porta.

– A casa é tua – respondi, já deitado.

– Não te obrigues a nada – ela disse e entrou, iluminando o quarto com o candeeiro.

– Por que estás com esse vestido de noiva? – perguntei.

– É apenas pano, como tu disseste – ela respondeu. – E talvez eu não tenha outra ocasião para usá-lo.

– És uma mulher bonita – eu disse.

– Então vais me contar uma história? – ela perguntou.

– Estou cansado demais – respondi. – Amanhã, se quiseres, conto-lhe várias.

– Amanhã podemos estar mortos – ela disse, cambaleando. – A praga está próxima.

– Morremos a todo instante – eu disse.

– Quero morrer com boas lembranças – ela disse, acercando-se da cama.

– Lembranças não servem para nada – eu disse.

– De que vive então um contador de histórias? – ela disse e emendou: – Conta-me uma esta noite.

– As palavras não me obedecem – eu disse. – Amanhã, quem sabe...

– Hoje! – ela disse.

– Essa luz está me ardendo os olhos – eu disse.

– As estrelas já se apagaram neles – ela disse, mirando-me frente a frente.

– Deixa-me dormir – pedi.

– A solidão te embriagou – ela disse.

– O álcool é mau companheiro – eu disse.

– Não suportas estar a sós contigo! – ela disse.

– Pois é – eu disse – Toda história é para dois.

– Se não queres contar uma, então escreva a tua no meu corpo – ela disse, com o hálito forte de bebida.

– A minha história me pesa demais – eu disse.

– Tu a tornas leve se em mim a pronuncias – ela disse. E foi tirando o vestido.

João Anzanello Carrascoza é autor dos romances *Aos 7 e aos 40*, *Trilogia do Adeus* e *Elegia do irmão*, e vários livros de contos como *O volume do silêncio* e *Aquela água toda*. É também autor de obras para o público infanto-juvenil. Suas histórias foram traduzidas para o bengali, croata, espanhol, francês, inglês, italiano, sueco e tâmil. Recebeu os prêmios nacionais Jabuti, FNLIJ, Fundação Biblioteca Nacional e APCA, e os internacionais Radio France e White Ravens.

Laços
Larissa Thatyana

Na banalidade das horas

Porque estava escrito que iriam se encontrar, ou se reencontrar. Porque, quase ao acaso, num dia comum, entre pessoas comuns, num lugar comum, houveram de se perceber. E, como na canção, o amor, o Grande Amor, chegou sem hora marcada. E, nessa ocasião banalíssima, os dedos se tocaram, os olhares se buscaram e o impulso elétrico percorreu seus corpos.

Nunca poderiam imaginar que naquela tarde nublada, na rua quase vazia, ao tentar pegar o último jornal da banca, naqueles dias de grandes atribulações políticas, suas buscas teriam terminado. Ou quase...

O arrepio fez a respiração suspender-se por alguns segundos. Ele foi o primeiro a recuar a mão. Ela manteve o olhar nele e a mão sobre o jornal. Ele foi o primeiro a falar.

– Tudo bem. Você chegou primeiro. Depois eu dou uma busca na internet. E piscou, com um sorriso no canto da boca.

Ela sorriu. Ambos sabiam que não era verdade. Chegaram juntos ao jornal. Ela ainda quis dizer que não tinha problema, mas ele insistiu. Pegou um pacotinho de amendoins, um chocolate, o jornal, pagou tudo e entregou a ela. Ela parecia não acreditar que um completo estranho como aquele acabara de lhe pagar um jornal e um chocolate.

Ele lhe deu um sorriso, jogou um amendoim na boca e virou-se para ir embora quando a ouviu, num impulso, falar:

– Ei! É... Obrigada.

– Você quer tomar um café?

– Ah, é... Não bebo café.

Ele abriu mais o sorriso.

– Quem no mundo não bebe café? É alguma promessa? Disse, implicante, aquele leve sorriso no canto da boca. Ela riu.

– Não, é... o sabor... muito amargo.

– Então eu acertei no chocolate. Ao leite, nada amargo. E piscou.

Ela, sem jeito, olhou pro chocolate e o jornal em suas mãos. E, num rompante de ousadia...

– É... Eu tô indo nessa exposição que inaugurou essa semana. Sabe qual é? Aqui perto. Você quer ir?

– Bora!

O arrepio novamente. Ele era dessas pessoas que a gente diz "vamos?" e, de imediato, nos responde "bora!"

Caminharam pelas ruas do centro, conversando amenidades, ele protegendo seu caminhar dos buracos por onde passavam. Ela, a fala solta como nunca antes aconteceu... Iam alternando os assuntos como se fossem amigos e se conhecessem há muito tempo. O riso saía fácil, olhavam-se dentro do olho, ficavam sérios, mudavam de assunto...

Passaram a tarde assim, passeando pela exposição, presenteando um ao outro com fascínio. Seguiram pra um restaurante, desses escondidinhos numa rue_a, que só os mais descolados conhecem. Ele pediu vinho e ela um *drink*. Ele perguntou seu signo e ela onde ele trabalhava. Ele quis saber seu filme preferido. E ela se ele já havia amado antes. Ele dizia que não havia melhor escritor que Jorge Amado, mas, para ela, era Fernando Pessoa. Ele achava Romero Britto um embuste, ela tinha uma cópia na sala. Ela amava Frida Kahlo, ele, Van Gogh.

Eram tantas as diferenças e afinidades que aos poucos foram se perdendo de si, enquanto desvendavam os mistérios um do outro naquela tarde que virava noite.

No ponto de ônibus dedos entrelaçados, sorriso na alma. Enquanto esperavam, apenas o olhar e a respiração presa antecipavam o momento da separação. Foram caminhando lado a lado em direção ao ponto de ônibus, dedos entrelaçados, sorriso na alma. Enquanto esperavam, já quase não falavam, apenas o olhar e a respiração presa antecipavam o momento da separação. Quando o ônibus dela chegou, as mãos se apertaram um pouco mais:

– Bem, é meu ônibus!

Ele não disse nada. Continuavam a segurar a mão um do outro sem a menor intenção de soltar.

– Foi... bom te conhecer, ela disse, mas, ao mesmo tempo, sequer se movia.

– A gente se esbarra... por aí.

Ficaram imóveis, olhando-se, respiração suspensa, até que o ônibus foi embora. E ali, a sós, souberam que nunca mais se soltariam.

Continuava perdidamente apaixonado. Sentia jorrar de si sentimentos que sequer saberia nomear. Ouvi-la cantando no chuveiro durante o banho lhe causava uma sensação ao mesmo tempo tão boba e tão adorável. Vê-la com aquela toalha ridiculamente enrolando os cabelos sempre lhe fazia sorrir.

No escritório se mantinha ocupado entre papéis, telefonemas, metas a cumprir. Mas, de algum cantinho de si onde se escondia, as lembranças dela tomavam forma de repente: uma gargalhada, um olhar tímido, outro mais sedutor, as lágrimas por causa de algum filme a que assistiram, ou como se abandonava ao sono em seus braços.

Já não era mais um invisível entre invisíveis. Ela o notara, ela o quis, e se permitia ser amada por ele. Criavam juntos uma combinação particular de gestos, de olhares, de comunicações que só companheiros e cúmplices são capazes. Estava tão consciente do quanto a amava e do quanto por ela era amado que não havia espaço para dúvidas, ciúmes, desconfianças, carências.

Ouvir o som da chave girando na porta num dia banal podia fazer seu coração acelerar. Vê-la arrumar-se para um compromisso enchia--o de ternura. O perfume que ela usa é capaz de lhe tirar a concentração. E quando ela tira os saltos e joga-os displicentemente pelo quarto lhe desperta desejos incontroláveis.

Quando ele se aproxima por trás dela e a abraça, falando-lhe ao ouvido e arranhando-a com a barba por fazer, é irresistível. E dançam sem música alguma, rodopiando pelo quarto enquanto a temperatura esquenta.

E tantas vezes se lembram daquela tarde nublada, numa rua quase vazia, quando por puro acaso tocaram juntos aquele último jornal da banca no centro da cidade. E ele foi gentil e lhe comprou um chocolate, e lhe piscou com o mesmo sorriso no canto da boca que ainda a arrepia e faz suspender sua respiração.

Desde aquela tarde continuaram indo a exposições e restaurantes, conversando amenidades, assuntos sérios e tecendo comentários inteligentes. Ele ainda a protege dos buracos que ela mal percebe. Ele ainda gosta dos amendoins e de vinhos, e ela continua sem gostar de café. Com o tempo passaram a ter seus filmes preferidos. Ela passou a gostar de Jorge Amado, ele ficou fascinado por Fernando Pessoa. Ela passou a detestar Romero Britto e jogou fora a cópia que tinha do tempo de solteira. Quando foram morar juntos decoraram os espaços com os quadros de Frida Kahlo e de Van Gogh.

Entre eles o riso ainda é fácil, olho no olho. O amor transborda a cada nova manhã, entardecer ou madrugada. Até que os cabelos comecem a embranquecer, as caminhadas sejam mais breves, as marcas sejam visíveis na pele. Mas o viço no olhar, o sorriso pleno e a vontade de continuarem a desvendar os mistérios um do outro como naquela tarde jamais desaparecerão.

Há quem diga que era pra ser, como se fossem predestinados, que estava escrito, ou que foi por mero acaso. Mas só eles sabem que era inevitável que se encontrassem, naquela tarde, daquela forma, com aquele encanto para tocarem a solidão um do outro.

Sonhos, canções e a vida

Sentada diante da médica, não consigo conter as lágrimas! Ouço suas recomendações enquanto escreve uma receita, pedidos de novos exames, mas não a escuto mais. Olho o exame e mal consigo acreditar! Será mesmo verdade?

Uma mistura de emoções brinca dentro de mim! E penso nele e em tudo o que nos levou até ali. Tudo o que enfrentamos, cada desafio, todos que tentaram nos parar. Os dias bons de amor e alegria e os ruins quando ele me dizia que tudo ia dar certo! Cada música que compôs pra mim! As noites de ensaio, nossa varanda fria, o estúdio, cada palco, nossa banda! Suas composições na minha voz, sua guitarra traduzindo meu ritmo.

Quanta sorte duas pessoas podem ter por se encontrarem no mundo? Quanto amor podem sentir? Quanto cuidado e atenção? Quanto medo de se perderem? Vivemos tudo juntos, Kadu e eu, nossas certezas e inseguranças. Nosso cantinho naquele apartamento minúsculo, nossa cama, minha voz no seu ouvido, meu corpo no seu. Isso era o mundo até agora.

Como contarei a ele? Será que ficará assustado? Tantos exames! Há tanto a se providenciar. Estamos em meio a uma pandemia, turnê parada! E a banda? O álbum tinha acabado de estourar e estávamos conseguindo cada vez mais lugares onde tocar. Tudo fechado, quarentena... Estávamos apostando nas *lives*!

Olho para a médica, que me deseja boa sorte e pede que eu retorne em breve enquanto levanto e aperto sua mão. Caminho para o elevador. Ele deve estar chegando. Entro no elevador e me olho no espelho, toco minha barriga e só consigo gargalhar! Sonhamos tanto com isso! Como não acontecia, ficou em segundo plano. Mas, agora, sim, um terceiro coração batendo um novo ritmo! Mal posso esperar para contar. Nunca esquecerei este mês de agosto, em plena pandemia. Grávida! Uma alegria imensa em meio a um ano de tanta tristeza.

A porta se abre e saio apressada. Ele já deve ter chegado. Procuro e ah... Ali. Meu Deus, como é lindo, sentado assim, encostado na moto do outro lado da rua! Ainda não me viu. Meu corpo se agita mais ao saber que são os últimos minutos da vida como a conhecemos. Tudo agora irá mudar. Ele me viu. Sorrimos um para o outro e corro em sua direção. Quero me jogar em seus braços e contar a novidade. Mas... Um som surdo... Olho em volta e vejo confusão. O que houve? Kadu se aproxima, chorando, desesperado. Estou no chão, e ele me abraça. O exame ainda em minhas mãos. Muitas pessoas em volta. Minha perna embaixo do ônibus. Por um segundo não entendo o que aconteceu. Até que a verdade se coloca diante de mim, clara e terrível.

Não! Não pode ser! Logo agora? Tento gritar e a voz não sai. A dor vem lancinante. Enquanto flutuo para a inconsciência, penso: "Por quê?"

Em meio à escuridão escuto as batidas bruscas na porta e as vozes. Mas parecem tão longe! Reconheço seu Geraldo, o porteiro: "Como eu já disse pro senhor! Não vejo seu Kadu há dias! Acho que viajou!" Um resmungo e os passos se afastando da porta.

Percebo que havia desmaiado outra vez... O mesmo quarto com as paredes descascadas, e o cheiro de suor e vômito entranhado nos lençóis. A boca amarga, os olhos nublados e a velha dor... Cadê você, Liz? Por que não ficou um pouco mais? E essa sede horrenda! A cabeça dói, não tanto quanto a sua falta.

Mas eu não desisti ainda. Olho ao redor. A luz do neon piscante do letreiro da rua é a única para me guiar. Levanto e tudo gira enquanto busco o que preciso, com o corpo encharcado de suor, a vista embaçada... Eu encontro. Sinto com as palmas das mãos e a boca seca reage. E tento mais uma vez, mergulhando cada vez mais fundo pra saída que me faça encontrar você em outra garrafa de absinto. Um gole de cada vez. Preciso deitar.

Através da garrafa verde-escura sua fotografia ganha os tons do passado que pudemos viver. Tão linda, meu amor! Como estará? Não me odeie pelo que faço. Esperem por mim.

A velha guitarra esquecida num canto me olha e não significa mais nada pra mim. Silenciou quando você morreu. Não posso mais tocar sem a tua voz pra acompanhar. A banda, a turnê, tudo se desfez com essa pandemia. Só preciso rever você.

Só mais um pouco. Reconheço essas sensações. Já sinto o entorpecimento. As mãos tremendo, o suor frio, a respiração difícil. O contorno do teu corpo se desfaz em fumaça como meu pulso, que já quase não sinto. Meu coração na garrafa vazia e, no fundo dela, a lembrança do som da sua voz, hoje calada. E o eco frio dos teus gemidos de amor se vão ao longe.

Não demora agora. Meu corpo cada vez mais frio... Minha respiração num intervalo cada vez maior... Meu olhar já não se fixa em nada. Ouço apenas meu coração cada vez mais fraco, ansioso por te reencontrar. Um espasmo... A inconsciência...

LARISSA TATIANA SILVA BARBOSA é formada em Artes Cênicas, Dança e Multimídia e Educação Estética pela UniRio e Faculdade Angel Viana. É atriz, escritora, poetisa, professora de Artes Cênicas e Regente de Sala de Leitura em escolas municipais do Rio de Janeiro.

A flor que falava
Luciana Paulistano

Belinha era uma flor do gênero *Lilium* da família *Liliaceae*. Ela tinha um laranja forte e chamativo. O senso comum diz que este tipo de lírio representa admiração e fascínio. O tipo laranja necessita de sol fraco de preferência pela manhã ou no final da tarde. Como Belinha nasceu ali, ninguém sabe. Ela apenas brotou. Contudo Jorge, o porteiro de um prédio em Laranjeiras, no Rio de Janeiro, a conhece muito bem. Ele a admira e conversa com ela. Conhece seus sonhos e dúvidas.

Uma relação impensável no mundo real. Um porteiro dialogar com uma flor? O fato é que Belinha nasceu num canteiro que fica em torno de uma frondosa árvore na calçada da rua mais movimentada do bairro. A árvore é muito alta, mas tem apenas 30 centímetros de diâmetro de terra à sua volta. Tipicamente urbana. Belinha estava ali sob a sombra da amendoeira. Só tinha uma pétala e ficava muito triste por não saber por que ela não tinha irmãs. Vivia amuada e, no seu isolamento, era obrigada a sofrer com a urina dos cães da vizinhança que a escolhiam como vaso sanitário. E ainda gatos e ratos que circulam por ali também.

Jorge achava aquele banho ácido e com mau cheiro injusto com Belinha. Uma flor tão delicada, tão linda, e ainda por cima com uma só pétala. O que teria causado aquela anomalia ou maldade? Ele resolveu cercar a árvore com varetas de madeira para impedir o acesso dos animais à terra onde habitava Belinha.

Foi assim que nasceu a sensível e sincera amizade naquele janeiro abafado de 2020.

Quando Jorge estava cerrando as madeirinhas para fixar na terra, ela olhou fixamente para ele e perguntou:

– Moço, o que você está fazendo com estas madeiras? Quer evitar que eu veja quem passa na calçada?

O homem olhou para os lados procurando alguém que estivesse falando com ele. Não viu ninguém.

Belinha insistiu:

– Eu estou aqui embaixo, não tenho ninguém com quem conversar e você vai tirar a minha visão com estas madeiras?

Jorge percebeu que era uma flor que falava com ele, o lírio laranja do canteiro. Surpreso, parou de respirar por alguns segundos e correu para atender o interfone do prédio que estava tocando. Falou com a moradora do 302, que esperava uma encomenda dos Correios.

– Está certo, Dona Florinda, eu aviso logo que a encomenda chegar aqui.

Assim que desligou o interfone, correu para o canteiro e respondeu para Belinha:

–É uma flor, você está falando comigo? Que milagre, meu Deus! Eu quero te proteger dos cachorrinhos que param aqui por causa da sua cor, tão viva e fascinante! Com uma pétala só, sua vida vai ser curta. Até mais curta do que normalmente é esperado para um lírio comum, uma sobrevivência de 15 dias.

– Que bom, senhor, pensei que seria mais uma maneira de impedir minha admiração pelo mundo. Eu só tenho uma pétala, mas tenho muita esperança. Meu nome é Belinha, assim me batizei quando nasci. E você, como se chama? Vejo umas pessoas o chamarem de Jorginho. Imagino que seja porque você é mais baixo que os outros. É isso mesmo?

De repente, ele ficou branco de susto e alegria:

– Meu nome é Jorge, mas muitos me chamam de Jorginho mesmo. Chama de Jorge por favor. Tenho orgulho do meu nome, que era também do meu pai e do meu avô. Prazer, Belinha, vou cuidar de você e poderemos conversar todos os dias. As varetas que estou fincando na terra vão te ajudar a ser mais feliz, sem banho de urina. É claro que eu não quero impedir sua visão. Vou fixá-las de um jeito que não vai te atrapalhar, só ajudar.

– Que bom! Tenho muitos pensamentos aqui e não tenho com quem dividir. Ficarei feliz em ser sua primeira amiga de 2020.

Ela riu e ele também.

Belinha, assim como os ascensoristas de elevador dos prédios comerciais, ouvia toda hora fiapos de conversa dos transeuntes da calçada. Eles passavam e ela ficava indagando como seria o restante daquelas conversas. Vez ou outra a flor era atingida por um papelzinho de bala, uma bagana de cigarro ou um cupom fiscal de alguma compra. E a flor pensava consigo mesma: por que será que as pessoas confundem este canteiro com latas de lixo? Havia uma bem grande, e tão perto dali! Será que já não bastam os banhos de urina?

Assim passavam-se os dias e as conversas com Jorge. Ele sempre catava os lixinhos que irritavam Belinha.

Logos nos primeiros dias de janeiro de 2020, Belinha ouviu de uma família que estava sentada no banco de uma sorveteria em frente ao canteiro, uma história triste. Após elogiarem o sabor do sorvete, comentaram sobre a morte de várias pessoas intoxicadas por uma cerveja produzida em Minas Gerais. Todas foram afetadas por uma *síndrome nefroneural*, que provoca alterações gastrointestinais como náuseas e vômitos. Pode levar à falência renal aguda e alterações neurológicas (paralisia facial, vista borrada, cegueira, sonolência).

Quando Jorge chegou para jogar pinguinhos de água em Belinha a fim de refrescá-la, ela lhe contou essa história e ele nem esperou ela acabar:

– É, florzinha, nem sempre as fábricas tomam cuidado com a manutenção das máquinas e, às vezes, para tornar mais barata a fabricação, usam produtos químicos inadequados. A causa não se sabe ao certo. A notícia é triste. Ouvi por aí que deve morrer muita gente.

Jorge estava certo, em julho já havia 10 mortos.

Alguns dias após, houve uma contaminação na água da cidade por uma substância chamada geosmina, que deixou a água com sabor de terra. A flor sentiu a estranheza quando Jorge regou o canteiro. Como todos os moradores cariocas, o porteiro passou a beber água mineral. Houve muita queixa e uma grande despesa com água, principalmente para os mais pobres.

Belinha, bastante abatida, não falou nada. Apenas deixou correr uma lágrima solitária por sua pétala única.

Passadas duas semanas, a flor sorria como uma criança cheia de entusiasmo. Havia passado por ela um casal dizendo que o príncipe britânico Harry e sua esposa haviam anunciado que não seriam mais membros ativos da família real e que se mudariam para os Estados Unidos. Belinha adorava contos de príncipes e princesas. Ela não gostou de saber que o príncipe se afastaria da rainha, mas achou a notícia interessante.

Quando Jorge chegou, ela foi logo dizendo:

– Amigo, por favor, me traz um jornal com a foto do casal de príncipes da Inglaterra que vão morar longe da família real?

O porteiro não sabia da notícia nem se Estados Unidos e Inglaterra eram longe um do outro, mas tratou de aproveitar a animação de Belinha e criou uma pequena coroa com os filetes do lírio que haviam caído no chão. Com jeitinho conseguiu atá-lo ao receptáculo da flor. Se alegria matasse, Belinha seria enterrada ali mesmo. Sentiu-se a verdadeira rainha e agradeceu muito ao amigo que correu para ajudar o morador que chegava com sacolas do supermercado.

Chegou o final do mês e o porteiro já se preparava para a inexorável morte de Belinha. Os 15 dias de vida previstos já haviam passado. Mas a flor estava lá, firme e forte.

Em fevereiro, veio o carnaval. A flor sofria e Jorge fez o que pôde para ampará-la. Eram latas de cerveja arremessadas pelos foliões dos blocos e "xixi" dos rapazes que curtiam a festa regando a pobre flor. Até um adereço de fantasia deixado no canteiro, ele aproveitou para cobrir Belinha. A famosa sombrinha colorida dos dançarinos de frevo em Olinda. Assim, a esperança se renovou para a dupla com a crença de que aquele anteparo salvaria sua vida.

No final de uma tarde quente, contradizendo as expectativas sobre a morte iminente de Belinha, ele notou que ia nascer uma irmãzinha. Uma pequena pétala surgia junto à sépala da flor. O porteiro emocionou-se e esperou a manhã para dar a notícia à amiga. Ele queria ter certeza de que a irmã realmente iria aparecer. E foi verdade. Risadas e até um abraço eles se deram. Batizaram a bebê de Marcinha em homenagem ao mês de março que começava. E Jorge cantarolou no tom do Tom:

... *São as águas de março fechando o verão / É a promessa de vida no teu coração...*

Todavia, alguns dias se passaram e uma tal de epidemia começou a circular nos papos que passavam pela calçada. Marcinha, ainda bebê, não entendia muito bem o que ia acontecer. Belinha chamou:

– Jorge, por favor, explica para a gente que tal de vírus é esse. O que é uma epidemia?

Jorge, com o que conseguiu saber, repetiu o que ouviu no rádio. Explicou que havia um vírus microscópico, que se reproduzia no interior das células, causando problemas respiratórios que podiam até matar. O coronavírus era altamente contagioso entre os humanos. As pessoas não podiam conversar, nem espirrar ou tossir, próximas uma da outra. Na China tinha muita gente morrendo por causa do vírus e a Itália estava sendo tomada também. Os governos do mundo todo estavam tomando medidas de precaução para conter o alastramento, suspendendo atividades e dando muito trabalho aos profissionais de saúde que tratavam dos doentes que lotavam os hospitais.

– Ué, Jorge, por que não tomam esses cuidados aqui no Rio?

Marcinha e o pouco que aprendeu, falou baixinho:

– Tô com medo, tio, acabou de passar um menino que espirrou várias vezes em cima da gente.

– Olha, com vocês, que são flores, não vai acontecer nada. Eu vou me prevenir e não deixarei vocês sozinhas.

No início de março, o Ministério da Saúde publicou regras e medidas para o enfrentamento da Covid-19, uma emergência de saúde pública internacional. Previa ações de proteção, isolamento, higiene, diagnóstico e tratamento. O foco era evitar a propagação da infecção.

A partir deste dia, o comércio e as escolas fecharam, as empresas pararam de trabalhar. Só podiam funcionar serviços essenciais, como saúde e alimentação. Foi uma grande confusão no mundo. As pessoas correram para comprar máscaras respiratórias para andar na rua e pararam de se abraçar. Os idosos, mais frágeis, isolaram-se em casa.

Uma enorme corrente de solidariedade correu o mundo a fim de ajudar os que ficaram sem trabalho e sem dinheiro. As pessoas doavam alimentos, valores e equipamentos.

– Marcinha, veja! Nossa alegria acabou, agora que você veio me fazer companhia, as ruas ficaram vazias! Cadê as crianças? O pessoal com sacolas de frutas cheirosas? As moças do salão de beleza que brincam com a gente? Nem os aviões barulhentos que nos assustam estão passando toda hora.

Jorge veio confortá-las:

– O presidente disse que é só uma gripezinha e vai passar logo. Ele mesmo nem usa máscara e álcool nas mãos. Ele vai à rua sem medo e abraça todo mundo.

Só que as florzinhas, ainda firmes em seu laranja vivo, ao ouvir as poucas pessoas que circulavam, logo perceberam que havia uma discordância entre o que o presidente e o ministro da Saúde falavam. O ministro, que cuidava das ações de segurança sanitária, foi demitido em abril por informar a população os dados verdadeiros sobre as vítimas e insistir que o isolamento era imprescindível. Divergindo do presidente, o conflito teve este triste fim. Seu sucessor, também contrário à postura do presidente, logo largou a caneta.

Vários fatos começaram a surgir, como a fala de um ministro que queria alterar leis de proteção à natureza. Outro pediu demissão denunciando ações de influência irregular que ele viu serem feitas na área de segurança.

O Japão cancelou as Olimpíadas. Um homem negro americano chamado Floyd foi assassinado de forma covarde por policiais e houve muitos protestos no país. Assim como no Brasil, contavam-se mais de 120.000 mortos pelo vírus.

Belinha e Marcinha muito se entristeceram e suas pétalas murcharam. Jorge ficou desesperado, contava histórias alegres para elas. Muitos moradores de rua apareceram na calçada por não terem mais onde morar. Jorge os convidou para cantarem juntos todas as noites enquanto os moradores dos prédios vizinhos ajudavam a distribuir alimentos para eles.

O porteiro, já famoso nas Laranjeiras, comprou vitaminas para as florzinhas e contou animado:

– Amigas, a partir de hoje vamos vitaminar vocês e rezar para que se ergam e que nasçam mais priminhas em nosso canteiro.

E foi o que aconteceu. Surgiram várias pétalas novas. A vizinhança batia palmas e D. Florinda, aquela do 302, chegou cantando com Jorge:

– Erga essa cabeça, mete o pé e vai na fé/ Manda essa tristeza embora/ Basta acreditar que um novo dia vai raiar / Sua hora vai chegar.

Luciana Paulistano é carioca, psicóloga formada pela Universidade Federal Fluminense. Iniciou sua carreira como professora em escola pública em 1988, apaixonada pelo ofício de ensinar a ler e escrever a crianças menos favorecidas. Em seguida, atuou na área de Recursos Humanos por mais de 20 anos. Seu pai, o jornalista Kleber Paulistano, foi quem ajudou a plantar a semente da paixão pela escrita. Seu primeiro livro *Os tantos mundos de Betina* será publicado até março de 2021. O título deste conto, "A flor que falava", se inspira exatamente na primeira história escrita por ela quando tinha 10 anos.

Conto é aquilo que eu chamar de coentro
Marcelino Freire

[001] E se eu escrever uns microcontos?
[002] Ando tão monossilábico.
[003] ...
[004] Para onde vão os três pontinhos das reticências?
[005] Se não sabe para onde eles vão, não use.
[006] Do quarto para a cozinha, da cozinha para o quarto, um pepino peregrino.
[007] Por que não lavaram as árvores antes de lavarem as frutas?
[008] Plantado em casa. Para semente.
[009] Entre mim e a rua uma porta morta.
[010] O ano de 2020 vai entrar para a História. O problema é esse. Tanta gente que morre e ele que entra para a História.
[011] Eu quero escrever uma autobiografia sobre minha morte.
[012] Eu cresci uma criança sem esperança.
[013] Nasci assim: capim.
[014] Acordar, não. Ressuscitar todo dia.
[015] Viver leva uma vida inteira.
[016] O problema da poesia é a poesia.
[017] Isolado, fiz um sarau com apenas eu dizendo, para mim, as minhas próprias poesias. Temo ter feito isto nos outros saraus.
[018] Voar é o que me põe de pé.
[019] A minha mãe dizia que eu era um menino muito aluado. Eu dizia para ela que eu não queria ir para a Lua. Por que, meu filho? Porque lá tem a bandeira dos Estados Unidos.

[020] Trump caiu. Mas o topete continua lá.
[021] O Ministério da Saúde quem adverte?
[022] Suruba no Zoom.
[023] Coloco a camisinha. E fico esperando você chegar.
[024] Pensar em sexo também dói.
[025] Pôncio Pilatos também lavou as mãos.
[026] O inferno está cheio de negacionistas.
[027] Ciência e paciência.
[028] Hoje todo mundo quer ter ração.
[029] A diferença entre o conto e a crônica é a resposta.
[030] Nada sem resposta uma bosta.
[031] A poesia não sabe o que fazer. Mas faz.
[032] Só as asas das xícaras quebradas voam.
[033] A utopia é uma pia entupida.
[034] Essa utopia acima eu roubei do poeta Nicolas Behr.
[035] Perguntaram para mim se a pandemia me ajudou a escrever. Sim. Já tenho o próprio epitáfio.
[036] Quem enfiou essas minhocas no meu cu?
[037] No fundo do mar nosso navio.
[038] Saudade de chamar seu nome pela casa.
[039] Asilo é o hospício do amor.
[040] Livros deitados não estão dormindo.
[041] Com a literatura perdi todo o dinheiro que eu não tinha.
[042] O amor não tem preço. É o preço que se paga.
[043] O primeiro amor da minha vida sou eu.
[044] O amor nasce e morre na infância.
[045] Proibido relacionamentos abertos.
[046] Eu vou gozar. Avisei para mim.
[047] O amor estraga qualquer romance.
[048] O que você está lendo é um conto de amor. Mesmo que isto não seja um conto. Mesmo que isto não seja amor.
[049] Coração não precisa bater para a gente ouvir.

[050] Esta numeração vai até 100. Chegamos na metade. E o bom é que eu não sei o que virá. Até na ficção o futuro é incerto.
[051] O futuro dura muito tempo.
[052] Olhai as minhocas do campo.
[053] Dizem que sempre falo em minhoca. E em cu. Há sempre uma minhoca no meio do caminho. E... paro por aqui.
[054] A palavra mora onde você se esconde.
[055] Todo dia eu me lembro de você. Menos hoje.
[056] Mendigo entende mais de amor do que de fome.
[057] Uma cesta básica para os canibais.
[058] As ruas andavam cheias da gente.
[059] Aquele cachorro balançou o rabo para mim.
[060] O Diabo escreve a quatro mãos.
[061] As linhas tortas de Deus o Diabo é quem conserta.
[062] O silêncio usa máscara.
[063] Fui ao supermercado e não vi o seu bigode.
[064] O adeus é o que fica.
[065] Um carro pede passagem entre as ambulâncias.
[066] Meu espelho está com dificuldade de respiração.
[067] Eu sempre pedi para você não vir.
[068] Novela passa todo dia, é?
[069] Já sei o passado que me aguarda.
[070] Aglomeração de fantasmas.
[071] O coveiro e mais ninguém.
[072] Escritor é um caçador de vaga-lumes.
[073] Fogo-fátuo. Eis a luz no fim do túnel.
[074] Levei uma ilha para um livro deserto.
[075] Nunca será um conto o que eu escrevo. Mas sempre será um conto o que eu entrego.
[076] O tempo passa nos relógios quebrados.
[077] A literatura é panfletária da solidão.
[078] Este conto é um acidente doméstico.
[079] A literatura é panfletária da solidão.

[080] Pediu mais um minuto de silêncio.
[081] A minha televisão liga e desliga sozinha.
[082] Eu gostaria de descobrir a cura. Para não me curar.
[083] Os artistas são do grupo de risco.
[084] Jornalista é um escritor com mea-culpa.
[085] Já viu algum livro cobrindo um cadáver?
[086] A saudade é manuscrita.
[087] Sonhei com a minha mãe durante várias noites. Eu que pedia para ela voltar no outro dia.
[088] Devia nascer uma mãe quando uma se vai.
[089] Meu pai agora sou eu.
[090] Se foi amor se foi.
[091] A contagem dos dias virou regressiva.
[092] Enquanto a vacina não vem, busco a minha sorte nos biscoitinhos chineses.
[093] Um conto na gaveta é, de fato, um conto morto.
[094] Tem gente que escreve só para ganhar prêmio. E acaba ganhando.
[095] Quem tem preguiça de escrever não reclame de quem tem preguiça de ler.
[096] Fez um filho, plantou uma árvore e, na hora de escrever um livro, diz que bloqueou.
[097] O que eu tenho para dizer você já disse.
[098] Conto é tudo aquilo que eu quiser chamar de coentro.
[099] Não está sentindo o cheiro do coentro?
[100] Fodeu.

MARCELINO FREIRE nasceu em 1967 em Sertânia, Sertão de Pernambuco. Vive em São Paulo, vindo do Recife, desde 1991. É autor, entre outros, de *Nossos ossos*, romance publicado pela Editora Record. E também de *Angu de sangue* e *BaléRalé*, volumes de contos lançados pela Ateliê Editorial. Criou e organizou a antologia *Os cem menores contos brasileiros do século* (Ateliê Editorial). É conhecido também por suas agitações culturais, a exemplo da Balada Literária criada por ele e que acontece anualmente desde 2006. Coordena oficinas de literatura e escreve no blog *Ossos do Ofídio*: marcelinofreire.wordpress.com

O médico e o monstro
Marcelo Nocelli

O senhor me chamou, doutor?

A voz trêmula e fraca passou discretamente pela porta. Quase não ouvi.

O senhor é Adolar Clemente da Silva?

Sou eu mesmo. Ele respondeu, chegando o rosto sofrido de lado na porta sem que eu pudesse ver o resto do corpo.

Então é você mesmo. Entre. Falei sem paciência.

Assim como todos os outros ele ficou esperando até que o mandasse sentar. Odeio quando fazem isso. Parece que têm medo de sentar-se à minha frente. Por favor, tire a camisa e deite-se ali, falei apontando a maca sem olhar para sua cara de dor. Mesmo sem olhá-lo nos olhos, sabia que ele estava com cara de dor. Todos fazem isso.

O que está sentindo?

Dores pelo corpo, doutor. Também estou com febre. Ontem vomitei e senti dores de barriga.

Mais um daqueles sujeitos que não sabem diferenciar uma dor estomacal de uma dor de barriga comum. Gripe de Covid. Escutei o coração. Tirei a pressão. Aguentei firme o bafo quente embaçando meu *face-shield* para examinar a garganta. Olhei os ouvidos e depois os olhos esbugalhados. Os sintomas poderiam ser de uma gripe forte, talvez sinusite, amidalite, faringite ou qualquer coisa do gênero. Também, nas piores das hipóteses, uma dengue ou até mesmo uma meningite. Mas para confirmar um desses casos, seriam necessários exames e, consequentemente, teria que olhar para a cara daquele sujeito novamente entrando no meu consultório. Além do mais, o protocolo pede que, nesses casos, encaminhemos para o exame PCR para diagnosticar Covid. Se o sujeito tiver alguma condição, pode fazer o exame em um laboratório particular, caso contrário, tentará a sorte aqui pelo SUS mesmo.

Deve ser uma virose, mas é melhor tirar a dúvida fazendo um teste de Covid, falei enquanto escrevia pela trigésima vez no dia o nome do mesmo anti-inflamatório que havia receitado aos anteriores.

Só isso, doutor? Mais uma pergunta que odeio. A vontade que tinha era de responder com outras perguntas: por que, você preferia sofrer uma cirurgia? Queria ser internado? Entubado? Saber que tem um tumor e dois meses de vida? Se não passar em quatorze dias, ou se os sintomas se agravarem, volte aqui. Mas minha indicação é a de que faça o exame de Covid. E siga as orientações de saúde.

Ele saiu sem fechar a porta, como todos os outros. Levantei, fechei a porta sem deixar que os pacientes lá fora me vissem.

Peguei o jornal do dia. Dei mais uma passada de olhos. Já havia feito isso pelo menos umas dez vezes. Peguei os recados no celular, nada de importante. Liguei para o banco para ver se o meu ordenado havia sido depositado. Tudo certo. Estava na conta. Eu já sabia. Tirei o jaleco, verifiquei se havia alguma nova sujeira. Nada. Branco. Impecável. Vesti-o novamente. Olhei o carimbo com o meu nome e número do CRM. Logo precisaria mandar fazer um novo. Estava gasto nas beiradas. Conferi o receituário, ainda havia muitas folhas em branco para serem perdidas com pessoas que, na maioria das vezes, não comprariam os remédios ali prescritos. Tentei tirar um cochilo. Não consegui. Apenas dez minutos se passaram. As fichas não paravam de chegar. Olhei-as atentamente. Misturei-as, tirando da ordem de chegada. Peguei uma sem olhar. Caminhei até a porta. Admirei aquele mundo de gente esfarrapada nos bancos do enorme salão de espera. E pensar que eu já tive um consultório, sala de espera decente, recepcionista gostosa... Olhei para ficha em minhas mãos. Tentava adivinhar quem seria o tal Jorge Moreira. Todos me olhavam atentamente, como que implorando para que os chamasse. Eu ria por dentro. Patéticos. Tentavam fazer cara de piedade. Como se a vida deles valesse alguma coisa.

Chamei baixo e com a voz embargada por Jorge Moreira. Eles pareciam não ter entendido. Fechei a porta. Esperei mais cinco minutos e chamei novamente, agora em alto e bom som. Um senhor aproximou-se lentamente. Queria me mostrar a carteira de identidade. Fingi não ter visto. Acenei para que deitasse na maca. E dei início à mesma ladainha. Prescrevi a receita e entreguei-lhe.

O mesmo remédio, doutor?

O quê?

É que o senhor me receitou esse mesmo remédio na semana passada e disse que se não passasse era para voltar aqui. Por isso eu vim hoje.

Por que você não falou isso logo que entrou? *Imbecil*. Pensei comigo enquanto ria. Riso que foi entendido pelo infeliz como algo simpático de minha parte.

Pensei que o senhor havia me reconhecido... Ou que talvez estivesse anotado em meu prontuário.

Eu não li o prontuário, mas não ia perder meu tempo explicando isso a ele. Rasguei a receita com raiva. Escrevi uma solicitação de exame de Covid. Mais uma. Qual sua idade?, perguntei.

Sessenta e cinco.

Parece muito mais. Faça os exames e traga os resultados.

Faço esses exames aqui mesmo, doutor?

Não sei. Procure o balcão de informações na entrada do hospital.

Ah – ainda chamei – o senhor confia no nosso presidente e no nosso ministro da saúde, não confia?

Claro que confio, doutor, eu votei nele!

Ah, sim, então tome aqui essa caixa de cloroquina. É amostra grátis. Mas não conte a ninguém que eu lhe dei. É um remédio muito eficaz, mas, por questões políticas, estão deixando a população sem essa possibilidade de cura, o senhor me entende, não?!

Ele sai feliz. Idiota. Um homem de sessenta e cinco anos, grupo de risco, diabético, com todos os sintomas de Covid, e sai feliz porque o mandei fazer exame e dei a ele uma caixa de cloroquina. Tenho aos montes. O governo federal mandou para alguns hospitais. Peguei várias. Outro dia mandei uma caixa para a casa de um amigo petista que eu soube, estava com Covid. Só pra zoar. O Brasil é um país divertido.

Quando me preparava para mais um atendimento, fui chamado na sala de cirurgia. Um homem havia engolido um palito de dentes. Ao menos não era mais um com sintomas de Covid. 99% dos atendimentos têm sido por sintomas de Covid, sejam sintomas reais ou psicológicos. Neste caso não.

Os exames do imbecil que engoliu um palito mostravam que o objeto havia perfurado o estômago. O sujeito engole um palito de dentes inteiro, passa três meses sem expelir, sente dores, e só vem ao médico agora? Não havia o que fazer. O cara já estava podre por dentro. Um estúpido desses ainda espera que alguém, no caso eu, salve sua vida. É cada uma que me aparece. Sempre odiei caras que ficam com palitos na boca, trocando-os de canto, brincando com eles entre os dentes. Coisa de quem não tem classe. De gentinha, de pobre, de trabalhador braçal. Confesso que sempre torci para que engolissem e perfurasse algum órgão. Enfim aconteceu. Minhas preces foram atendidas. Mania infame essa.

Pedi à primeira enfermeira o bisturi. Enquanto abria o abdômen do sujeito, lembrei-me de que ainda não havia pagado o boleto da tevê a cabo. Faria isso quando saísse. Corria o risco de me cortarem o sinal. Nem pensar. A tevê aberta só tem besteiras. O banco ia fechar logo. Torci para que o sujeito não resistisse muito tempo. Dei sorte. A cirurgia não passou da primeira hora. Não posso dizer que acelerei o processo. Mas também não me esforcei. Deixei nas mãos de Deus. Eu sempre confiei nele. E se ele quis assim...

Na hora de preencher o atestado de óbito, grafei: "perfuração por palito de dentes". Me senti como um daqueles escritores que deixam para eternidade histórias que eles acreditam serem impressionantes e que ficarão para a posteridade. No caso do meu infeliz personagem real, talvez tenhamos poucos leitores.

Naquele dia atendi trinta e três pacientes durante meu horário de trabalho, mais a cirurgia. Saí do hospital meia hora antes do término do meu plantão, como fazia todos os dias, há mais de cinco anos trabalhando na rede pública de saúde, desde que perdi o meu consultório. Passei no banco, paguei a conta da tevê a cabo. Fui para casa. Tomei meu uísque, jantei, tomei meus remédios para dormir. Lembro-me de ter sentido fortes dores no peito. Deitei na cama tentando relaxar. Tomei mais dois comprimidos para dor e voltei a deitar, depois não me lembro de mais de nada.

Agora estou aqui. Sem poder falar. Ouço-os de longe. Não consigo sentir ou saber o que estão fazendo. Não confio neles. Sei que são exatamente como eu, ou ainda piores. Ninguém se importa com a vida dos outros. Não quero que finjam que se importam com a minha. Não consigo ouvi-los. Ouço o bip do sonar perfeitamente, mas não os ouço. Sinto que estou entubado. Sedado. Em coma. Agora sinto meus pulmões encherem-se de ar, mas o ar não sai. A sensação é de que vou explodir. O sonar aumenta e diminui. Alguém grita qualquer coisa. E lá vem mais ar em meus pulmões. Sinto uma pequena fisgada em minha veia. Algo além de sangue corre nelas. Não quero sentir nada... Agora sinto um bem-estar indescritível. Mais ar... Não aguento mais ar. Sei que não aguento. Idiotas. O sonar desaparece. Ouço apenas três frases de uma mesma voz: Ele se foi. Era um grande médico. Que descanse em paz.

Idiotas...

MARCELO NOCELLI é escritor, editor e técnico gráfico. Formado em tecnologia eletrônica gráfica e Licenciado em Letras. É autor dos romances *O Espúrio*, 2007 (traduzido e publicado na Alemanha em 2013), *O Corifeu Assassino*, 2009 (traduzido e publicado na Itália em 2014), e do volume de contos *Reminiscências*, 2013. Em 2014 organizou os livros *Grenzelos*, antologia de contos que reuniu 30 autores brasileiros publicado na Alemanha pela Editora Arara Verlag. É sócio-editor na Editora Reformatório e conselheiro da UBE (União Brasileira de Escritores).

paralelas
Marcelo Pagliosa

eu não perdi apenas a sua vida, eu perdi também a sua morte.

Esse ano nem bem começou e parece que já acabou.

desde que nos despedimos no ambulatório do hospital municipal do campo limpo, nunca mais pude vê-la, tampouco pude velá-la.

Por uma simples gripezinha, muitos aproveitadores quiseram impor regras completamente esdrúxulas para brecar a engrenagem que move a economia desse país. E nossos interesses, claro.

ainda lembro de suas palavras "calma, minha filha, já já eu volto pra casa". mas nem direito a velório ela teve. ela, não. eu. porque o velório é para quem fica. quem já foi, já foi.

Querem fechar todos os comércios por causa de um vírus que matará no máximo umas cinco ou sete mil pessoas. Isso não é coisa que se faça.

eu, sozinha, pelas grades do cemitério, vi o caixão passando de longe, com quatro coveiros segurando as alças. foi tudo que deu pra fazer.

Não sei a razão de tanta histeria, todo mundo vai morrer um dia, temos que continuar com a vida. Até quando terei de ficar com as lojas fechadas? Quem vai pagar os aluguéis, os funcionários, os fornecedores?

a pandemia estava matando a torto e a direito no nosso bairro. a torto e a direito, não. a pandemia estava matando a preto e a pobre. sim, somos quase todos pretos aqui na quebrada. quebrada vem de sonhos quebrados, que é o que na verdade nós daqui somos. um bando de sonho quebrado. quebrado e enterrado.

No Brasil, todo ano, um número bem maior de pessoas morre por causa da dengue, de chikungunya, zica e outras tantas doenças. E o país nunca parou por causa disso. Está superdimensionado o poder destruidor desse vírus. Se eu lamento todas as mortes causadas pelo novo coronavírus que virão, claro, lamento, mas você quer que eu faça o quê? Não sou coveiro.

sempre imaginei que carregaria uma das alças do caixão da minha mãe – sem querer imaginar, afinal, essa é a típica imaginação que ninguém quer ter. só não imaginava que a morte dela chegaria tão rápido, ainda mais por causa de um vírus que, até o final do ano passado, eu nunca tinha ouvido falar.

Se ficarmos com as mais de cem lojas da família fechadas, durante, sei lá, um mês, dois meses, será o fim do mundo para nós. Teremos de repatriar o dinheiro que guardamos a duro custo na Suíça. Pensa que é fácil pagar os trabalhos e honorários de advogados tributaristas, doleiros e agentes financeiros internacionais?

todos morremos um pouquinho após a morte de quem amamos. ficamos porque temos de ficar. "temos" talvez não seja a palavra mais adequada, mas é o que sobra. quem fica, fica sobrado. deus conforta, mesmo assim a gente não se conforma.

Meu pai, o iniciador do nosso mini-império, também está incrédulo: em mais de quatro décadas, nunca uma loja da família ficou fechada mais do que dois dias, isso quando o feriado teimava em querer preceder ou sobrevir um domingo.

sem velar, sem ao menos poder abrir o caixão para ver se era ela mesma. fiquei com a sensação de uma morte não confirmada. o que os olhos não veem, o coração ausente. nada, o coração sente. mente que não sente, mas sente.

As pessoas têm que produzir, pô! As consequências econômicas que teremos no futuro serão muito maiores do que as pessoas que vão morrer agora com o coronavírus. E o que teremos esse ano e em 2021 se não parar este confinamento insano: vão morrer 300, 400, 500 mil pessoas no Brasil em consequência do dano econômico causado por essa sandice.

faria qualquer coisa para olhar novamente seus olhos, mesmo cerrados, e poder beijar a testa dela no caixão. mas qualquer coisa não é coisa que se pode esperar nesse momento. o novo vírus é terrível. mata em um piscar de olhos. mata mais quem não tem qualquer coisa para prometer. faz-nos perder a morte, quer dizer, faz-nos perder a confirmação da morte de quem amamos.

Estão dizendo por aí que estou sendo ganancioso quando digo essas coisas, mas o que seria do mundo sem a ganância. O capitalismo é feito disso. Não quer ganância, vai pra Cuba! Como bom patriota, estou defendendo o interesse do país. Se é para colocar um frasco de álcool em gel na porta de cada loja, ok, eu coloco. Mas parem imediatamente com essa loucura de nos obrigar a ficar com as lojas fechadas!

uma ideia boba permanece na minha cabeça... certa vez, quando fui dar uma de sacoleira no paraguai, comprei um aparelho de dvd em uma loja de lá para revender aqui em são paulo. a caixa onde o aparelho estava embalado foi toda envolta em várias camadas de plástico-bolha, "aqui não tem chuncho, fique tranquila. é só pra não ficar batendo durante a viagem", disse o vendedor, com aquele sotaque do paraná. qual não foi a minha surpresa quando, já em casa, abri a caixa do tal aparelho: havia apenas pedra, papelão e mais plástico-bolha, nada de aparelho dentro dela.

O Brasil não pode parar dessa maneira, o Brasil não aguenta, assim ele quebra. Tem que ter trabalho, as pessoas têm que produzir, têm que trabalhar. O país não tem essa condição de ficar parado assim. Não pode ser um jogo de números para favorecer interesses políticos. Ah, os hospitais estão lotados? Problema do prefeito e do governador, eles é que deem conta disso e deixem as lojas abertas e o mercado decidir o que é melhor para a sociedade. Ele sempre sabe fazer isso.

nas últimas noites sem dormir, fico imaginando se não poderia ter acontecido a mesma coisa com a minha mãe. vai saber se dentro do caixão só havia pedra, papelão e plástico-bolha. ela poderia estar por aí, perdida em outro hospital. ou como naquelas novelas, em que a mocinha perde a memória por causa de algum acidente ou doença rara e nem sabe quem é. vai saber. corpo não velado, morte não confirmada. o corpo da minha mãe bem poderia ser um aparelho de dvd não confirmado.

Sei que temos de chorar e vamos chorar por cada uma das pessoas que vão morrer com o coronavírus. A gente lamenta todas as mortes, mas é o destino de todo mundo. Vamos cuidar, vamos isolar os idosos, as pessoas que tenham algum problema de saúde, como diabetes, vamos sim! É nossa obrigação fazer isso. Mas, repito, não podemos, por conta de cinco ou sete mil pessoas que vão morrer, parar esse país. O vírus é igual a uma chuva. Ela vem e você vai se molhar, mas não vai morrer afogado. Tem medo do quê? Enfrenta. O mundo é dos fortes.

deve ser besteira minha. é que eu perdi a morte dela. que é igual perder a vida de quem a gente ama acrescido de um pouco mais de sofrimento, de um pouco mais de tudo que é coisa ruim. perder a morte de quem a gente ama gera um sentimento de falta. não pude vê-la durante a internação, não pude pegar a sua mão durante o momento em que se despedia da vida, tal qual assistimos nos filmes.

Mesmo que essa gripezinha fosse grave, muito mais grave é o que já acontece no Brasil. No ano passado, morreram mais de 60 mil pessoas assassinadas no Brasil. Se eu conhecia alguma delas? Lógico que não. Essas mortes não acontecem no meu pedaço de país. Mais de 6 mil pessoas morreram por desnutrição, mas deve ter sido lá pelo interior do Norte, Nordeste.

não vou mentir, todo dia fico esperando que ela abra a porta da casa e entre, com aquele sorriso largo. é uma espera de espera mesmo, não de esperança. quando ligo a tv e entra a matéria que mostra quantas pessoas morreram de covid no país naquele dia, me entristeço. e me desespero quando vejo o presidente desdenhando a morte das pessoas. parece que ele, que se diz patriota batendo continência para a bandeira americana, esqueceu a independência e escolheu a morte. vejam só, parece até que tem pacto com o vírus, com o demônio, não é possível! por que ele quer punir a própria população menosprezando esse vírus do inferno como uma simples gripezinha? melhor nem ligar a tv. ninguém liga pra nós mesmo.

 Muitas mortes consideradas como de covid, na verdade, foram de infarto, de derrame, de morte natural. Morre gente todos os dias de uma série de causas. É a vida, é a vida. Vamos tocar a vida. Está na hora de parar com essa histeria. A tal crise do coronavírus não é tão grave assim. A economia não pode sair da normalidade. Não podemos ficar reclusos por muito tempo. A crise vai passar assim que pararmos de pensar negativamente. O *boom* das vendas vai voltar. De tanto ficar em casa, a gente pega outros problemas. Pega mofo, por exemplo. Vai ter mais gente morrendo de mofo no pulmão do que desse novo vírus.

 quer dizer, até ligam. tem os vizinhos, os amigos. os outros familiares estão distantes, só nos falamos pelo zap. falam palavras para reconfortar a dor, mas as palavras não diluem a angústia. não amenizam a indignação. eu só queria ter abraçado, velado o seu corpo, desvelado antes disso tudo, um jeito dessa tal de covid não a pegar.

 Não tem uma evidência científica de que quarentena diminui o número de casos. Nunca se fez isso. É a primeira vez na história da humanidade. Estamos sendo cobaias de uma experiência que não funciona. Essa história de que confinamento ajuda, melhora, é tudo invenção.

 sempre falei que quando a pessoa tá morta, de nada adianta acender velas, velar o corpo, prestar condolências. o corpo morto não fala nem agradece. só descansa no infinito. o corpo morto nem repara que se foi. mas como reparar a dor de quem fica? o corpo provavelmente foi ensacado como um produto de supermercado antes de ser colocado dentro do caixão. mas acho que não foi com plástico-bolha não.

 Nesse momento, fico pensando que meu pai poderia ter aberto um império na área de drogarias, de hospitais privados, de itens hospitalares. Se ele tivesse feito isso, estaríamos agora comemorando a pandemia... melhor dizendo, estaríamos observando uma oportunidade de gerar empregos e renda para mais colaboradores. Tá vendo, tudo pode ter um lado bom.

repare o que me gera angústia: o corpo. porque é assim quando não se tem a despedida dele. claro que as boas lembranças emocionam, mas a ausência do corpo é o que fica para quem fica. não vou mentir, já deu vontade até de invadir o cemitério de madrugada, com uma enxada na mão, para desenterrar aquele maldito caixão e ver se ela está lá dentro pra valer. comentei até com uma amiga que trabalha comigo na loja. ela falou que sente muito por me ver desse jeito, mas me disse que é para parar de pensar essas coisas, que não adianta nada. falou também para eu rezar e voltar pra igreja, mas pra lá eu não volto não. aquele pastor fez a cabeça de todo mundo da nossa congregação pra votar nesse desgraçado que taí, brincando com as dores dos outros. tô fora! e ainda vão querer que eu deixe dinheiro na sacolinha da igreja, logo agora que tenho que pagar o aluguel da casa sozinha. já era difícil em duas, imagine só.

Se bem que a pandemia vai fazer, naturalmente, uma segunda reforma da previdência. Tanto que me desgastei para convencer e dar lembrancinhas para deputados e senadores votarem a reforma que colocaria limites aos privilegiados do inss, e agora essa pandemia vem para matar aqueles velhinhos que iriam morrer mesmo de um jeito ou de outro.

todo comércio fechado, eu mesma fiquei em casa, sem ganhar meu dinheiro de comissão, que faz muita falta. mas os patrões obrigaram ela a trabalhar na casa deles durante o momento em que a covid mais estava infectando as pessoas. depois que eles voltaram da viagem, então, forçaram ela a ficar até tarde da noite. para piorar, o prefeito autorizou as empresas de ônibus a reduzirem a frota da rua. aí sim, o que era ruim ficou ainda pior. quem tinha que pegar o busão ficava no ponto esperando pra caramba e embarcava em transporte abarrotado. acho que o tal prefeito e os empresários donos dos ônibus também jogam no mesmo time do presidente e do vírus. os ônibus em são paulo pareciam caixões gigantes sobre rodas, levando os futuros cadáveres que preencheriam as centenas de covas abertas de antemão nos cemitérios públicos da cidade.

Meus pais chegaram da Europa esta manhã. Minha mãe deu uns espirros no caminho pra casa. Até brinquei, "ih, mãe, será que a senhora também pegou aquela gripezinha?" Meu pai estava bem, só cansaço de viagem, e trouxe uma boa notícia: "Ok, vamos repatriar os recursos suficientes para darmos um *upgrade* em nosso canal de vendas pela internet".

e os patrões da minha mãe nem condolências mandaram. ouvi falar que eles contrataram outra doméstica menos de uma semana depois da internação dela. pior é que trabalho na mesma loja que um dos filhos deles supervisiona. na semana passada, eu o vi entrar na loja e o maldito fingiu nem me ver. talvez nunca tenha me visto para valer, apesar de eu ter indicado a minha mãe para trabalhar na casa dos pais dele. o gerente aqui da loja, que é mais gente boa, ainda me disse que o júnior ligou para ele cobrando as minhas faltas do dia da morte e do dia do enterro não confirmado da minha mãe.

Três dias depois da chegada, minha mãe me ligou falando que ela estava melhor, mas o velho não estava nada bem. Ela até pediu para a senhora que trabalha com eles preparar uns chazinhos, umas compressas, mas nada de ele melhorar. Assim que desliguei o telefone, agi rápido, como o amor pelo meu pai exigia e a urgência da situação necessitava: desloquei um dos motoristas do setor de entrega de mercadorias da empresa para ir pegar meu velho e levá-lo para o melhor hospital da cidade. Nessas horas temos que usufruir dos quase R$ 15.000,00 que pagamos todo mês em plano de saúde para meus pais – pelo menos conseguiremos abater no imposto de renda do próximo ano-exercício. Se o governo não fornece uma saúde de qualidade para os cidadãos desse país, que pelo menos financie a saúde da nossa estimada família! Por isso que, tal qual o nosso presidente, sou um defensor da família. Aliás, da família e da pátria!

para nossos patrões, todos os funcionários são seres não confirmados. gostam de dizer que somos colaboradores. essa palavra parece bonitinha, colaborar é melhor que trabalhar. mas se as palavras não diluem a dor, escondem alguma coisa, essa aí não me engana nem um pouco. só se for colaboradores do aumento da riqueza deles, isso sim. se um colaborador morre, contratam outro no mesmo dia.

Parece que a situação complicou para o meu pai no hospital. Será que fiz pouco caso da tal gripezinha? Não consegui visitá-lo nesses dois dias de internação porque o hospital não está deixando realmente nenhum internado receber visitas. Pelo menos a equipe médica que está tratando do meu velho marcou teleconferências para atender a família quatro vezes ao dia. Por enquanto, não foi intubado, mas no quadro atual nada está descartado. E o pior é que a mulher que faz as coisas na casa da mamãe deu a louca de sumir do nada. Agora essa tal de covid serve de desculpa para um monte de funcionário dar um perdido e deixar seus patrões na mão. Desse jeito, realmente não tem como o país ir pra frente. Quando esse pessoal vai aprender? Será que a escola não ensina isso?

ainda tenho pra mim que a minha mãe pegou a praga do vírus das pragas dos patrões dela, deus que me perdoe. eles pensam que sou boba, mas vi na tv que essa covid estava matando e muito lá por aqueles lados do mundo em que eles estavam viajando. andei perguntando na loja se alguém sabia o que tinha acontecido com os agora ex-patrões dela, mas ninguém sabe de nada não. o velho ficou doente um pouco antes da minha mãe. foi levado praquele hospital chique que passa na tv. rico não morre fácil, o dinheiro não deixa. já nós pobres morremos de qualquer coisa, de qualquer jeito. perdemos a vida e a morte de quem amamos. perdemos a nossa vida e a nossa morte para desgraçados que não morrem nunca.

Depois de uma semana internado, meu pai teve alta. Foi apenas mais um susto. Ele sempre teve uma saúde de ferro, não seria uma simples gripezinha que iria derrubá-lo. E já saiu do hospital dando ordens, querendo saber dos resultados da empresa. O velho está aposentado, afastado, mas continua interessado nos negócios da família. Isso só comprova que para o trabalho não tem idade, ele está com setenta e dois anos. E olha a outra preocupação dele: queria saber quem era a nova doméstica que contratei para servir a eles, "sabe como é, filho, dessa vez quero mais informações sobre quem estamos colocando pra trabalhar dentro da nossa casa".

Balanço anual

esse ano de 2020 nem deveria ter começado. além de perder minha mãe, agora fui demitida porque minhas vendas caíram na reabertura das lojas. o novo gerente tentou se eximir da culpa, "minha querida, você não consegue nem sorrir para os clientes!". mas como eu poderia sorrir depois de tudo que passei? ainda tentei explicar pra ele, pedi uma segunda chance, mas nada. acho que ele estava mesmo querendo se impor pra equipe. dizem que o gerente antigo foi transferido justamente por dar muita confiança para os "colaboradores". como vou pagar o aluguel?

maldito 2020!

Esse ano de 2020 parecia perdido, mas não é que nossas vendas *on-line* dispararam durante a pandemia e compensaram o período de fechamento das lojas físicas?! Com o *homework* e a impossibilidade de viajar e de passear, as pessoas começaram a trocar de *notebook*, de aparelho de televisão, compraram ar-condicionado, cafeteiras de cápsulas, as suas primeiras batedeiras durante a modinha do pão feito em casa. Ou seja, tirante alguns sustos, só temos motivos para comemorar. Nossas vendas pela internet continuam bombando, a *Black Friday* e o Natal foram um sucesso, voltamos a enviar capital para os paraísos fiscais. E o melhor da história toda: o canal *on-line* nos possibilitou enxugar o quadro de pessoal das lojas físicas.

Bendito 2020!

Marcelo Pagliosa nasceu em São Paulo, em 1974. É formado em História e mestre e doutor em Educação pela Universidade de São Paulo. Professor universitário e ficcionista. Publicou *Contos para insônia* (7Letras, 2016).

Bivar
Márcio Menezes

Gostava de caminhar pelas bancas de algodões africanos da Barão do Itapetininga pra esticar as pernas e visitar amigos senegaleses. E avante outra esticada até a Consolação pra ver, flanar, a vida em ritmo constante de contemplação desinteressada, porque sabia que ali encontrava a iluminação, era ali, como Leonard Cohen, em que depois de atravessar o deserto, de peregrinar rumo ao incerto, se sabia do lago de água azul. Dava tempo de voltar pra casa, parar no mercado, comprar 400g de músculo (pedia pra picar), registrar a luz outonal do Jardim Londrina e pensar o quanto Rita Lee tinha um incorruptível dom detectante quando foram juntos ver Kid Creole and The Coconuts no Palace e ela o advertiu que uma das cantoras era a cara da Teresinha Sodré, ou registrar o tucano imponente que adotou sua família em Ribeirão Preto, pra listar que Incredible String Band está entre os 10 vinis que conserva em casa por razões sentimentais e reler pela enésima vez um livro sobre a King's Road, e mirar mais além ao fundo dos prédios do Morumbi e voltar ao ano de 1970, quando morava na mesma King's Road e esbarrava com Mick Jagger e a turma dos Kinks nas lojas da Jane Takes a Trip, ou nos cafés em que a horda dos torcedores do Chelsea se misturava com o já latente decadentismo dos devotos da Swiging London montados em casacos tweed e com medo do último ácido do dia, e acabar como Tara Browne com a cabeça estourada em sua Lotus depois de avançar um sinal e merecer uma citação de A day in the life porque foi preciso estar atento e forte ao longo de décadas pra não sucumbir, não pirar, não cair e erguer a mente diante de todo o lodo moral dessa gente nefasta que se alimenta do mais medíocre em nós, e escapar não ileso pelas estradas onde as retas matam mais do que as curvas em que paisagens se confundem. Dois punks se confraternizam com o príncipe de Astúrias e ele está lá, traduzindo a Corte, o beco, os abismos e relendo Machado, um dos últimos livros que leu sem entender porque decidiram que o Bruxo do Cosme Velho era o maior se O alienista lhe parecia enfadonho como as damas do Morumbi também eram ao receberem seus pedidos na portaria sem retocar a maquiagem ou desfazer-se do hobbie bege claro pra oferecer um mínimo de beleza aos jovens motoboys que arriscam a vida nas ruas pandêmicas de São Paulo para entregar acessórios, frivolités ou gêneros de primeira necessidade. Que necessidade teve de pegar o metrô linha amarela sábado em pleno junho, 13 ou 14h, e exaltar o espirito cívico dos cidadãos? Não poderia lembrar-se das capas com arte da Hipgonosis do Pink Floyd (e também recordar que nunca levou a banda a sério) em seu quarto? Não, era preciso perambular, lembrar que os dois álbuns solo do Syd Barret eram melhores do que o resto, em que a concretude marrom clara dos blocos de edifício do Centro com o azul infinito de fundo era o que mais importava naquele momento, como iria aceitar uma reclusão imposta? Um exílio não solicitado? Restava contemplar a lua diminuída, embora na foto ela se recusasse se mostrar assim. Ou postar fotos de livros de Raymond Chandler nunca lidos por mero tédio de uma época pandêmica na qual ele não contribui em nada para o fim? Tava uma tarde linda e maravilhosa dia 7 de junho, como próprio definiu, e um amanhecer embrumado onde não se via um palmo no dia seguinte, e lhe vinham à mente os campos idílicos de Sussex onde em sonho se sentava ao lado de Lytton Strachey, Virginia Woolf, entre outros, pra fumar cigarros guloisse e tomar chá de estâncio e discutir o final de O quarto de Jacob ou levar Jenny, sua esposa por 13 anos, ao Portobello Road e esticar à retrospectiva de Edward Hooper na Tate Modern e os desenhos de Blake que permaneciam por meses em suspenso imagético. E olha que céu esplendoroso nesta última segunda-feira de maio de

2020! Frio e vento nada zefírico, escreveu e mais do que nunca havia dado pra olhar o céu prazer íntimo dos confinados com o mínimo de alma como registrou o firmamento das 17h30 de domingo 24 de maio e refletir que sem alho não passaria a quarentena e outra ida ao mercado e por que não registrar a eternidade da espontânea flor do trevo que encontra seu espaço para aparecer no meio do plantado? Ou postar uma foto de Vânia Toledo preto e branco 1982 a la new romantic, boy nem tão boy assim, ou ter a irmã a ditar a receita do molho pesto ou alguém que pelo facebook sugeriu arroz em cima da sardinha em lata com cebola picada e limão ou tecer comentários sobre os 99 anos do Príncipe Philip o quão macho alfa ele sempre foi e #tbt na cozinha do flat de Naná na Elgin Crescent, Notting Hill 1971 hippie surrado e Caetano e Dedé vizinhos de frente e se lamentava nesse post que tinha passagem comprada pra maio a Londres e que a companhia cancelou o voo pelo corona e não devolveu o dinheiro como não devolveria nunca esse dinheiro porque a viagem, a grande viagem, à espreita, à sua espreita na mesma paisagem em que beijava a eternidade, em que deixava-se seduzir pelo efêmero, pela arte, ele não viu, não sentiu o braço pousar leve sobre seu dorso, guiá-lo pelas paragens mais distantes do que as habituais, sentir o sussurro gélido ao pé do ouvido, voz grave que poderia ter notado tão absorvido estava pela luz do sol e foi como nunca deixou de se desviar pelos verdes vales do fim do mundo.

Márcio Menezes é carioca e estreou na literatura com *Todo terrorista é sentimental* (Editora Record, 2011), seguido de *Barcelona não é Espanha* (Editora Rubra, 2018); no teatro escreveu *Dois velocistas no globo da morte* (Parque das Ruínas, 2017). Participou das coletâneas de contos *Para Copacabana, com amor* (2012) e *É assim que o mundo acaba* (2013), ambas pela editora Oito e Meio. Jornalista de formação e Mestre em Gestão de Políticas Culturais pela Universidade de Barcelona, atualmente media as *lives* da Janela Livraria no Rio de Janeiro.

Médias móveis

Marcos Kirst

Dou o primeiro passo para fora da agência bancária depois de provar que estou vivo para a previdência. Entrei mascarado, mas o guarda nem ligou. Se possível, voltarei no ano que vem. Desço a escadaria do metrô devagar, usando o corrimão. Máscara, óculos embaçados e pernas fracas já são meio tombo andado. A outra metade quase chegou com o esbarrão da moça de blusa amarela que nem se virou para pedir desculpas.

    Muita gente na estação da Sé. Pulsa aqui o coração da metrópole. Sempre penso nesse clichê quando passo por lá. Muitos devem pensar o mesmo. Alguns não pensam em mais nada, só pensam em dormir. São zumbis sonolentos, cansados, esgotados, explorados. Entro no vagão quase lotado. Nenhum assento livre. Olho para os lados e vejo a amarelinha sentada no banco dos velhos. Paro na frente dela pra ver se ela se manca. Não, apenas me olha impassível, não está nem aí. Deve ser surda porque seu fone de ouvido é enorme. Amarelou: quer sentar, tio? Sim, obrigado. Deixo o assento para a grávida aliviar as pernas inchadas. A barriga está enorme e a língua morta, impedindo que me agradeça pela gentileza quase fora de uso. Olho ao redor. Mães e filhos dividem salgadinhos. Os solitários viajam dentro de si. Com o olhar fixo, viajam pensando nos pais velhos e doentes, filhos nascidos, filhos fecundados, filhos perdidos, amores imaginários, reais, clandestinos, distantes. Pensam no desemprego, no auxílio emergencial, em como driblar o desamparo. Temem a violência, a polícia, as balas perdidas. Querem, pelo menos, chegar em casa vivos por mais um dia. Mesmo que fracassados, de mãos vazias. Amanhã, Deus dará. Deus é fiel, está escrito na capa da bíblia da moça que está no outro lado do corredor. Ela tenta ler um versículo, mas desiste. Até a paciência de Jó tem limite. A irmã está sendo apertada entre a sacola que uma dona esfrega na sua cara e o espertinho lascivo que esfrega as pernas abertas, fingindo dormir. Dois trabalhadores da construção falam coisas da sua terra. Um deles quer voltar, mas o outro acha que não vale a pena. É a mulher que quer, diz o primeiro – sente saudade dos seus, da vida na roça, não se acostumou à cidade grande. Diz que aqui a cabeça dói. Tem muito carro, muita gente andando apressada, gente que não respeita os outros.

Notei que um velho magrinho, no assento preferencial do outro lado do corredor, busca cumplicidade com o olhar. Demorou para encontrar um vazio entre braços, bolsas e bundas. Devolvo o cumprimento com a cabeça e o sorriso secreto dos tempos pandêmicos.

O velho minguado deve ter uns quinze anos mais do que eu, calculo. Grupo de risco. Como eu. Somos companheiros da mesma viagem. Posso chamá-lo de velho, porque me tratam assim em muitos lugares. Aposto que a amarelinha deve ter pensado isso quando quase me derrubou.

Next Station: Liberdade

Todos os dias é um vai e vem / A vida se repete na estação / Tem gente que chega pra ficar / Tem gente que vai pra nunca mais... Tem gente que vem e quer voltar... Lá, lá, lá, lá...

Tento encontrar o resto da canção, mas a memória me engana. Mistura músicas e outras palavras que *fazem meu coração cansado fingir mil viagens e ficar parado na mesma estação.*

Ufa! Desceram muitos. Agora tem menos gente no vagão. O ar-condicionado está vencendo. Será que limparam o filtro? Ou será também um aliado do vírus? A supergrávida já se foi, entraram outras duas na mesma situação. Vai demorar até virarem mães. Se preparem, senhoras, que as boas noites de sono levarão anos para voltar. Dá pra ver que uma delas anda assustando a balança do médico. Não sei se ganhou peso na gravidez ou na pandemia. A outra, raquítica, deve ter vomitado as tripas. Está reduzida a um palito-gestante.

Next Station: São Joaquim

Muitos entram e saem como anônimos desalentados. Meia dúzia de jovens mascarados, com roupas multicoloridas e cabelos multidisciplinares acabaram de entrar e se aglomeram no fundo do vagão, rindo e falando alto. Estão felizes, parece. Um casal de namorados ao lado, nem tanto. Ela, de cara amarrada, diz coisas que não ouço, mas sei do que se trata. Deve ser ciumenta, e ele, tipo galinha. Pisou na bola e agora está ouvindo o sermão da montanha. Seu olhar é puro tédio. Deve estar pensando em alternativas para convencer a zangada ou saltar da canoa que está fazendo água. Arrependimento mata. Só o futuro dirá. O velho magrinho continua me olhando. Dessa vez, desvio meus olhos para o traseiro de uma jovem de calça *jeans* mutilada. Me faz lembrar de outro tempo, bem distante, quando também fui chamado de galinha por uma mulher que me abandonou.

Um ambulante clandestino percorre o vagão com uma oferta comercial, humanitária e calórica: "É cinco suflé por dez real! É pra ajudar, gente! Estou desempregado. Tenho dois filhos passando fome. Cinco é dez!" Não acredito na conversa-padrão. Ele distribui papeizinhos com a chantagem escrita, nem assim me comove. Já li coisas melhores. Enquanto recolhe o bilhete diz para todos "Deus abençoe seus filhos", que interpreto como "quero que seus filhos se fodam, que fiquem longe daqui pra não concorrer comigo".

Me incomoda essa contínua invocação divina. Deus está na boca do povo como nunca. Acham que é vacina. Não entendo: Ele mesmo pediu pra não invocar seu nome à toa. Avisou que é pecado, mas não tem adiantado. Tenho certeza de que este mundo cruel, desigual e competitivo não é de Deus. Sou ateu, mas creio que tem alguma coisa errada. Lembrei da meritocracia que tudo resolve, mas nessa onda o empreendedor do chocolate está fodido. E os seus filhos, estarão vivos pra fazer vestibular? Serão eles o futuro do Brasil? Não tenho fé no mercado. Vi a sua mão invisível embolsar a grana da saúde. Roubaram do Oiapoque ao Chuí. Incendiaram o Pantanal e a Amazônia pra passar a boiada. Os bancos lucrando e demitindo na nossa cara. E o dólar, hein? Acho que ninguém mais vai para o céu. Nem eu. Sou ateu.

Vejo que o empreendedor vendeu cinco chocolates para o velho magro: ele ficou com um e deu os outros quatro para as grávidas. A *plus size* catou todos, quis dar dois para a esquelética, que fez cara de nojo, pôs uma mão na boca e, a outra, na barriga, ameaçando golfar. Abriu-se um vão entre ela e os outros. Não aconteceu nada, mas agora todos assumiram o distanciamento social exigido pela autoridade sanitária. Esse povo tem mais medo de vômito do que de vírus. A futura mãezona abriu um *suflé* e comeu em três mordidas. Guardou os outros na bolsa.

Next Station: Paraíso – Connection to the Green Line

Estava distraído, não vi uma estação passar. As porras das músicas se repetindo e misturando na cabeça estão me deixando avoado. Preciso prestar mais atenção. Vou trocar de linha agora. Conexão com a linha Verde. Aqui mal sai um pelotão da cavalaria e já entra outro em disparada. É sempre assim. Penso no velho magrinho que não consigo ver. Se desembarcar agora, vai ter dificuldade no meio da turba. Eu também preciso me cuidar para não ficar amassado como um maracujá de gaveta.

Quando as portas do vagão se abrem, a debandada é geral. O empreendedor me empurrou com força e falou "sai fora, tio!" As grávidas saíram juntas, uma segurando o braço da outra. Achei bacana a solidariedade. Devem ser pacientes do mesmo obstetra aqui por perto. Sei que tem maternidades na área. Aqui é o paraíso. Mentalmente desejei boa sorte pras duas que logo foram tragadas pela multidão apressada. Andam como se todos já estivessem em trabalho de parto.

Na minha frente, caminha o velho magro. Tem passo firme e anda depressa. É mais rápido do que eu. E um pouco mais baixo. Veste um paletó marrom à moda antiga. Percebo que está me deixando pra trás. Foda-se. Eu é que não vou me arrojar nessas escadarias me sujeitando a quebrar uma perna. Quando cheguei à plataforma do novo embarque, o trem fechava as portas. Vou ter que esperar outro. Tudo bem, não tenho mais o que fazer hoje, além de passar na farmácia e tomar um banho para tirar milhões de vírus de circulação quando chegar em casa.

"Estava te esperando, rapaz!" – ouvi alguém dizer, mas nem me virei para olhar. Não devia ser comigo. Era. Agora na minha frente, o velho sorria por trás da máscara preta. "Tudo bem, como vai? Será que nos conhecemos de algum lugar? Tive essa impressão quando o senhor entrou no metrô." Respondi meio no espanto: "Acho que não, senhor! Mas tudo é possível..." – fiquei pensando que sim, tudo é possível, inclusive que seja um estelionatário jubilado ou uma bicha velha em busca de novas emoções. "Essas coisas só acontecem comigo..." – choraminguei, acho que até falei, mas ele não deve ter ouvido nada. Audição deficiente é comum nessa idade. E ele não usa aparelho na orelha. Como me perdi em divagações inúteis, demorei para falar de verdade, ele foi se desculpando: "Desculpe, acho que me equivoquei. Meu nome é Alencar, trabalhei muitos anos no Banco do Brasil. Moro perto da estação Sumaré. Desculpe, pensei que o senhor fosse um antigo colega do banco. Como o senhor se chama?" – explicou quem era, mas em troca parecia querer saber algo sobre mim. Tudo bem. Até aqui, na conversa, não percebi qualquer intenção de golpe ou desejo erótico. Parecia mesmo um equívoco de alguém que não enxerga bem e que fica procurando conhecidos numa multidão de vultos difusos. As lentes grossas de seus óculos sugeriam uma visão gasta pelo tempo.

"Bem, seu Alencar, não me ocorre que tenhamos nos encontrado em outro lugar. Mas e possível porque moramos quase no mesmo bairro. Vai ver já nos vimos por aí. Em todo caso, muito prazer! Meu nome é Antônio Carlos, sou jornalista. Sempre trabalhei em jornais.

Isto é, enquanto trabalhei, porque agora estou desempregado. Novos tempos, novas competências, novas ideologias, sabe como é..." Fui falando devagar para que ele me ouvisse bem. Funcionou porque não precisei repetir nada. Ele sorria com olhos apertados, tão escuros quanto a máscara. A cabeça branca balançava conforme eu falava.

Quando o trem chegou à estação, no meio do vozerio, voltou o tormento musical. Alencar, muito gentil, adiantou-se rapidamente e garantiu lugares lado a lado, nos assentos reservados para velhos como nós. Seguimos conversando sobre banalidades. Evito falar certos assuntos com quem não tenho intimidade. Não falo mais sobre política, por exemplo. Governo, partidos, lava-jatos, corrupção e até futebol deixo para os colegas que precisam falar ou escrever 24 horas por dia, seguindo a cartilha do patrão para garantir o salário. Alguns fazem com muito gosto, outros sofrem nessa camisa de força.

As estações foram ficando para trás. As músicas iam e vinham como trens na minha cabeça quando a conversa esfriava. Milton e Adriana resolveram me enlouquecer. Pensava nisso quando Alencar comentou repentinamente que "a vida de aposentado é uma merda", pedindo desculpas pela expressão chula. Não havia feito nenhuma reclamação até agora. Me preparei para uma avalanche. Continuou seu comentário: "O Banco do Brasil, no passado, cuidava do nosso futuro, todos tinham uma boa aposentadoria. Parece que mudou, não sei. No meu tempo, quem passava no concurso, como eu, ficava lá até se aposentar". Era um baita emprego, muitos amigos meus fizeram carreira e estão bem aposentados – falei para facilitar a conversa. "É verdade, isso não é tudo na vida!", disse Alencar balançando negativamente a cabeça. Mesmo não sendo aposentado do banco, concordei com ele: é tudo uma gloriosa merda!

Next Station: Clínicas

Quando ouvimos o anúncio, Alencar avisou "a próxima é a minha derradeira". Achei engraçado o jeito que ele falava. Falava como um homem antigo, um homem de outros tempos, do tempo que só bandido andava mascarado. Devo ter sorrido por trás da minha máscara cirúrgica tipo N-95. Só uso essas, como médicos e enfermeiros. Não gosto de arriscar a sorte. Sou ateu e não tenho pressa em saber se Deus existe, muito menos quero depender dele para alguma coisa.

Antes de levantar, Alencar tirou um envelope branco do bolso interno do paletó. Perguntou: "O senhor gosta de poesia?". Respondi que sim. Gosto muito, seu Alencar. Pensei no último livro de poesia que li. Faz tempo, já deve ter sido roído pelas traças. Jamais responderia dessa maneira grosseira para um velhinho simpático como Alencar. Ele aprovou meu entusiasmo poético.

"Eu adoro poesia. Por favor, leia essa última que fiz. Espero que gostes, senhor Antônio Carlos. Muito prazer em conhecê-lo. Leia quando chegar em casa. Obrigado pela companhia. Você me distraiu e a viagem foi melhor do que esperava. Cheguei tranquilo ao meu destino. Adeus, Antônio Carlos. Boa sorte!"

Next Station: Sumaré

Peguei o envelope com o mesmo cuidado que ele me entregou, segurando-o com as duas mãos. Notei que estavam úmidas, que mancharam o papel. Coloquei no bolso da camisa. Continuei olhando quando ele saiu com seu passo curto, porém decidido. Apesar do aspecto frágil, notava-se nele uma enorme energia, um certo resplendor emanava de sua volta, o que me impressionou muito. Deve ser o gosto pela poesia que me surpreendeu e encantou – concluí apesar do meu ceticismo em acreditar em coisas que vejo.

Quando as portas se fecharam novamente e o trem saiu devagar, ainda vi Alencar acenando para mim perto da escadaria. Segui a viagem pensando no encontro inesperado com essa figura extraordinária que acabara de conhecer. Senti vergonha de mim mesmo por ter pensado o que pensei quando ele me abordou. Na cidade grande, temos medo de falar com estranhos. Temos medo de interações aleatórias. O pânico nos imobiliza. Medos infantis retornam subitamente, preconceitos crescem e se estabelecem dentro da gente. Na verdade, estamos exaustos, acovardados, alienados. Estamos todos doentes, sofrendo de uma doença político-social no meio de uma crise sanitária. Vivendo a maior pandemia do nosso tempo, somos bombardeados sistematicamente por más notícias. Isso é muito assustador. Muitos não estão resistindo. Tem gente em profunda depressão, muitos estão enlouquecendo. Soube de um ou dois casos por amigos. Às vezes, pessoas como Alencar querem apenas conversar um pouco, matar a saudade do tempo em que estiveram na ativa e conheciam gente nova todos os dias. Deve ser bom se livrar da pressão do trabalho cotidiano, não ter mais que se preocupar com o câmbio, mercado de ações, taxas de juros, inflação, metas a serem cumpridas, conceder ou negar créditos, inadimplências diversas, essas coisas que ocupam inteiramente o expediente de um bancário. De repente, depois de muitos anos tentando salvar o Banco do Brasil da falência em tantas crises, ficar em casa vendo TV, acordar mais tarde, conviver o dia todo com a mulher, pode ser muito bom. Sim, pode ser, mas a adrenalina é baixa, vem a sensação de inutilidade, começa a ficar chato. A convivência intensiva de casais idosos ou não, longe de filhos e netos durante uma longa pandemia, desafia a sanidade mental de qualquer um. Falar pela internet ajuda, mas não resolve. Saudade só acaba com o abraço apertado, com toque na pele, reconhecendo o cheiro de quem amamos, com o beijo carinhoso, com a palavra em timbre natural.

Ainda bem que Alencar tem a poesia, pensei antes de abrir o envelope. A poesia pode ocupar espaços secretos que a ciência não acha no cérebro nem no coração de ninguém. A poesia faz conexões inimagináveis, cria uma nova dimensão onde tudo é possível.

O solavanco do comboio que parava quebrou os meus pensamentos. Milton e Adriana ficaram para trás. Graças a Deus!

Encostei na mureta interna da estação para esperar o fim da garoa fina que caía naquela tarde de dezembro. Decidi ler a poesia de Alencar ali mesmo. Quase desmaiei. Me senti estúpido. Cambaleando nas minhas pernas fracas, embarquei para voltar à estação Sumaré. Precisava encontrar Alencar para conversar sobre algumas coisas que não estavam claras no que havia dito e escrito. Tarde demais. Ele já havia chegado à sua última estação. O corpo lançado do viaduto atraía olhares de muitos curiosos.

Alencar não quis viver sozinho depois que Maria Helena foi embora. Ela era tudo na sua vida. Terminou seu poema escrevendo: "Perdoa-me por te traíres, meu amado Fernando, mas sem ela a minha alma ficou pequena e agora nada mais vale a pena".

Maria Helena foi a vítima 158.745 na confusa estatística da pandemia da Covid-19. Alencar também será um número em outra trágica estatística.

Marcos Kirst é administrador de empresas, editor, gestor cultural e escritor. Em 2015 publicou sua primeira obra autoral, o romance *Eu queria que você soubesse*. Entre 2012 e 2018 foi superintendente de Projetos e Programas Culturais da sp Leituras, organização social credenciada pela Secretaria de Cultura e Economia Criativa de São Paulo. Atualmente é diretor da Job Cultural.

A fenda
Maria Isabel Gonçalves

Era um tempo estranho de notícias desencontradas.

Verdades individuais que não dialogavam entre si.

As teses eram múltiplas e cada qual se apegava à sua ferozmente.

As soluções morriam no nascedouro, extirpadas tal qual erva daninha, antes mesmo de dizerem a que vieram.

O antagonismo reinava e o vírus se alastrava.

O medo nunca se sentiu tão importante. Consultado a respeito do seu papel, declarou que estava apto ao comando. Alguns riram veladamente, embora no íntimo soubessem que tudo era possível, face ao desconhecido absurdo que reinava implacável.

Todos queriam estar juntos e misturados, abraçando, celebrando e gargalhando, com direito a muitos respingos de saliva. Mas isso seria considerado crime inafiançável.

O silêncio reinava entre os gritos. A fala emudeceu porque se sabia não escutada. Somente alguns poucos desvairados se atreviam a vociferar, para lembrar que estavam vivos. Não esperavam ser ouvidos e tampouco se escutavam.

As vidas entorpecidas se acomodavam e, no ato falho da repetição, passaram a achar normal aquele estado diferente de ser.

A distância, no início sentida e clamada, virou hábito, e as pessoas não se importavam muito em saber das outras.

Houve resistência.

A palavra quase não falava e pensou em se juntar ao silêncio dos gritos. Mas usando a pouca sanidade que lhe restava entrou para o grupo da resistência.

Os da resistência afirmavam que tudo passaria. Mas aquilo já fora dito tantas vezes que se juntou ao rol do que não se escutava.

Assim se passaram manhãs e noites. Muitas.

Ninguém lembrou de fazer pauzinhos nas paredes.

Os dias acordavam e dormiam incessantemente. Pareciam mais velozes. Talvez fosse a maneira de ajudar.

Uma tristeza fina, quase delicada, envergonhada pedia licença para entrar. Afinal, a tristeza se sabe passageira e ao pensar que demoraria naquele lugar desanimou-se.

A esperança acenava selerepe. Fiel ao seu papel.

Foi então que algo aconteceu.

A palavra, que por vocação habita mentes e bocas, esgueirou-se por uma minúscula fenda, quase imperceptível, e foi se alojar em um coração. Ele estava cansado, endurecido, descrente. Mas na distração da descrença é que foi tomado de inopino. A contaminação operou-se!

A palavra fez ninho e se alastrou. Transbordou seu casulo e chegou a outros corações.

A contaminação se propagou de forma incontrolável. A curva não podia ser contida. E ela, palavra, que estava recolhida, timidamente esperando a colheita, se soltou.

Tudo passou a ser dito. Nada mais foi proibido ou podia ser contido. Todos estavam sedentos por escutar.

Escutando compreenderam. Compreendendo enxergaram. Enxergando tiveram de volta as vidas que pensavam perdidas.

Neste momento perceberam que ela sempre estivera ali. Eles é que não a entendiam.

Maria Isabel Gonçalves, nascida no Rio de Janeiro, é formada em Direito, área na qual atua por mais de 30 anos. A partir de 2019 começou a insculpir as palavras para além dos textos jurídicos, confiante que a escrita liberta.

"Dentro e fora do alçapão" – Futebol e literatura: metáforas de si mesmos

Mário Rodrigues

> *Devo ao futebol os mais verdadeiros conceitos que tenho sobre a moral e as obrigações dos homens.*
> Albert Camus

(Neste período em que a pandemia de Covid-19 grassa pelo mundo, assumindo, no Brasil, o patamar de genocídio; no centésimo dia da peste, me lembro do velho. Angustiado com o futuro do meu filho, me vejo tendo o mesmo tipo de preocupação que meu pai, um dia, tivera comigo – mas que ele nunca soubera verbalizar. Homem agreste, quase todo feito de pedra e sal, o pai-cadeado poucas vezes se abriu para o filho, eu. Nossos idiomas eram tão alienígenas; nossos mundos, tão outras galáxias... Havia, porém, um momento de intersecção, de amálgama, de trégua. Era quando tudo se estreitava e tudo dialogava entre nós: diante de uma partida de futebol. Neste escritório bagunçado, em mais uma noite de confinamento e insônia, reviro minhas lembranças e acho – no meio do livro *A cabeça de um homem* – o DVD em que eu havia gravado, há anos, o jogo a que meu pai nunca viria a assistir: Santos x Peñarol. Final da Libertadores.)

Georges Simenon

Estamos no dia 24 de junho, 2011. São duas horas da madrugada. Meu pai era santista. Estaria feliz aqui do meu lado, dividindo o mesmo sofá, a mesma garrafa de cerveja, vendo a TV. Há pouco, após uma espera de 49 anos, o Santos Futebol Clube sagrou-se, pela terceira vez, campeão da América. Mas a linda jogada de Arouca (realçada pela letra de Ganso), rasgando o meio-campo uruguaio, não me comoveu – embora eu tenha sido, durante 20 anos, enquanto atleta de várzea, exclusivamente volante de *contención*. Tampouco, o gol de Neymar me emocionou: e notem o corte que o garoto impõe à bola; o leve desvio no zagueiro, atestando sorte; os milímetros que engendram a falha do goleiro Sosa, que logo será esquecido. Também não houve comoção no segundo gol, de Danilo – reserva de Jonathan, mas brilhante nos jogos finais –, o gol do título, em essência, foi o dele. Perceba seu olhar no recanto direito do goleiro, a curva na bola evitando o zagueiro que se espraiava à sua frente, o encontro da pelota com a rede – o estádio pode ser ensurdecedor, mas o atrito da bola com a rede (o som característico de couro sintético e de náilon se resvalando) juro que é ouvido, e é, aliás, a última coisa que se ouve antes da epifania do gol.

Nada disso me comoveu. Zé Eduardo ou "Zé Love": esse, sim, foi minha comoção. Ponho-me no lugar de "Zé Love": como deve ser estranho jogar com craques, com foras-de-série, e, no entanto, ser um jogador apenas normal, medíocre. "Zé Love" poderia ter sido o vilão, tinha pinta de vilão. No Centenário, em Montevidéu, perdera dois gols feitos. No Pacaembu, outros dois. Estava se despedindo do Santos para a Itália: saída triunfal ou patética? Mas ele não foi vilão e também não foi herói. Ouvi, com mais atenção do que todas as outras, sua entrevista durante a comemoração do título. "Zé Love" tratava o repórter da Rede Globo, Abel Neto, pelo primeiro nome, com intimidade. Os outros jogadores, superiores em campo, vieram abraçá-lo. Pensei: como é esquisita essa tal condescendência, cumplicidade. O futebol, mais uma vez, comprova: é a afinidade, e não apenas a técnica, que forma bons times. "Zé Love" me lembra Simenon. Georges Simenon: um zé-love belga, com suas milhares de amantes, seus cachimbos, seu iate, seu vinho branco. Simenon jogou na mesma época e no mesmo campo que Camus, Eliot, Gide. Talvez suas 30 mil páginas de assassinos misteriosos não valham as cem d'*O estrangeiro* – um assassino confesso. Talvez sua obra maior (*O gato*) não rivalize com um quarto de uma obra menor de Eliot (*Quatro quartetos*). Talvez as constantes reedições de maigrets e afins não superem *O imoralista*, de Gide. Mas por que o toleravam? Por que o elogiavam? É simples. Porque também a literatura não é só a técnica – às vezes é, simplesmente, condescendência e gosto: afinidade. A literatura de Georges Simenon não é vilã nem heroína – e ela nos chama pelo nome, com intimidade. Gostamos dela, somos cúmplices. E é isso o que importa.

Osman Lins

Olhando o Neymar, tiro o som da TV – cléberes machados, galvões buenos, luízes robertos ficam para depois. Vejo o menino magrelo gingar, apanhar, teatralizar. Sim, Neymar joga para a torcida, para as adolescentes, para que elas suspirem. Neymar é a Stephenie Meyer – *Crepúsculo* – do futebol. Vejo, por outro lado, o também menino Adriano – Adriano é primeiro-volante, ninguém se lembrará dele quando fizerem, daqui a alguns anos, a escalação do Santos Campeão da Libertadores, já ninguém se lembra dele agora. É baixinho, cabelo curto, quase careca – um único excesso: uma tatuagem no braço, pouco realçada por ser sua pele morena. Mas como jogou, como joga, esse garoto. Adriano anulou o principal jogador adversário, o firulento Martinuccio, detalhe: em ambas as partidas da final. Adriano é o Osman Lins. Como jogava o pernambucano, como marcava o leitor, como anulava possibilidades literárias firulentas – um único excesso, a "tatuagem no braço": os *Casos Especiais*, apenas um leve deslize. Mas, infelizmente, como a torcida ao Adriano, os leitores de Osman Lins serão poucos. O público gosta do Neymar. Do moicano multicolorido e multiforme. Do espalhafato. Do *glamour*. Da grana. Do *show*. O público não entende a cobertura, o desarme, as faltas providenciais, os ligamentos de contra-ataques. O público não entende a importância de Adriano para o esquema tático. Os "leitores" (poderia apelidá-los pejorativamente de leitores-comuns, mas não o farei) querem é o drama adolescente, o espalhafato entre lobisomens e vampiros, depois comprová-los em multiplex, em revistinhas *teens*. Os "leitores" não estão nem aí para as vozes narrativas originais, os sinais gráficos no intrínseco da psicologia das personagens – ignoram a evolução da literatura como arte. Os "leitores" nunca entenderão a importância de Osman Lins para o esquema tático da ficção brasileira moderna.

Mas, nisso tudo, não há certa dose de injustiça? – paro e me pergunto. Não é exagero viver cobrando posturas e composturas alheias? Impor nossas projeções literárias aos outros é coerente? Imagino Neymar e Adriano, ainda meninos, nas categorias de base da Vila Belmiro. Será que tiveram escolhas? Será que vislumbraram seus respectivos futuros? Seriam aquelas posições, atacante e volante, suas primeiras e definitivas escolhas? Paradoxalmente, imagino a menina Stephenie num banco de um templo mórmon em Phoenix, Arizona, pensando em revolucionar a literatura; imagino o pirralho Osman num banco de igreja em Vitória de Santo Antão, Pernambuco, pensando em vender milhões de livros. Tudo tão díspar. Talvez não haja escolhas. Escrever para o *mainstream*, ser *best-seller*... escrever alta literatura, escrever para a Academia... Talvez não sejam opções, apenas sinas, destinos, fados. Está-se fadado a isso. Joga-se como se é possível jogar. Escreve-se como se é possível escrever. Só posso atestar uma coisa: já estive num campo de futebol vendo duas equipes jogando sem torcedores. É deprimente. Ouve-se, num processo metalinguístico e esquizofrênico, as próprias vozes dos jogadores narrando jogadas por vir e analisando lances em simultaneidade com a ocorrência deles próprios – o torcedor esquece o futebol diante da algaravia. Escrever para o próprio umbigo ouvindo apenas a própria voz, acreditem: é deprimente. O leitor se esquece da literatura.

Guimarães Rosa

Pelé – o sorriso dele pela segunda vez na vida me pareceu genuíno, a primeira foi no Tetra da Seleção, em 1994 – está usando, nesta noite, paletó vermelho, gravata preta e camisa branca. Pelé corre pelo campo de mãos dadas com Muricy Ramalho. Pelé deixa de ser um herói, uma lenda, uma coisa-de-avô – vira um mortal. Um torcedor. Deixa-se ombrear por outros, corre e abraça meninos que sequer jogaram uma Copa do Mundo – ele vencera três. Pelé, estou pasmo!, está genuinamente feliz. (Um símile possível: Michael Jordan no Boston Red Sox, um mortal no beisebol; cansado do Olimpo-NBA. Jordan queria voltar a ser gente, falível, derrotável). Pelé quer voltar a ser gente. Imaginei Caetano se reinventado genuinamente e cantando: "*Pelé disse: Free, free, free.*" Quem me deu a deixa foi o engessado apresentador do Jornal da Globo: "Pelé estava, afinal, liberto!" Sim, liberto. Foram (vamos arredondar) meio século de espera, de decepções e de algumas alegrias. Até que surgiu a geração de Ganso e Neymar: agora Pelé e o "Santos-de-Pelé" poderão descansar em paz. Há novos ídolos.

Por quanto tempo, me pergunto, num recorte literário, ainda esperará o Rosa, o Guimarães Rosa, para ter semelhante libertação? Era 1956 – ano em que Pelé estreou no Santos – quando o também mineiro Guimarães Rosa publicou *Grande sertão: veredas*. Naqueles idos, o futebol-arte tinha razão de ser: era tudo mais lento, o atleta se baseava mais no intelecto do que no físico. Naqueles idos, era a literatura-arte, havia sentido a reinvenção da linguagem. O escritor expandia a fronteira da língua. Baseava-se mais no intelecto do que no *mise-en-scène* de hoje. O que se esperava, tanto no futebol quanto na literatura, era o ir-além. Pelé hoje R.I.P. Porém quando será a vez de Guimarães Rosa? Quando o veremos de fardão verde com detalhes em ouro correndo ensandecido, abraçado a mediocridades, mas satisfeito por estar finalmente fora do pedestal, fora do além-crítica? Quando jovens escritores terão a audácia de ombrear-se a ele, de substituí-lo? Quando, entre críticos e afins, o saudosismo acabará? Quando alguém haverá de dizer: "Guimarães Rosa está, afinal, liberto?!"

Cormac McCarthy

O Santos amargou durante 18 anos o que no jargão futebolístico chamam de "fila" – um jejum de títulos. Não foi novidade. O Palmeiras ficou 17 anos sem títulos, sequer um paulistinha. O Corinthians, 23 anos. Mas o que chama a atenção no Santos é o DNA: sempre jogou para frente, valorizando o futebol, preservando, até o possível, ponta-esquerda, ponta-direita. Mesmo quando não ganhava bulhufas, mantinha o estilo. O Santos tinha, na vitória ou na derrota, um futebol com a mesma estrutura genética herdada desde a década de 1960. Com a escassez de títulos, restaram poucos torcedores – velhos saudosistas, crianças influenciáveis. O Santos beirou o ostracismo. Mas não negou a si mesmo. E agora colhe os frutos.

Assim aconteceu com o grande Cormac McCarthy. Seu primeiro livro, *The Orchard Keeper*, é contemporâneo do Santos de Pelé, 1965. À época do lançamento, fez relativo sucesso, gerou leitores entusiasmados, recebeu o Faulkner Award. Mas, depois, Cormac caiu num quase ostracismo. Apenas dois ou três mil leitores fiéis – velhos saudosistas, crianças influenciáveis. E o editor amigo que não o deixava. E o que dizia Cormac: "Eu sempre soube o que estava fazendo, sempre soube o meu valor". Cormac não negou a si mesmo, não adulterou seu DNA. "Agora quem dá bola é o Santos" – na última década foi alçado a, novamente, um dos times mais temidos do mundo. No final do ano, enfrentará o Barcelona, de Lionel Messi. Talvez não vença, talvez seja goleado, mas e daí? O Santos sempre soube o seu valor. Cormac, no final do ano, também terá seu desafio. Enfrentará mais uma vez a Academia Sueca. Talvez não conquiste o Nobel, é provável que não, mas e daí? É sempre o DNA o que mais importa.

Machado de Assis

Quando meu pequeno Samuel (nesta madrugada: ele tem um ano e quatro meses) for um homem-feito, terei orgulho em lhe dizer que vivi na época dos melhores, que vi os melhores. O time do Bernardinho, no vôlei. Jordan e os Bulls, no basquete – os dois tricampeonatos do Chicago. O melhor do golfe e seus assédios: Tiger Woods. Vi o melhor da Fórmula 1, Ayrton Senna. Vi (olha só!) até mesmo o melhor da vela, Robert Scheidt. O melhor do futebol americano, Brady. Das piscinas, Phelps. Só não poderei dizer que vi, em campo, o melhor do futebol. Nunca vi Pelé jogando uma partida válida. E não haverá substituto, muito menos um usurpador de sua glória, porque o "rei" atingiu um grau de idealização que jamais será rompido. (Pode-se argumentar que, em 1958, Pelé foi reserva boa parte da Copa; em 1962, saiu contundido logo nos primeiros jogos, substituído por Amarildo; que, em 1970... bom, em 70, com Rivelino, Clodoaldo, Gérson, Tostão e Jairzinho, até eu. Mas nada disso convencerá ninguém: Pelé foi e será sempre "o melhor".)

Mas o esperto Samuel questionará: E na literatura? Terei que engolir seco e me resignar. Também na literatura não vi, pelo menos *in loco*, os melhores. Eles já haviam passado. Não vou me deter à consensualidade, à eternidade e à ubiquidade de Homero, Dante e Shakespeare. Serei mais humilde e mais óbvio. Como sair da sombra de Machado? Como superar o gênio da raça que se autorrealizou saindo da base da pirâmide social para o seu topo, ganhando cada degrau com o suor do talento e a ciência dos labirintos sociais? Haverá outros nomes esportivos que meu filho conhecerá. Um outro menino do Brooklyn talvez saltará mais alto e será mais veloz. Um indígena mudará o jogo de golfe. Um alemão será heptacampeão na F-1. Mas continuará sem haver outro Pelé. Continuará sem haver outro Machado.

Rubem Fonseca

Durval, como eu admiro esse Zagueiro. O chamado zagueiro-zagueiro. Durval é o melhor zagueiro em atividade no Brasil. Começou por baixo: foi revelado pela base do Confiança Esporte Clube – onde eu também joguei, quando menino, em Aracaju. Depois foi para o Unibol, Botafogo da Paraíba, Brasiliense, Atlético-PR, Sport, Santos – onde ganhou praticamente tudo. Mas Durval não jogará na Seleção Brasileira como titular. Não disputará a Copa do Mundo. Durval é feio e não é carismático. Não tem um empresário influente. Mas em campo, dentro das quatro linhas, quem o enfrenta e sai ileso? Durval é o Rubem Fonseca.

Zé Rubem começou por baixo. Policial, funcionário público, roteirista, escritor. O que dizer de *A coleira do cão*... Como Durval, Zé Rubem ganhou praticamente tudo: Jabutis, Camões, Juan Rulfo. Mas ainda paira sobre ele o pejo de autoimitação, a acusação de diluir um espesso estilo que ele mesmo criara – seja lá o que isso signifique. E isso não significa nada. O que esperam para alçá-lo à Seleção dos Grandes Nomes, dos maiores? Talvez o Rubem Fonseca não tenha sido carismático durante todos esses anos sonegando entrevistas, evitando fotografias, mas, dentro das quatro linhas (que compreendem o retângulo formado por uma folha A4), quem o enfrenta e sai ileso? A brutalidade e os "chutes para o mato que o jogo é de campeonato" são normais. Rubem Fonseca, como admiro esse escritor! Rubem Fonseca, entre os contemporâneos, é o melhor escritor do Brasil.

Escritor, o ciclo

Muricy nasceu em São Paulo, 30 de novembro de 1955. Mas pelo nome sempre achei que ele nascera em Murici, interior de Alagoas, e o seu apelido na verdade era uma homenagem toponímica à sua cidade natal. Ele seria, portanto, conterrâneo de Graciliano Ramos e Jorge de Lima. Murici é uma cidade inserida na cultura da cana. Os nascidos lá sabem da necessidade da persistência, da perseverança. O chão massapê, a cana, a caiana, a roxa, a demerara, a fita, o engenho, a bica, o mel, a taxa, o alambique, a aguardente, o açúcar, o eito, o cassaco, o feitor, o cabo, o senhor, a soca, a ressoca, a planta, a replanta, o ancinho, o arado, o boi, o cavalo, o carro, o carreiro, a charrua, o sulco, o enxerto, o buraco, o inverno, o verão, a enchente, a seca, o estrume, o bagaço, o fogo, a capinação, a foice, o corte, o machado, o facão, a moagem, a moenda, a conta, o barracão, a cerca, o açude, a enxada, o rifle, a ajuda, o cambão, o cabra, o padrinho, o mandado, o mandão. Seria uma metáfora interessante: a lida com a cana, a lida com a literatura, a lida com o futebol. O entendimento de que existe um ciclo a ser respeitado.

Muricy deixou escapar várias Libertadores, mas persistiu, embora outros – leia-se: São Paulo Futebol Clube – deixaram de acreditar nele. Finalmente o técnico conquistou a América. O irônico é que Muricy mostrara certo talento antes: conquistara estaduais, conquistara brasileiros, mas não depositaram nele um voto de confiança a mais. Era só uma questão de tempo. Mas frustraram seu sonho. O imediatismo e a necessidade de comprovação de um talento excepcional são típicos em países como o nosso, em sociedades como a nossa. Provar o mais rápido possível o quão gênio se é. É assim no futebol, é assim na literatura. Como na reflexão de Bolaño: "Escritores que cultivaram o gênero fantástico, no sentido mais restrito do termo, temos muito poucos, para não dizer nenhum, entre outras coisas porque o subdesenvolvimento não permite a literatura de gênero. O subdesenvolvimento só permite a obra maior. A obra menor é, na paisagem monótona ou apocalíptica, um luxo inalcançável. Claro, isso não significa que nossa literatura esteja repleta de obras maiores, muito pelo contrário, mas sim que o impulso inicial só permite essas expectativas, que logo a mesma realidade que as propiciou se encarrega de frustrar de diferentes modos". Não há espaço para literatura "menor". Não há espaço para campeonatos "menores". Lembro a observação de um famoso editor: "... e principalmente alguns autores brasileiros que me arrependo de ter recusado – quando deveria ter apostado no amadurecimento natural de suas obras futuras, ou mesmo na nossa capacidade de aprimorar o original de um autor principiante. Nesses casos, eu gostaria que o tempo, literalmente perdido, voltasse, e que, tendo uma segunda chance, minha decisão fosse mais iluminada pela coragem e pelo bom senso do que foi na primeira ocasião". Pois é, talvez aquele escritor esteja somente no começo. Talvez aquele escritor não seja conterrâneo de grandes nomes. Mas por que não um voto de confiança depositado? Tenhamos paciência. Sejamos corajosos. Talvez aquele escritor – sem imediatismos e pressas – conquiste a América um dia.

Literatura

As Eliminatórias para a Copa do Mundo de 1994 foram as mais difíceis que o Brasil já enfrentou – talvez comparáveis apenas às de 2002. As duas, aliás, redundariam em títulos nas copas respectivas. Era o ano de 1993, e, naquele torneio, o País sofreu sua primeira derrota no torneio (dois a zero para a Bolívia, incluindo um dos lances mais bizarros de toda a carreira do Taffarel). Meu pai também sofrera fortes derrotas financeiras naquele ano, lances verdadeiramente bizarros. Chegamos a morar de aluguel, a perder nosso carro e até nossa TV. Assistimos, juntos, aos jogos das Eliminatórias de favor na casa de uma tia distante. Inclusive ao clássico final: Brasil × Uruguai (dois a zero para o Brasil, dois gols de Romário). Mas aquilo que me marcou, de fato, fora o caminho percorrido por mim e por meu pai até à casa da tia e a volta para a nossa residência depois do jogo. Caminhávamos por uma estrada reta de onde se vislumbrava toda a cidade e depois descíamos a ladeira. Morávamos no alto de uma colina; enquanto a tia, num bairro mais nobre, paradoxalmente subalterno.

Naquelas tardes, meu pai conversara comigo de igual para igual, de homem para homem, pela primeira vez – o futebol era o nosso idioma possível. Nossa declaração implícita, muda, de amor e amizade. Ainda sinto o peso de sua mão esquerda que, às vezes, apoiava-se no meu ombro – um carinho ao mesmo tempo raro e familiar, insólito e atávico. Aos olhos de meu pai, eu estava me tornando um homem, podíamos falar sobre escalações e esquemas táticos: o futebol, nosso código morse. A cidade em miniatura, lá embaixo, nem suspeitava a grandeza do orgulho que aquelas conversas geravam em mim. Eram sempre sobre futebol. Mas, agora percebo, eram sempre mais do que futebol. Quando, no futuro, minhas próprias derrotas se materializassem, meus próprios erros bizarros fossem perpetrados, não haveria mais o pai e sua mão amiga. Foi então que surgiu (também na vida há a regra três) a literatura. Mas era sempre mais do que literatura. É muito fácil entender que um leve toque por baixo da bola pode gerar um lençol no adversário; que é simples armar o corpo para um lançamento, firmando o pé esquerdo – porque sou destro –; ou sutilmente colocar a bola entre as pernas de um zagueiro grosso. Mas por que fazer isso (como fez Romário, logo nos primeiros lances contra o Uruguai) desarma tanto e tão cabalmente a psicologia do adversário? Nunca entendi. É obvio que compreendi intelectualmente certos livros, mesmo os mais belos e complexos. O que nunca ficou claro foi o forte efeito que eles têm de nos desarmar, de nos deixar exânimes. Como tantos anos de intervalo não apagam aqueles simples lances? Como tantos anos não apagam certas frases, histórias, personagens? Futebol e literatura são tessituras e ressignificações que nos movem a esperar prorrogações e pênaltis, que nos movem a virar páginas sempre.

(Neste então, com meu pai irremediavelmente na lonjura, eu me pego pensando, durante esta madrugada gelada, naqueles dias e jogos, naqueles afagos e conversas, naquela casa de minha tia, desejando estar lá, ter ficado lá, naquele mundo. Usufruindo ao máximo daquele humilde liame que estabeleci com o velho. Dos dias em que nos conhecemos e nos reconhecemos, como pai e filho. De quando houve carinho, mesmo escondido em metáforas e silêncios. Devolvo o DVD de Santos e Peñarol ao interior do livro de Simenon, A cabeça de um homem. *Como não é possível o passado, resta a literatura, restará sempre: e é sadio que ela não forneça saída nem volta. Fica-se nela, engolfado. E de lá não se deseja sair – como noites que não acabam, como esta longa noite pandêmica, como a noite longa da saudade.)*

Mário Rodrigues *é professor e escritor. Autor do livro de contos* Receita para se fazer um monstro *(Record), coletânea vencedora do Prêmio Sesc de Literatura e Finalista do Prêmio Jabuti, e do romance* A cobrança *(Record), entre outros. Escreve sobre livros em* medium.com/@mariorodriguesescritor.

2020 (o ano que não começou)
Mônica Dantas Paulo

Um ano que não começa é como um dia que não começa

a manhã não foi tecida (dizia o poeta assim) os galos não cantaram

os fios de sol dos gritos dos galos não se cruzaram

e veio a escuridão

e veio o vírus

Mas um vírus sozinho não arma a escuridão

Ele precisará sempre de aliados

(os aliados da morte)

Aqueles que trancam galos e gentes nas gaiolas imundas do Mercado

e vivem da morte

os homens que matam,

os homens que vivem da morte e do sofrimento

OS HOMENS-QUE-MALTRATAM

É tão fácil reconhecê-los

(não são muitos, são pouquíssimos)

pois nada há neles

de canto de galo

nada de sol da manhã

são tão poucos

que sim basta só nossa garganta para derrotá-los

reencontrar dentro dela os fios de sol e gritarmos

gritarmos preto contra a escuridão

gritarmos (ATENÇÃO: gritaria avassaladora dos filhos do sol)

fazendo o galo insistir em cantar (dizia o poeta assim)

fazendo um OUTRO ano começar

luz balão

MÔNICA DANTAS PAULO, graduada em Letras (Português-Literatura) pela UFRJ em 1976, pesquisadora, ex-professora das redes públicas estadual e municipal do Rio de Janeiro, recebeu em 1992 da Prefeitura da Cidade o Prêmio Anísio Teixeira de Educação pelo trabalho "Por uma escola participativa". Ativista pela vida e poesia.

Às escuras
Nilma Lacerda

> As leis de Céu e do Inferno são versáteis. Ir a um lugar ou ao outro depende de um ínfimo detalhe. Conheço pessoas que por causa de uma chave defeituosa ou uma gaiola de vime foram para o Inferno, e outras que, por uma folha de jornal ou uma xícara de leite, ao Céu.
> Relatório do Céu e do Inferno, SILVINA OCAMPO

– Em cima de um banco alto, posto no último degrau da escada aberta sobre a mesa de madeira? Você deve estar brincando de guerra de Troia, Heitor – digo como quem não quer nada. Continuo: – Que ideia. Não dava para fazer direito, buscar a escada mais alta no quintal, pedir ajuda, arrastar a mesa e alcançar a fiação em segurança? – puxo a cadeira para subir na mesa e ajudá-lo na operação descida. Ele grita, "fique aí", e sigo os movimentos de acrobacia a cinco metros do chão. Já desceu do topo de sua torre, empoleirou-se no penúltimo degrau da escada, puxou o banco, enfiou-o no braço como uma bolsa incômoda, continuou a baixar os degraus, cuidadoso. Chegou à mesa com ar de puro desafio, quem precisa do que você vai dizer? Ensaio a observação sobre aventura irresponsável, me calo e ouço, "o pior é que vou precisar subir de novo", e me concede a honra de sua explicação: – Fui ver como soltar o abajur, pensava que fosse mais fácil. Até já comecei, mas fizeram uma gambiarra, o fio interno está curto, preciso ter muito cuidado ou precisaremos refazer toda essa fiação.

Pulou da escada para a mesa, se desfez do banco, foi pro chão, puxou a escada, dobrou-a e deixou encostada à parede, junto do banco.

Nos bolsos do guarda-pó que usava para essas tarefas, alicate e chaves de fenda anunciavam uma fuga melódica, os metais em choque. Eu pensava se atirava uma âncora ao fundo da baía ou se me saía com um lugar comum, e agora a bagunça fica aí pra eu arrumar? Ele foi mais rápido, "não se preocupe, vou terminar umas consultas. Deixo tudo organizado pra continuar amanhã".

– O que está errado? – perguntei, mas a pergunta caiu no vazio.

Caem coisas no vazio, como caem. Nesta casa grande, o pé-direito duplo, mezanino, grandes vãos, claraboia, temos dificuldade em nos fazer ouvir, insistimos em falar mesmo quando percebemos que o outro não está ao alcance de nossa voz. Temos mais dificuldades também, trocar lâmpadas, retirar teias de aranha. Nada que o belo projeto arquitetônico não compense. Foi uma ousadia investir na remodelação de uma casa antiga, de longos corredores, porões, ligações entre os cômodos, alcovas sem ventilação. A localização é privilegiada, Heitor muito apegado à memória da casa que pertence à família dele há mais de cem anos. Cedi aos argumentos, encontramos amigos que consideraram a transformação da casa como excelente apresentação para o portfólio e cobraram um preço abaixo das expectativas. Encaramos a reforma, ou melhor, a quase demolição para fazer de alicerces pesados e paredes grossas uma casa leve, ao gosto contemporâneo. Cada item da obra ocasionava a busca por custos acessíveis ao casal em início de vida. Uma dura batalha. Daí a discussão memorável ao vê-lo chegar com o abajur. A língua ficou travada, ao ouvi-lo anunciar orgulhoso o preço pago por uma peça de todo dispensável naquele momento.

– E nem foi tanto, comparado ao valor desta mesa, que, você sabe, não pode receber um abajur qualquer. Dezesseis lugares, em nogueira, meados do século XIX, guardada pra mim em recomendação expressa da minha bisavó. Não é qualquer coisa que vai combinar com ela. Este abajur, olha só!, início do século XX, autêntico *art nouveau*, com todos os certificados, uma peça única, não ia haver outra oportunidade. Esqueça a sua raiva, me diga: ele faz ou não faz jus à minha herança?

– Vamos precisar parar a obra – respondi, bufando, quando a língua destravou. – Você empregou o dinheiro de dois meses de mão de obra num abajur. Não posso acreditar.

– Claro que não pode, você não compreende.

Repetiu: "não compreende". Por aí ficamos. Não chegamos a parar a obra, mas reajustamos orçamento e cronograma, o que me desorganizou a vida. Perdi uma viagem importante de trabalho, adiei o início de alguns projetos. Que podia contra uma ancestralidade poderosa, imagens de gerações cortando pão e carne para a família, refeições comemorativas, caixões e seus mortos sobre a madeira nua? Não era um móvel o que tínhamos em casa, era uma árvore genealógica. "Um cetro, e o abajur o seu castão." – falei de pura troça, num jantar para os mais íntimos. Nem todo mundo riu, mas quase todos elogiaram o belo jogo entre as luminárias pendentes e a belíssima peça, que sem iluminar como devia punha cores e desenhos requintados no meio das outras.

No dia seguinte, Heitor voltou aos exercícios de acrobacia. Sentado no banco, no alto da escada, me explicava com paciência que precisaria soltar o abajur e levá-lo para consertar. Com impaciência, perguntei se não podia chamar um serviço especializado para isso. Respondeu que não me ouvia bem de onde estava. O palavrão chegou na ponta da língua, recuou. Amor é um caso sério. Desisti de participar do espetáculo de sobe-e-desce, esperei que se resolvesse. Heitor acabou por montar um engenho de roldanas, desceu o abajur, que acomodou numa caixa grande com um bocado de plástico bolha em volta. Me convidou para ir com ele à loja especializada, mas antes demonstrou a avaria que poderia vir a arruinar toda a estrutura, se não tomasse logo providências. Tive dificuldade em enxergar a pequena fissura do metal junto aos pedaços de opalina e vidro. Não achei razão para todo aquele fuzuê, disse a ele, recebi um olhar de desdém e um sermão sobre imprevidência.

Saímos num sábado de manhã, como se fôssemos para um grande programa. No centro da cidade, a loja antiga, um amontoado de objetos, poeira de anos. Perguntei a Heitor se aquilo funcionaria, isto é, se teriam capacidade de consertar qualquer coisa ali, ainda mais o seu abajur precioso. Ignorou a observação, dirigiu-se ao atendente. Sem ouvir Heitor direito, o rapaz gritou para dentro:

– Seu Roque, é com o senhor.

Um arrepio, um sacudir de cabeça para espantar recordações. Não sei se queria lembrar, mas não consegui evitar. Roque, a brincadeira de infância. "O rato roeu a roupa do rei de Roma" era a frase que fazia de nós ratos dos ratos. A frase gritada rapidamente, a ordem era pernas pra que te quero, um esconderijo, pelamordedeus. Se fôssemos pegos, os ratos roeriam nossas roupas, ficaríamos nus. Era um tempo de vergonhas, ninguém se exibia pelado para o outro. Ao menos, quando éramos meninas e meninos juntos. Nada nos paralisava mais, nada trazia mais vergonha e susto que mostrar os corpos sem cobertura. O rato gritava, contava até três de olhos fechados e saía fazendo roqueroqueroqueroque atrás de suas vítimas, salve-se quem puder no meio de um terreno sem muita possibilidade de salvação. Quem o rato pegasse, e logo alguém era pego porque o rato nunca agia sozinho, começava a tirar a roupa, isto é, começava a ser despido na frente de todos, que paravam a corrida louca para olhar o espetáculo, comentando, peito magro, barriga grande, sovaco enfiado, pinto torto, pererenca aberta, cu cagado. Nada nos paralisava mais e a brincadeira não era banida. Até que um dia, "O rato roeu a roupa do rei de Roma" e, em vez de sair do lugar correndo para me esconder, como era a regra da brincadeira, meti as mãos nos bolsos grandes do vestido que tinha pedido a minha mãe para fazer. Meti as mãos nos bolsos, finquei os pés no chão e esperei pelo rato da vez e seus cupinchas. Correu um espanto pelo grupo enquanto ficava claro que eu tinha alguma coisa nas mãos e que poderia usá-la contra eles. Ela vai ter coragem, ela não vai ter coragem, corria o zunzum. Roque, o inventor da brincadeira, aquele líder bem sacana que todo grupo tem, e que geralmente era quem tocava o terror do rato roedor, decidiu que eu não teria coragem, avançou com a cara de deboche. "Aí, menininha, não correu? O rato vai roer sua roupa. Cu-doce, cu azedo? Ou essa racha preta?" Acertei o rato com um pedregulho em zona sensível. Um horror, tudo podia se esperar de mim. Durante uma semana, não pude brincar com eles. Passado o tempo, cheguei, ninguém disse nada, o pique-esconde correu legal. Nunca mais o rato roeu a roupa do rei de Roma.

Este Roque que aparece ao balcão não deveria correr nas plagas da minha infância. É um homem duro, de juntas tesas num corpo de madeira. Pinóquio? Mostrou-se mais para Gepeto e, com fala mansa e rançosa, em dois tempos convenceu Heitor a deixar seu abajur no meio daquela bagunça. Um mês, era o prazo convencional.

– Um mês?

– Tem uma fila, senhor – Roque usou de certa dureza.

Heitor ensaiou uma urgência, um jantar de comemoração. Precisava do abajur, insistiu. O outro parecia surdo. Incomodado, Heitor sustentou a barganha do tempo, não poderia...? Roque ignorou, mas suavizou o trato e comentou enquanto tirava a nota, cujo valor fez meus olhos arregalarem: – Coisa à toa, esse problema. Vieram ao lugar certo. "Ao Tudo Refaz – desde 1932". Tradição e confiança – acrescentou, entregou o papelucho a Heitor com um cumprimento de cabeça, voltou para os fundos da loja.

Em vez do lema da casa, saltava a impressão de coisas abandonadas por seus proprietários, fosse pelo alto preço a pagar ao serem retiradas ou pelo desinteresse que faz com a vida o mesmo que o rato com a roupa do rei de Roma. Saímos calados, mas logo Heitor começou a falar que Roque afinal era um homem simpático e sabia do que estava falando. Ele lamentava ter que se separar de seu abajur, mas, se era necessário, era necessário. Estranhei a conversa: nem Roque tinha me parecido simpático, nem tinha dito qualquer coisa que denotasse competência sobre o conserto a fazer. E não entendia a relação meio obsessiva que se estabelecia com um objeto. E disse apenas: – Roque é um nome que me traz lembranças ruins.

Heitor não perguntou por quê, também não me estendi. Na volta para casa, emprestei os ouvidos mais uma vez ao bestiário familiar. Dessa vez, era a história de Leocádia, cuja foto de 1892 sobre uma mesa lateral no vestíbulo mostrava uma mulher belíssima. Traída pelo noivo, que preferira outra às vésperas do casamento, lançou quantas pragas pôde, terminando por dizer que ele voltaria para ela, arrependido e miserável. Voltaria, ainda que morto. Esperaria por ele na cama que compraram, e quando chegasse ia experimentar a impotência da carne morta frente ao vigor da amada tenra. Já entrava nos cinquenta, quando o voto se cumpriu, o ex-noivo arrependido regressando, desejoso de ocupar o espaço na foto de casamento com que tanto sonharam. Argumentou que estar morto não era empecilho, até resolvia as coisas, dissolvia-se o vínculo do primeiro matrimônio. Acrescentava que, não sendo ela tenra como antes, não perceberia a falta de vigor que porventura pudesse ter. De Leocádia ouviu-se apenas: – Eu não disse?

As irmãs falavam do odor de leito farto ao passarem pela porta fechada da alcova, os ruídos imorais que procuravam esconder das crianças. Até que o noivo desapareceu uma segunda vez, mas agora sem qualquer notícia e sem a menor sombra de sofrimento ou incômodo por parte de Leocádia.

– Essas histórias, Heitor! Me sinto na Idade Média, *O Barba-Azul*, *As fadas*.

– Nem tanto. *Dona Flor*...

– *E seus dois maridos*? Sua tia só teve um, ou nenhum.

– Nasci numa família de imaginação desenfreada. Que culpa tenho disso? – e logo se recompôs –, desenfreada, mas verdadeira. Temos provas.

– Gostaria de vê-las.

Levantou os ombros com desdém. Em casa, cada um de nós se ocupou do que tinha por fazer. Eu sairia em viagem de trabalho dali a dois dias, deveria deixar a casa organizada para um mês de ausência. Embora Heitor fosse muito autônomo em relação à vida doméstica, queria que sentisse minha ausência apenas no *leito farto*. Ele não pareceu gostar muito da brincadeira, ao me despedir e informá-lo das providências tomadas.

Minhas viagens de trabalho, relativamente frequentes, não o incomodavam. Nem a mim, funcionando como tempero para um casamento em que as enormes diferenças individuais poderiam causar atritos constantes em uma vida regular. Tinha um bom emprego quando nos conhecemos e não quis deixá-lo. Trabalhava com projeto de cabines das plataformas de petróleo e do primeiro desenho à decoração final tudo me cabia. No escritório, gostavam que eu fosse mulher, porque me preocupava com aspectos de conforto, detalhes responsáveis por sentimentos de aconchego e segurança doméstica, aspectos vitais para a produtividade; não gostavam que fosse mulher porque meus projetos eram caros e porque sabia fazer contas muito bem. Vá lá saber o que quer um empresário. A mim tocava saber o que queriam as pessoas, em um trabalho *sui generis,* que pedia ao indivíduo estar fora de casa metade de seu tempo, em isolamento do mundo, ao sabor dos movimentos impetuosos do mar e de tempestades eventuais. Ia para as plataformas, convivia por quinze dias, um mês, com a equipe em todos os seus níveis, entrevistando, conversando, circulando. Sobretudo vivendo na cabine que projetara. Gostava disso, de volta ao escritório ia direto para a prancheta. Como analista financeiro em um grande banco, Heitor enfrentava também suas marés, que encontravam em nossos corpos o lugar perfeito para se espraiar. No entanto, foi um homem de pouco tesão e taciturno que me recebeu na volta.

– O que está acontecendo?

– Não vê, não sente falta de nada?

Fiquei confusa, a mala no chão da sala, a *pizza* e o vinho na mesa esperando por mim. – O abajur. Não ficou pronto.

– Ah – foi o que consegui dizer. Recebi de volta um olhar de desalento e solidão.

Comíamos calados, quando ele explodiu:

– Seu mau augúrio, só pode ser.

– Ahn? – me engasguei feio.

– Você disse que Roque trazia lembranças ruins.

– E o que isso tem a ver com qualquer coisa que possa ter atrasado o conserto? Francamente, um mês fora e sou recebida dessa maneira – poderia ter continuado a discussão, parado de comer, não tenho mais fome, batido portas. O amor é o diabo, sei. Respirei fundo, fiz um carinho na mão dele, observei a total falta de relação entre uma coisa e outra. Quando ficaria pronto, então?

– Não sei, há falta de matéria-prima, foi o que disse o cara.

– Tudo bem, a gente dá uns quinze dias, voltamos lá. E o resto, como andam as coisas? Aquela promoção...

– Saiu.

Fiz uma festa, nem tudo foi mal então. Brindamos de novo, ele foi desanuviando.

Voltamos "Ao Tudo Refaz", quinze dias depois. Seu Roque não estava, disse o funcionário desinteressado. Infelizmente, não sabia nada sobre o abajur.

– Quando poderemos voltar? – perguntei.

– Não sei. Amanhã, depois ou depois. Seu Roque não dá satisfações, sabe como é, funcionário antigo, a gente que é novo é que se ferra.

– Obrigada, voltaremos um dia desses. Avise a ele, por favor.

Não havia táxi à vista, andamos em busca de um. Dessa vez, fui eu quem estimulou Heitor a contar uma história da memória familiar.

– Não ficaram fotos de Ermelinda. Gozado, aquela que cuidou de preservar a crônica da família, que catalogou fotos e documentos, que preencheu cadernos e cadernos de pequenos fatos cotidianos e eventos de maior importância, como casamentos, traições, mortes, rupturas, pazes, até mesmo insinuações de crimes – ela era como Adira Tal, do *Star Trek*, lembra?

– Como não? A gente cresceu com *Jornada nas estrelas*. Então, foi na sua tia que os caras se inspiraram para criar Adira, que carregava a memória de todos em que Tal tinha se hospedado?

– Seus deboches me irritam.

– Desculpe, querido, não é minha intenção. Estou querendo dizer que essa ideia de memória alfa num determinado grupo é muito forte na humanidade. Vamos lá, conta a história de Ermelinda.

Continuou. Ermelinda tinha uma história sem a força dramática de Leocádia, de noivo que volta já morto para fazer tremer o leito conjugal. A história dela fazia calar, aterrorizava. Cuidava da memória familiar com zelo e competência até que aí pelos sessenta e poucos teve um desgosto com o filho, tão forte que a fez juntar todo o memorial da estirpe, colocar em cima da mesa – "a que hoje é nossa", fez questão de lembrar –, dizer que quem se sentisse habilitado que cuidasse daquilo. Ela não podia mais, retirava-se. "Bobagem, você é nossa memória, precisa continuar a se encarregar disso, tem muito tempo de vida ainda." Todo tipo de elogio e valorização se fez ouvir, mas ela foi inflexível. Ao fim de um mês, estava demente. Não recuperou mais a razão.

– Terrível. E o desgosto? O que foi?

– Como era ela que se encarregava de deixar memória, ninguém registrou. Não se sabe o que aconteceu.

– Algo escandaloso para a época, naturalmente. Uma questão sexual? Um crime?

– Não se sabe, e também não se quis saber.

– Entendo.

Voltamos à loja umas três vezes antes da nova viagem. Nunca encontramos Roque ou alguém além do funcionário indiferente. Acalmei Heitor. Quando voltasse, iríamos ver as medidas legais cabíveis. Entrou em pânico. O que quer que se fizesse não iria trazer o abajur de volta. Chamei a atenção dele, estava passando dos limites. Era uma situação simples: deixáramos um abajur para consertar e não se conseguia a peça de volta, consertada ou não. Ele tinha o recibo, voltaríamos com um advogado e pronto.

– Você não entende, Lúcia, você não entende – mais uma vez ouvi. Mais uma vez o palavrão não avançou da ponta da língua. Detestava viajar com briga em aberto.

Um mês fora e, ao voltar, Heitor me esperava para buscarmos o abajur. Irritadiço, trabalhava na sala, a mesa tomada por papéis, a luz mortiça. Explicou que tinha trocado as lâmpadas, não eram necessárias lâmpadas tão potentes se não havia o que destacar. Preocupada, não quis levantar o assunto, sustos mais sérios se anunciavam.

Dessa vez, com muitas desculpas, Roque prometeu o abajur sem falta, de forma impreterível, em três semanas. Finalmente um cargueiro belga chegara com o material exato para alcançar a liga de metal utilizada e substituir a parte danificada. Achei exatidão demais nessa referência ao cargueiro belga, estava ficando farta daquela história. E outros sustos bem maiores ganhavam corpo no horizonte.

Não pudemos voltar no prazo dado. Exatamente na véspera do dia estabelecido, fecharam-se o comércio, a indústria, todos os serviços que não fossem essenciais. Não deveríamos sair, não se abririam lojas, não se consertaria nada. Em princípio, por quinze dias, embora talvez fosse necessário mais. Foi.

Seis meses, sete, oito, nove. As lâmpadas mais fortes tinham sido devolvidas às luminárias, Heitor tinha voltado a trabalhar em seu escritório havia tempo. Se isso trouxera alívio, a longa retenção em casa fazia com que nos bicássemos cada vez mais. O *home office* extenuante, uma quantidade incompreensível de reuniões *on-line*, e o temor pelos empregos acentuava-se. Uma rotina cansativa e desestimulante tomara o lugar da excitação costumeira dada pela saída de casa, pelo uso do transporte e por tudo o que se segue: encontro com os colegas, cafezinho, almoço, fofoca nova, fim de semana. Mas seguíamos, sofrendo com a chegada mais próxima da morte, reforçando cuidados, destilando raiva ao ver negações e indiferenças. Andávamos sobre fissuras e deve ter sido isso que um dia fez Heitor dizer, assim que levantou de manhã:

– Vou trazer meu abajur para casa, custe o que custar.

– Assim, em plena pandemia? A segunda onda chegando ou a primeira ainda.

– O comércio abriu há algum tempo. Pelo prazo que Roque nos deu, o conserto estaria pronto antes do fechamento.

Mostrava-se tão determinado, que tive medo. Estresse demais, dentro e fora, para abrir campo de batalha. Resolvi ir com ele, cheia de precauções.

A loja estava aberta. Não havia mais o funcionário indiferente. Uma moça diligente que nos atendeu, foi chamar seu Roque. Ele veio dos fundos da loja, como sempre, felicitou-se de nos ver vivos e bem, mas não tinha boas notícias. Isto é, o material vindo do navio não era exatamente o mesmo, não daria certo. Sabia de toda a aflição de Heitor – legítima –, ressaltou, mas estava além das possibilidades dele. Heitor não se abalou: – Compreendo, compreendo. Mas vou levá-lo assim mesmo. Vá buscá-lo, por favor.

– Não pode levá-lo no estado em que está. Pode se desmontar a qualquer momento, causar um acidente grave, cortar alguém seriamente, até mesmo...

– Sem discussões. Vá buscá-lo.

– Já que insiste.

Abriu um armário de cuja existência não tínhamos nos apercebido, pegou o abajur, começou a embrulhá-lo. O diálogo foi curto, direto, sem respiração entre uma fala e outra: – Não é o meu. – Como? – Não é, já disse. – O senhor se esqueceu dos detalhes, é compreensível, tanto tempo esperando o conserto. – Me devolva o meu, já disse, ou chamo a polícia. – Pois chame.

Uma situação tensa e eu precisando ir ao banheiro com urgência. Deixei os dois no duelo verbal, e a funcionária diligente me apontou o banheiro, com desculpas encarecidas pelas condições do WC. Realmente eram péssimas, saúde pública não existe mesmo neste país. Como alguém poderia usar um banheiro com o monte de trastes na frente, por todo lado? Mal se conseguia chegar ao vaso. Levantei a tampa, me equilibrando para não cair, nem tocar aqui ou ali. A meia--luz parecia coisa de inferninho, mas deu para enxergar o suficiente. Enquanto lavava as mãos com os itens da minha *nécessaire*, o olhar examinava a quantidade de coisas socadas num espaço pequeno, cheio de prateleiras transbordando de objetos. Um tom de vermelho peculiar, um âmbar muito leve me chamou a atenção. Terminei de lavar as mãos, enxuguei-as rápido, me estiquei para ver mais de perto, um pouco acima de minha cabeça. Estava muito enganada ou a causa daquela arenga havia mais de um ano, encontrava-se ali. Abri a porta, dei um grito por Heitor.

Lá fora, o abajur entre os braços de meu marido, o táxi atendendo ao sinal, Roque aflito atrás de nós, falando:

– A senhora não entende, não entende as dificuldades desse trabalho.

Que patético esse Roque. Uma estátua de cera. A roupa do rei de Roma agora é sintética, e ele não se deu conta. Atingido em zona sensível, gritava descomposto:

– Loucos, loucos. Insensíveis.

Talvez tenha gritado, ladrões!, mas o carro havia partido.

Paciente, o amor.

De novo em seu lugar, aceso, a fissura onde sempre esteve e praticamente invisível, o abajur é um esconjuro contra a escuridão que corre lá fora, mesmo quando é dia. Às vezes, um ruído indefinível junta-se à escuridão, um ritmo bem marcado, um dois, um dois. Ou um fundo de canções religiosas, difícil saber.

– O rato roeu a roupa do rei de Roma – gritaram lá fora, tenho certeza de ter ouvido.

– É mesmo? – pergunto.

O tambor ressoa, mil batidas na pele esticada.

Nilma Lacerda é autora de *Manual de tapeçaria*, *Pena de ganso*, *Estrela-de-rabo e outras histórias doidas*, *Pégaso na sala de jantar*. Tradutora, ensaísta, recebeu os prêmios Jabuti, Prêmio Rio, Prêmio Brasília de Literatura Infantojuvenil e outros. Escreve para a *Revista Pessoa* de Literatura Lusófona (www.pessoa.com), para *São Paulo Review* (www.saopauloreview), para *InComunidade* (www.incomunidade.com) e para o Jornal *Rascunho* (www.rascunho.com.br).

A morte não facilita a vida da gente
Paola Prestes

Desde 2019, com a eleição e posse de um presidente de extrema-direita e seu governo de chapeleiros malucos, temos sofrido inúmeras perdas. Perdemos no plano coletivo, como país, e individual, como cidadãos. No coletivo, de cara começamos perdendo dois ministérios importantes, do Trabalho e da Cultura, derrubados com uma canetada, sem nenhum respeito, e, pior, sem nenhuma resistência popular. Alguns dirão que essas pastas tinham problemas, era burocracia demais e eficiência de menos. Posso até concordar, em parte, mas, precisava jogar tudo fora desse jeito? No início desse desmanche, cheguei a me perguntar, ingenuamente, se não era possível renovar, reestruturar o que já existia.

Claro que não. O plano do governo que assumia então o poder no Brasil era destruir, implodir não somente os aparelhos estatais em si, mas, sobretudo, aquilo que representavam: os dois alicerces que dão força e identidade a um povo: o Trabalho e a Cultura. Não acompanhei de perto o que aconteceu com o ministério do Trabalho. Até onde sei, foi sucateado e partes dele foram se abrigar em outros ministérios e secretarias. Resta saber se isto tornou de fato as coisas mais eficientes. Cá entre nós, diante de relatos de pessoas humildes, idosas e inválidas que tiveram seus benefícios cortados sem mais nem menos, duvido.

Quanto ao ministério da Cultura, seu destino tem tido mais visibilidade, na medida em que virou um espetáculo à parte: o vácuo que deixou foi preenchido por uma secretaria de opereta, ora representada por um adorador de Hitler, ora por uma versão cafona e sem talento da Norma Desmond, ora por seres fotonovelescos, esquecidos no porão de algum sebo desde a Abertura Política e agora ressuscitados. A malfadada secretaria que tomou o lugar do ministério da Cultura e já veio malhada antes de a gente nascer foi parar no bojo do ministério do Turismo, onde ninguém fala inglês, basta ver o *slogan* com jeitão de Google Tradutor: *Brazil, visit and love us.*

Acontece que, desde as últimas eleições, se tem algo que nós, brasileiros, estamos perdendo pelo mundo afora é, justamente, o *love* dos outros países. Ao desperdiçarmos pela enésima vez tudo aquilo que nosso patropi abençoado por Deus e bonito por natureza nos deu, perdemos a graça. Mais que isso, vamos gradualmente perdendo a simpatia, a credibilidade e o respeito alheio. Contudo, nada disso sequer arranhou uma certeza do governo, que problema a gente resolve de duas maneiras: opção 1, fazendo flexões; opção 2, queimando arquivo.

Assim, diante da inabalável convicção de nossos líderes políticos de que Deus ainda não se cansou de ser brasileiro, quando o coronavírus chegou ao Brasil, encontrou as calças, digo, a guarda baixada. Apesar desse fato, talvez já fustigados demais pelas desilusões políticas em efeito dominó, quisemos acreditar que, em meados de maio de 2020, junho no máximo, estaríamos de volta aos bares e cafés onde costumávamos encontrar os amigos. Era só aguentar um pouco, e logo estaríamos de novo no Teatro da Aliança Francesa assistindo a mais uma das impecáveis montagens do Grupo Tapa, ou ainda, fazendo fila para entrar no cinema, para depois comer uma pizza enquanto comentávamos o último filme do Spike Lee. Diante da impossibilidade de voltarmos às nossas rotinas de animais urbanos, respiramos fundo, do jeitinho que aprendemos nas aulas de ioga *on-line*, e nos conformamos que isto só aconteceria em julho.

Não aconteceu. Mesmo com vacinas pipocando pelo planeta (ainda de forma errática, mas é melhor que nada), diante das variantes do coronavírus – uma delas de cepa brasileira, olha aí o Brasil saindo na frente, minha gente! – ninguém mais ousa fazer previsões a respeito do fim da pandemia que assumiu a presidência da República no Brasil. É isso mesmo. E o bicho nem teve o trabalho de dar um golpe. Se turista virou uma raridade por estas bandas, o coronavírus, por outro lado, deixou-se encantar pelo singelo *slogan* tatibitati do ministério do Turismo. Desembarcou em São Paulo em fevereiro de 2020, com a firme intenção de nos visitar e nos amar até que a morte nos separe, com visto concedido pelo Ernesto Araújo em pessoa, nosso brilhante ministro das Relações Exteriores.

Passou distraidamente em revista as tropas do exército brasileiro – afinal, já tinha visto exércitos mais impressionantes na Ásia e na Europa – enquanto checava o que falavam dele no Facebook e no Instagram naquele dia: quantas carinhas bravas, quantas carinhas chorando, versus quantos dedões azuis erguidos, quantas *fake news* e quantos coraçõezinhos saudando sua chegada, nos perfis e nas contas desse outro estranho vírus nativo denominado bolsominion, ainda sem cura nem vacina até a presente data.

Chegando ao Palácio do Planalto, não viu ninguém além de um grupo de pessoas fazendo churrasco no que parecia ter sido uma biblioteca, de chinelo, bermudão e camisa de time de futebol, brincando de arminha e rindo alto. Passou por elas ensaiando um aceno com um de seus numerosos bracinhos, mas não foi reconhecido, assim, sem seu boné *Make America Great Again*. Mas não precisou procurar muito. Indagou um eletricista que, ajoelhado, retirava tomadas de três pinos e apontou vagamente em direção ao gabinete do presidente. Lá, encontrou a cadeira presidencial vazia. Só precisou sentar e começar a trabalhar.

Até hoje, ninguém o incomodou, nem perguntou nada. De vez em quando, aparece uma copeira uniformizada, com aquela toquinha branca na cabeça que parece uma máscara colocada no lugar errado. Talvez até seja. Porque máscara ela não usa, pelo menos não no rosto. O patrão disse que era bobagem. Respeitosamente, ela oferece ao misterioso estrangeiro uma caipirinha de hidroxicloroquina com um canudinho de plástico (nada dessas viadagens de canudo biodegradável no Palácio do Planalto) e amendoins. Meio irônico, meio com pena, ele sorri e responde, com um sotaque indefinível depois de tanto vagar pelo mundo, "Você não teria algo mais forte, bella?" (O "bella" ele incorporou na Itália, seu primeiro grande sucesso de público no continente europeu).

É preciso reconhecer que, diferentemente de quem ocupou a cadeira presidencial antes dele, o bicho trabalha pra burro, sete dias por semana, noite e dia, sem descanso. Contudo, ele não trabalha sozinho. No Brasil, ele fez uma grande amiga: a morte. Por mais que o coronavírus já tivesse frequentado assiduamente a morte em outros lugares e com ela brincado de esconde-esconde e pega-pega desde criancinha, aqui ele encontrou uma morte de outro calibre, com doutorado, pós-doc e licenciatura em morte. Muito antes de ele aparecer, a morte aqui já era *superstar*, ocupando um lugar de destaque nas mídias, arrasando na (ou a) sociedade brasileira há décadas, se bobear, há séculos. *Multitasker* de mão cheia, a morte brasileira atua em várias frentes, da fome até a violência em todos seus matizes de vermelho, matéria na qual ela hoje é convidada a dar *workshops* e fazer *lives*. Ou no jargão dela, *deads*.

Pois a morte tem muitas coisas a ensinar e algumas delas ficaram especialmente claras em 2020. Por exemplo, a morte não está minimamente preocupada com o círculo de amizades ou com a família de quem vem buscar. Ela vai chegando, um pouco no estilo daquele desembargador de Santos, que, em plena pandemia de covid-19, recorreu a uma carteirada quando um inspetor da Guarda Civil Municipal educadamente lhe pediu para usar uma máscara. O desembargador ainda quis humilhar o inspetor arriscando algumas frases em francês nível básico do Duolingo. No vídeo que circulou na internet, é difícil decifrar o que o desembargador balbucia na sua depauperada versão da língua de Proust. Talvez explicasse que, mesmo sendo idoso e, portanto, grupo de risco, o coronavírus que não se atrevesse, pois se chegasse perto dele também tomaria uma bela de uma carteirada, *à la brésilienne*.

Da mesma maneira que, no Brasil, colocar pneu de tala larga e escapamento esportivo num Chevette bege praticamente o transforma num Porsche Cayenne, o desembargador tinha certeza de que sua rutilante erudição gaulesa tornava incontestável sua crença de estar acima da lei, dos decretos, das normas de convívio social do mundo civilizado, quiçá de Deus. Pensando melhor, acho que a morte é menos prepotente e mal-educada que o desembargador de Santos. Afinal, a morte está apenas cumprindo sua missão. Se ela está obedecendo a ordens ou não, essa é outra história que deixo para discutir em outra ocasião mais metafísica. E antes que eu me esqueça: a morte fala todas as línguas do mundo fluentemente.

O fato é que, desde 2020, um número considerável de pessoas está aprendendo na marra que, um dia, ela vem. E quando esse dia chega, significa que o iminente defunto está pronto a empreender a Grande Viagem. Ele – ou ela – pode até tentar argumentar, veja bem, ainda não fui à Índia, sempre sonhei aprender a tocar cavaquinho, queria conhecer meus netos (os mais caras-de-pau recorrerão até a bisnetos), ainda não plantei uma árvore, faltou fazer o caminho de Santiago de Compostela, não quitei a septuagésima nona parcela do consórcio... Pode esquecer, a morte não está nem aí para essas coisas. E como caixão não tem gaveta ou compartimento de bagagem, nem é preciso perder tempo fazendo mala matutando se vai fazer frio ou calor, se vai na mão ou vai despachar.

Se o papo é reto assim com o interpelado ou interpelada do dia, imagine com quem está por perto. Aliás, com os outros não tem nem papo. A morte está pouco se lixando se tivemos tempo de dizer o quanto amamos quem se vai; se fizemos as pazes com aquele irmão, depois de passarmos anos brigados por conta de um terreno de merda que ninguém queria e que de repente tornou-se o pomo da discórdia quando uma grande construtora quis comprar; se chegamos a tempo de nos despedir do avô amado; se queríamos passar mais um Natal, um último aniversário juntos. E ficamos nos perguntando por que não demos aquele último telefonema, por que não houve aquele encontro que passamos o ano inteiro prometendo marcar sem falta na semana que vem. Morte bonitinha, onde todo mundo chega a tempo de se despedir, perdoar e ser perdoado, e dizer *I love you* segurando a mãozinha, só no cinema.

Parece que a morte não quer que a gente zere as relações. Ficamos sempre com o sentimento que faltou dizer ou fazer alguma coisa. Ou se dissemos e fizemos, podia ter sido melhor. Pois nunca dizemos tudo que há a ser dito. E se dizemos, nunca o fazemos do jeito que tinha que ser feito. Até minha tia, para mim a suma representante do casamento feliz, quando meu tio partiu dormindo feito um anjo depois de mais de seis décadas ao lado dela, ficou indignada de ele não ter se despedido. Juro que tentei visualizar meu tio acordando no meio da noite para dar tchau e uma derradeira bitoca, mas não consegui. A ideia definitivamente não é essa.

Acredito que, não importa o grau de perfeição que logramos em nossas relações afetivas, a morte quer que falte alguma coisa, para que sobre um gostinho amargo, nem que seja para justificar o encantador termo da língua inglesa *bittersweet*. É o que me digo diante de tanta gente morrendo nessa pandemia, incomunicável, partindo sem despedidas ou rituais, enquanto os encontros, os projetos de quem fica são deixados para depois. Depois quando? Enfim, tento, como posso, racionalizar a perplexidade, o horror, o silêncio que vem na esteira dessa pergunta.

Pode ser que o coronavírus não tenha entendido as lições da morte. Faltou ao *workshop* sobre a beleza que pode haver na morte, o apaziguamento final. Por isso exagerou na brutalidade da doença que engendra. Como um menino mimado, levou sua sanha destruidora às últimas consequências e queimou o suflê, entornou o caldo, pisou no tomate, viajou na maionese. Tornou a morte feia demais, feia como numa guerra em que vencem os traidores. Acho que a morte não gostou e o fez repetir de ano, o que explicaria estarmos aguardando a terceira onda dessa droga de doença em 2021.

Mas voltando ao sentido das coisas sem sentido, tenho passado um bom tempo ruminando o significado de palavras, mascando cada sílaba como se fosse fumo de corda. No caso da já citada *bittersweet*, não é um verbete que me vem à cabeça, mas um gosto de lágrima na boca que, como uma *madeleine* dos infernos, evoca as perdas dos últimos meses que já vão se amalgamando em anos.

Começou com minha amiga Silvana, que o câncer levou pouco tempo antes da pandemia. Almoçávamos juntas quase todas as semanas. Da última vez que nos encontramos, como sempre, rachamos a conta. Duas semanas depois, ela tinha falecido. Entre todas as coisas absurdas que atravessam a cabeça da gente nessas horas, pensei naquela última conta que devia ter sido minha. Por que a deixei rachar aquela última conta? Amaldiçoei a morte por ter levado minha amiga, minha irmã, e por ter puxado meu tapete quando eu queria acreditar que haveria outros almoços a compartilhar.

Depois teve a doença do meu pai, desta vez obra do covid-19. Penso nos três intermináveis meses em que ele ficou internado, com um tubo na garganta, em seguida uma traqueostomia que só o fez sofrer. Cada dia representava um esforço hercúleo para encontrar oxigênio, no caso dele, físico, no meu, psicológico e emocional. Ele morreu em agosto e eu aprendi a mais dura lição de todas, que desejar a morte de alguém pode ser uma forma de amor. Em seguida, a mesma maldita doença levou o Dr. Roberto, meu médico. Deixei por último a Muamba, minha amada gata tricolor, companheira de vida havia mais de 13 anos. Ela sucumbiu a uma infecção renal enquanto meu pai estava no hospital. Eis a minha contabilidade de 2020.

Mas nem tudo é saldo negativo. Hoje até gosto de pensar que minha relação, meu afeto pelas pessoas que partiram é algo inconcluso. Portanto, querida Sil, está anotado: te devo um almoço. Se pensam que estou louca, já vou avisando que não é efeito do isolamento: não sou a única a acreditar que as belas histórias não terminam nesta dimensão, tão indefesa diante de males como vírus, neofascistas e outras pragas: Ingmar Bergman acreditava também, e Max Von Sydow jurava ter recebido sinais pós-morte do diretor.

Do lado de cá também, enquanto houver os amigos, o saldo será sempre positivo. Há os antigos, que não sucumbiram à tentação de defender armas para fazer valer o seu "direito à autodefesa" na base do tiro, não fizeram vista grossa para o Pantanal que ardia em chamas, não abraçaram o preconceito nem a ideia que nas universidades públicas as pessoas andavam peladas e outras sandices. Enfim, são os amigos que não viraram rinocerontes. E há os novos amigos, que surgiram da necessidade de nos unirmos em torno daquilo que ainda faz sentido, resistindo ao deserto de ignorância, truculência e mau gosto que tenta tomar conta do país. Privados daquilo que, como nação, começamos a construir nas décadas que sucederam à ditadura militar, neste momento, somos o que nos resta. Pode parecer pouco, mas não é.

PAOLA PRESTES é cineasta pela Serena Filmes, roteirista e dramaturga. Seus dois longas-metragens *Flávio Rangel – O teatro na palma da mão* (2009) e *Massao Ohno – Poesia Presente* (2015) estrearam na Mostra Internacional de Cinema de São Paulo, passando depois nos canais Curta! e Film & Arts, além de projeções especiais na Biblioteca Municipal Mário de Andrade e na Flip. Tem doutorado em Cinema pela ECA-USP.

Resquícios
Paula Akkari

Já extenuado, encontrei aberta a porta que temia ter de arrombar. Apesar do costume de relevar os efeitos sutis de incapacidades ou esquecimentos, este considerei uma indulgência – não mantive as chaves. Tirei os sapatos, emiti uma passada. A porta que eu encontrei aberta bateu atrás de mim, produzindo um som intimidante. Me vi enclausurado entre um beco de paredes com saída.

Antes de reconhecer a sala, veio o cheiro, acusador da presença de restos de comida, mijo e vômito. Sua única luminosidade provinha de pontos amarelos que o sol, pálido, desenhava entre frestas da persiana; as plantas, sem alcançá-la, murchavam em seus vasos mal pintados, orbitados por formigas. Elas desafiavam a atmosfera quase mórbida, o que me ressentiu. Esmaguei-as com as pontas dos indicadores, uma impressão digital ao redor de cada corpo destroçado assinou minha vingança. Empurrei a janela para que o vento soprasse ares melhor tragáveis.

A seguinte agressão foi reparar nos entulhos. Assumi a tarefa de arrumá-los como uma onerosidade necessária, a quem, não sei. Me ative a um motivo prático para estar naquele espaço e vasculhar as ideias que ele preservava. Mas, amarrotado e pobre, carecia de materiais para, se não pressionar as anestesias sentimentais, ao menos descurvar os pensamentos que me rondavam infecundos.

Vasculhando os móveis, após um tropeço em um tapete escorregadiço, encontrei um saco em que despejei as flores moribundas e os cadáveres insetos junto a tudo que considerei lixo; muitos lenços encatarrados, papéis com anotações ilegíveis e lápis desapontados. A coleção de corujas, que continha quebradas e repetidas, transbordava dos móveis, crescida desde minha mais recente contribuição. Outra quantidade exorbitante era a de bugigangas diversas, os poucos metros quadrados não colocaram limite ao acúmulo de objetos sem valor nem graça. Topei com centavos, os quais guardei nos bolsos que passaram a tilintar com meu andar apressado. Neles, inferi, não juntaria notas, joias, ou o que mais secretamente desejava encontrar para abonar do que me era devido.

Na cozinha despendi mais energia. Varri o chão pegajoso, incomodado com as marcas pretas deixadas por meus passos. Empilhei os talheres sujos que estavam nas gavetas acima dos pratos encardidos na pia, de onde saiu um fraco jato d'água. A artrose, concluo, aumenta a tolerância à sujeira. Também deve abrandar a fome, visto que só encontrei pão embolorado e amostras de sopa na geladeira. Considerei vendê-la junto ao micro-ondas a algum desavisado das desvantagens dos eletrodomésticos obsoletos. Ainda separaria presentes e doações.

Contrariando minha intuição, ajeitar o banheiro foi mais simples. As fraldas eram alternativas mais práticas, e ela só se banhava quando saía de casa. Depois de esvaziar o copo onde mergulhava uma dentadura, não procurei supor o porquê de estarem expostos tantos frascos de perfume quase cheios, tampouco demorei subtraindo os restos de sabonete e fios brancos presos nos ralos. Com um medo infantil, não olhei para o espelho.

Fui interrompido algumas vezes. O telefone tocou alto, por meio dele transmiti notícias a um desconhecido com baixa audição ou alta resistência. Também persistiram as mensagens no meu celular, os pêsames e os conte comigo de colegas mobilizados por curiosidade ou educação, que receberam a mesma resposta. Admitindo a ambivalência dos meus desejos, quase apreciei estes interlúdios na ânsia por finalizações, simultânea à apreensão que me virava de costas ao último cômodo, o quarto.

Com luz acesa e porta aberta, soturno, ele me atraía a penetrar o antro de uma solidão. Na ausência de um convite ou ímpeto próprio, jamais conhecera o cômodo onde ela esteve intimamente, engendrou os pensamentos menos contidos e as elaborações oníricas dos repousos... Quando evitava meus avanços no corredor, desobstruía minha imaginação em direção ao que ela deveria acumular, talvez recordações que manteve de épocas longínquas ou recências de poucas pessoas queridas, lembranças de casamentos e épocas de militância política vestigiosa.

Não antes de hesitar, pisando em tacos rangentes, lá me intrometi, bem-vindo. Que discrepância, a organização. Despindo-me dos pretextos, exerci meu interesse. A cama velha, desprovida de lençóis, sustentava um colchão puído. Sua cabeceira guardava porta-retratos com fotografias sorridentes e desbotadas, em uma estava eu, vintegenário, em um dia que não memorava. Como um auxílio para localizar-se no tempo, recortes de jornal estavam colados na parede formando uma linha até o presente mês, agora finalizada. Desconcertado, fitei a estante esperando reconhecer os livros, separados por cor, cujos títulos a nada me remeteram. Alguns estavam em sua língua original, que ela não lia.

Sem refletir, avancei ao armário. Suas roupas, todas parecidas e terrosas, estavam penduradas. Então demorei com o achado na gaveta: um vibrador prateado, em formato de bala, no qual estavam fluxos solidificados de seu corpo e reminiscências de suas fantasias. Ao tê-lo em mãos, em um reflexo distorcido, ele retribuiu meu rosto abatido em que evitava reparar. Como um troféu por ter persistido ao último canto do apartamento, fechei os dedos ao seu redor com força, era meu.

Tomei o anoitecer como um pretexto para minha retirada. Evitei desviar o olhar, não me despedi firme de volta à porta que encontrei aberta. Se mais ninguém vier, permanecerá, sempre, uma barreira que não oferece obstáculo. Fechei-a silenciosamente. Retornaria com futuros intuitos, quando pudesse suportá-los.

Minha próxima lembrança é a de suspirar no elevador. Quis avisá-la que fora minha vez de atenuar os desarranjos, que não captara o mistério que guardava seu aposento. Em algum momento, ao deglutir essa vontade, progredirei em minha pendência elaborativa: o entendimento de que minha mãe estava morta. E que os resquícios materiais de sua vida podem ser apagados em poucas horas.

Paula Akkari nasceu em 1997. Cursa Psicologia na Pontifícia Universidade Católica de São Paulo e escreve artigos nas áreas de psicanálise e cultura. O conto que integra esta antologia é sua primeira publicação literária.

Depois de um sono bom...
Paulo José Moraes

Eu não lembro quando eu nasci. Nem quando, nem onde, nem se fui batizado. Também não lembro que nome eu era chamado até o dia que minha memória começa a registrar coisas. Eu estava na feira. Colocado num ponto em que podiam me ver e me escolher. E sabia que estava ali à venda porque tinha nascido para servir. Foi então que apareceu o rapaz. Seu olhar percorreu tudo, mas se fixou em mim. Após alguns segundos, talvez minutos, perguntou ao vendedor "quanto custa aquele preto ali?" Depois de ouvir o preço, chegou mais perto e relou em mim. Passou sua mão sobre meu corpo, colocou a mão sobre minha cabeça e a deslocou para o lado. Deu uma olhada para dentro de mim. E se decidiu. "Vou levar".

Gosto de pensar que nasci no Belém, bairro operário de São Paulo. Mas, não tenho nenhuma certeza sobre isso. Como disse, sem saber quando ou onde ou se fui batizado, só sabia que tinha sido criado para servir. Naquela época, fim dos anos sessenta, só sabia observar.

Sou um bule. Poderia ser uma chaleira. As diferenças são menos expressas nas formas e mais nas intenções de uso. Não tem machismo nisso não. Gosto de saber que sou um bule. O nome veio com meus ancestrais do Malaio *buli* e quer dizer "frasco". Foram os portugueses, em suas navegações, que trouxeram meus ancestrais para o lado de cá. Geralmente, tenho um lado esférico, uma espécie de barriga, e em cima uma tampa, que permite sermos olhados para dentro. E, aí está o nosso charme, com um bico razoavelmente extenso, por onde passa o líquido que estiver dentro de nós quando servimos a alguém. O mais comum é que nos coloquem para servir café ou chá. Por isso, prefiro pensar que sou um bule. Quando somos chaleira, nosso conteúdo fica muito especificado. Sendo bule, podemos servir ambos os líquidos. O escritor Mario Vargas Llosa disse a nosso respeito que "no embrião de todos os romances, bule uma inconformidade, late um desejo". Mas, acho que ele não falava realmente de nós, e sim da palavra que escreve igual e soa igual quando pronunciada, mas que é do verbo "bulir". Vocês podem estar pensando, como esse bule sabe essas coisas? Vamos lá: com o passar dos anos estive ao lado de muitas outras peças, xícaras, pires, açucareiros, mas também estive junto de um computador, onde aprendi a buscar essas informações. Foi Cultura? Não, apenas informações gerais, pois o que eu quero contar, e agora em seguida vou fazer, foram quatro passagens que eu vivi e uma que devo viver daqui para a frente. Que formam um entrelaçamento semelhante a uma toalha rendada que me acompanhou diversas vezes. Bonita de se ver, nada fácil de ser criada, e cuja história não se revela só por sua existência. Por deleite intelectual meu, vou chamando essas quatro fases pelos nomes de elementos: Fogo/Terra/Água e Ar. A fase que virá em seguida ainda está sem nome, quem sabe surja durante este relato. Percebo duas dúvidas em vocês, leitores: por que um bule tem deleites intelectuais? E qual é essa consciência que faz com que um bule narre alguma coisa? Vou responder rapidamente. Por que teria que ser um bule pronto para a função de servir café ou chá e mais nada? Em uma época em que várias manifestações têm sido expressas como vindo de seres inanimados, mas partindo de pessoas chamadas racionais, não custa nada um bule procurar se exprimir e poder contar o que observa em seu redor. Mas vamos ao que vim contar.

Fogo – No final dos anos sessenta – O rapaz que me comprou na feira tinha o nome de Artur inicialmente. Ele morava com a mãe, filho único com pai já morto, que deixou uma pensão curta, o que obrigou a mãe a trabalhar como tradutora, já que tinha um bom conhecimento de francês. Artur só estudava, fazia faculdade. Às vezes, fazia um bico dando aulas particulares para estudantes secundaristas. Seu melhor amigo, Miltinho, um rapaz negro, ainda mais pobre que ele, bolsista na faculdade, também dava essas aulas e assim reclamavam juntos das políticas educacionais que aquele governo militar da época impunha. Foi nas conversas deles que comecei a entender coisas como justiça social e diferenças de classes. Era um tempo em que eu só servia chá, bebida predileta dos dois. As conversas foram ficando cada vez mais sérias e, como uma consequência natural, os dois passaram a participar de outras reuniões, onde eu nunca estive. Mas, como eles comentavam depois, fiquei sabendo que entraram para uma organização clandestina, que visava combater a Ditadura Militar e, para isso, fora dali, teriam outros nomes. Miltinho passou a ser Virgílio e Artur tornou-se Roberto. Certa vez, chegaram correndo, suados, com camisas rasgadas, e Miltinho/Virgílio com uma arma na mão, escondendo-a numa japona. Nunca soube onde arrumaram aquela arma ou se a usaram. Mas, os encontros foram ficando mais tensos, as vozes sempre em tom mais baixo, muitas vezes sussurros, com expressões de raivas frequentes. Uma moça bonita e delicada passou a ir na casa dele. Depois de um tempo, ela já ia sem que houvesse reunião, chamava Rosana. Notei um carinho muito grande que surgiu entre ela e Artur. E, uma noite, eles dormiram juntos. Um dia, Miltinho/Virgílio deixou de aparecer. Dias depois, Artur chorou muito. Sua mãe chegou a perguntar sobre o amigo, mas a resposta é que estava viajando. Rosana contou a Artur que estava grávida e ele ficou feliz. Ela também. Começaram a planejar como fariam. Até que, numa noite, chegaram na casa uns caras esquisitos, gritando, com armas na mão. Mandaram a mãe de Artur ficar quieta, e levaram Artur com eles. Junto, vários livros, uns cadernos, e, no último momento, me pegaram também. Fui escolhido por um cara feio, antipático, que eu passaria a conhecer mais dali para frente. Sobre Rosana só vim a saber bem mais tarde. Fiquei escandalizado pela maneira que fui levado. Não houve negociação, nem oferta de preço. Simplesmente fui levado. Como se fosse qualquer coisa...

Terra – A casa de Artur era simples, mas bonita. Cortinas em todas as janelas, enfeites que a mãe dele fazia questão de espalhar, música vindo de uma rádio ou de um toca-discos o tempo todo. Para onde fui levado era o contrário. Tudo muito feio, escuro, sujo. Fui colocado em cima de uma mesa e mal me lavavam. Deixei de servir chás naquela época, passei a servir apenas café, forte, muitas vezes malcheiroso. O meu novo dono tinha um nome, mas, como Artur e Miltinho fizeram, tinham inventado outro nome para ele. Era o Doutor Júlio. Por ali, todos tinham outros nomes, Dr. Tibiriçá tinha mais de um. Fumava muito e usava uns comprimidos que o deixavam agitado. Nunca fazia a barba direito. Nessa sua sala (a casa não parecia ter outros lugares), havia coisas esquisitas. Uma cadeira de metal, onde quem sentava tomava choques muito fortes. Por isso, sempre amarravam os que eram obrigados a sentar. Ele também havia sua turma, mas ninguém que parecesse seu amigo de verdade, ele gritava com todos, dava ordens para tudo. Outra coisa que tinha lá era um barril cheio de água, às vezes enfiavam a cabeça de alguém amarrado lá e só tiravam quando o cara não aguentava mais. Havia também uma espécie de varal de ferro, onde penduravam pessoas amarradas e davam choques no corpo delas. Uma noite, um cara que estava passando por todos esses sofrimentos disse que eles eram uns monstros. Ficaram ainda mais violentos, e esse cara não aguentou e morreu. Eu não gostava nem um pouco de estar ali. Esse Doutor Júlio, um dia, chegou cantando uma musiquinha, os outros riram, disseram que ele estava ficando mole. A música dizia assim: "Depois de um sono bom/ a gente levanta/ toma aquele banho/ e escova os dentinhos/ Na hora de tomar café/ é café seleto/ que a mamãe prepara/ com todo carinho/ Café seleto tem/ sabor delicioso/ cafezinho gostoso/ café seleto". E, desde então, a turma dele passou a chamá-lo de Doutor Seleto. Ele se divertia com isso. E muitas vezes cantarolava a música quando dava choques ou afogava alguém. Também cantava essa música quando estava me usando. Um dia, para minha surpresa, chegou na sala o Artur. Magro, pensei que estava doente pela aparência. Queriam que ele falasse coisas, que dissesse nomes de pessoas. Foram muitos dias de pancadaria. Eu vi que Artur não iria aguentar. Perguntavam de Rosana. Falavam que era melhor ele contar tudo, senão iria acontecer o que tinha acontecido com Miltinho. Artur não falava nada.

Doutor Seleto, certa vez, me pegou, eu estava com café fervendo no corpo, e me levou até o pau de arara onde estava pendurado o Artur e despejou o café no rosto dele. Artur se esperneou, gritou e vomitou sangue em cima de mim, que fui largado no chão pelo Doutor Seleto, que, em seguida, mandou que me jogassem no lixo. Eu estava quase todo vermelho, por causa do sangue. Antes de me levarem para fora, ouvi alguém avisar que Artur não aguentara e morrera.

ÁGUA – Fui colocado numa lixeira e levado para fora daquele prédio sombrio. Havia pessoas lá fora, esperando notícias. Uma menina me pegou, com certo carinho, e ficou comigo na mão. Depois de um tempo, a mulher que a acompanhava foi embora, tendo sido avisada que não sabiam de nada. Fui levado para minha terceira casa. A menina, Carol, me levou apesar dos reclames da mãe. Quando chegaram em casa, lá estava Rosana, barriguda, e ouvi a mãe da menina dizer "olha o que sua irmã pegou no lixo". A menina explicou que era para eu ser o trono de uma boneca dela. E Rosana disse "mãe, deixa isso com ela, tem coisas mais importantes acontecendo". Nessa nova casa, as coisas ficaram bem melhores, me lavaram, me pintaram de azul, e nunca mais servi chá ou café. Virei trono de uma boneca. Mas, Carol cresceu e me esqueceu. Rosana teve uma nenê, Mariana, e passei a viver muito mais com ela. Posso dizer que fui mais da Mariana do que da Carol. Ela sempre teve muito carinho e cuidado comigo, mas recebi outra função, colocaram terra dentro de mim e plantaram flores. Vivo com a boca aberta, mas isso não me incomoda. Todos gostam de mim. De quando em quando trocam as flores. Já tive margaridas, rosas, e até uma orquídea. Depois Mariana conheceu um rapaz, Pedro. Começaram a se ver, e depois a namorar. Mariana me levou para um novo apartamento, onde ela e Pedro foram morar. Lá, fui pintado de branco.

Eles tiveram dois filhos. Que vêm crescendo e adoravam sair pra ir à escola, pra visitar outras pessoas, pra viajar; até chegar neste ano de 2020, que sempre achei que parecem dois bules, ou um bule e uma chaleira, um ao lado do outro. Pedro reclamava o tempo todo por ter um presidente que elogiava a tortura, dizia que seu pai morreu preso e torturado. Um dia, contou pra Mariana o que sabia sobre seu pai, sem saber que ela podia ser sua irmã.

Ar – Neste ano dos dois bules em que estamos, houve nova mudança. Na preparação, a mãe de Pedro acompanhou tudo. Estranhei não a reconhecer. Somente quando ela me viu e comentou que seu marido tinha morrido na prisão é que pude perceber que não eram as pessoas que eu pensava. Mas, ela fez um comentário ainda, dizendo que um sobrinho, Artur, tinha um bule parecido comigo. Só que preto. Riu e disse "parece que o Nietzsche tem razão, é tudo um eterno retorno". Mariana guardou isso e decidiu ler o tal do Nietzsche, para agradar o novo marido. Ele, entendendo o olhar para as coisas belas dela, tem feito o que nunca fez antes: traz regularmente flores para ela. E assim, vou vivendo renovado. Não sai de mim nenhum cheiro de chá ou de café, mas o perfume de flores. Claro que nenhum deles sabe que eu estive com Artur, com Doutor Seleto, com Carol, com Mariana e agora estou nessa nova casa. Aqui, nestas reflexões, continuo sem saber qual elemento usar, mas aprendi que no Feng Shui são cinco elementos: Fogo, Terra, Água e mais Madeira e Metal. Não sei se posso fazer essas analogias, mas num ano tão pouco criativo como este, não custa tentar.

PAULO MORAES é médico psiquiatra, psicodramatista, diretor teatral e escritor. Entre outras, dirigiu as peças *Cléo e Daniel*, de Roberto Freire, montada com a Cia Dramática Formicida Avec Cachaça, em cartaz por dois anos e aclamada com mais de 30 prêmios; *Tapera Tapeja Caboré*, sobre a Tropicália e *As meninas*, texto adaptado do livro de Lygia Fagundes Telles, indicada a Apestesp. É autor dos livros *Um psiquiatra neste bando de loucos* (2011) e *O Revolucionário do Tesão: a incrível história do psiquiatra e escritor Roberto Freire, O Bigode* (2020) e de diversas crônicas publicadas no jornal *Folha de S. Paulo*.

A hecatombe e a liga da justiça
Paulo Palado

Uma grande oportunidade surgiu para a principal quadrilha de bandidos daquela cidade. Afinal, uma hecatombe havia destruído todos os super-heróis e a população estava novamente à mercê de quem quisesse saqueá-la. Agora, uma nova estratégia se mostrava muito mais eficaz do que os pequenos assaltos a aposentados na porta de um banco ou a correria maluca que sucede o saque oportunista de um celular da mão de um jovem distraído. É que as roupas dos super-heróis devastados estavam intactas e qualquer um que as vestisse poderia reviver o *glamour* que elas representavam. Assim, após uma fácil investida sobre o indefeso edifício da Liga da Justiça, os delinquentes tinham à disposição as até então malfadadas vestes dos mais poderosos seres do pedaço. A quadrilha, porém, antes coesa e centrada, começava agora a viver um drama. Um desentendimento começou porque não havia consenso na divisão do guarda-roupas. O diálogo não foi suficiente e logo a força bruta e a coerção tomaram as rédeas da situação. Foi um pega-pra-capar.

Depois de muitas ofensas, verdades desenterradas, diversas ameaças e alguns bofetões, a divisão acabou por acontecer. E não dá pra afirmar que alguém tenha saído dali insatisfeito. Afinal, a quadrilha agora tinha obtido o *status* de Liga. Porém, o hábito não faz mesmo o monge, nem garante que a fanfarra não desafine. Em muito pouco tempo a coisa desandou. Os egos agora eram superegos e mal cabiam nas roupas justas dos antigos defensores da lei. Assim, sem que o sindicato dos novos justiceiros conseguisse uma unidade, a ruptura foi fatal e a velha política do cada macaco no seu galho voltou a imperar. Era cada um por si, todos contra todos e quem for homem cospe aqui. O velho discurso da união que faz a força havia sido deixado de lado e um novo tinha que ocupar a vaga. Afinal, discursos sempre movem multidões – mesmo quando se encerram em si – e um grande herói não pode prescindir do seu, sempre à mão ou guardado na sunga apertada. Discurso morto, discurso posto. E cada um tratou de preparar o seu, certo de conquistar uma parcela definitivamente importante da massa sedenta que clamava pela justiça que agora seria responsabilidade de um único super-herói em detrimento da velha liga. Um hiper-super-herói.

O Super Homem, como sempre, imperativo, foi o primeiro a se pronunciar. Sua supervisão e o voo fácil eram com certeza características que davam a ele uma posição privilegiada na hora de enxergar as coisas. "Vejo longe! Por isso seu futuro está seguro". O *slogan* não garantia semântica, mas o impacto da metáfora era avassalador.

Segundo as pesquisas, uma parcela considerável da população mostrava-se insatisfeita com a lentidão da justiça e das punições aos bandidos desfantasiados. Sagaz em sua análise, The Flash não tardou em tomar para si o compromisso de colocar na agilidade o mote de sua campanha a herói da cidade, mesmo estando ligeiramente desinteressado pelo assunto.

Uma onda crescente apontava para a participação da mulher no heroísmo bem articulado como um dos pontos mais discutidos das redes sociais no último ano. Mulher Maravilha tinha o discurso e a roupa prontos. Não importava de onde vinham nem para onde iriam os ideais daquela enorme parcela da sociedade. O certo é que, no caminho, teriam que passar por ela.

Batman apostou nas trevas. Esperto! Palavras sombrias e impactantes levavam seus pupilos ao delírio. Rouquidão e lentidão mórbida davam um ar tão sinistro a qualquer tema que o que menos importava era o que era dito. Importava 'como' era dito. Às vezes, sem saber bem o que falar, bastava murmurar uns grunhidos onomatopaicos, com um aveludado e tenebroso tom de discórdia, que a massa comprava o barulho.

Homem Aranha estava indeciso. Não sabia ao certo como associar seus poderes a uma campanha que impactasse a população. Um marqueteiro foi chamado às pressas. Fotos foram tiradas de todos os ângulos. Uma entrevista foi feita com o novo herói para traçar um perfil interessante, mas só o que veio à tona foi a vida de falcatruas do bandido por trás das teias. Era isso! As teias! O aracnídeo precisava de um *jingle* que grudasse na estrutura mental das pessoas como suas teias nos edifícios da cidade. Um grupo de pop-axé-cornoalho foi chamado para a função, mas não deu cabo dela. Depois de muito dinheiro gasto e muitas notas frias expedidas, descobriu-se que o que pegava mesmo era um grupo de pop-axé-cornoalho-universitário e o marqueteiro ganhou muitos pontos com o cliente quando afirmou, com um sorriso maroto, que o sucesso morava nos detalhes.

A roupa mais chinfrim era a do Bruce Banner. Uma calça simples. Uma camisa comum. Sapatos medianos. Mas quando o pacato cientista acessava seu lado mais ancestral, o troglodita de palavras desconexas vinha à tona com uma força brutal e aquela roupa que, sabe-se Deus como, voltava a recompor-se a cada crise, desfazia-se, deixando inteira uma mínima e conveniente parcela da calça que cobria o aquilo-verde do enfurecido candidato a representante, por óbvio, dos descamisados. Uma coisa não tinha nada a ver com a outra, mas a apologia evidente era mais forte do que qualquer opinião razoável pudesse contestar. Uma parcela da sociedade organizada com certeza teria orgasmos intelectuais com a força do pobre argumento.

E assim se fez.

Do lado de cá, onde vivem os mortais, a coisa pegou fogo. Grupos se formaram a favor deste e contra todos aqueles outros. Afinal, era uma fantasia mais linda que a outra. Discursos voluptuosos deixavam claro o quanto era ridículo não apostar no super-herói defendido por cada grupo. Era óbvio para todos que a classe heroica estava contaminada por velhos bandidos usurpadores; menos, é claro, (opa) a do herói preferido de cada um. Para cada fã cheio de razão existia um grupo insano, burro, cego, manipulado, que dividia suas apostas nos outros bandidos que sobravam. Meu Malvado Favorito devia estar se contorcendo de inveja! Todos tão iguais no seu fanatismo e tão diferentes na forma de lidar com ele. Que superpoderes nos salvariam dessa insensatez institucionalizada?

Uma réstia de esperança surgiu quando uns poucos fãs resolveram se unir e cavar uma saída sensata para a constrangedora situação. Depois de fazerem algumas passeatas, pintarem faixas, cartazes, enfrentarem a polícia, a opinião pública e muito debaterem, chegaram à conclusão – por maioria absoluta – de que a hecatombe que dizimou nossos antigos heróis deve ter sido mesmo causada pela queda de um cometa.

PAULO PALADO nasceu em 1967 em São Paulo. É dramaturgo, ator e diretor de teatro. Desde 2010 dirige e escreve para a companhia de Teatro Cego. Vencedor do Prêmio Barueri 2019 na categoria Contos. É autor de um dos contos compilados no livro *Parapeitos*, coordenado por Marcelino Freire, lançado em 2020.

Narração na segunda pessoa
Paulo Scott

Anteontem

infiel

Modos de pesquisa
Todas
Aproximadamente 33.300.000 resultados (0,42 segundos)

infiel. in.fi.el. ĩˈfjɛł. adjetivo de 2 géneros. 1. que não é fiel. 2. que quebra a confiança de alguém; desleal; traidor. 3. que não cumpre os compromissos.

"*Infiel*" é uma canção da cantora e compositora brasileira Marília Mendonça, lançada no dia 25 de julho de 2015 pela gravadora Som Livre.

Infiel (literalmente, "sem fé") é um termo usado em certas religiões monoteístas – especialmente o cristianismo e o islamismo – para quem não tem crenças.

sinônimos de *infiel* para 4 sentidos da palavra *infiel*: 1 pagão, idólatra, gentio, insidioso. 2 inexato, diferente, errado. 3 impontual.

O Superior Tribunal de Justiça (STJ), em julgamento recente, de relatoria da ministra Maria Isabel Gallotti, reconheceu a.

A prisão civil do depositário *infiel* em face do direito brasileiro e do direito internacional.

O crime de patrocínio *infiel* é descrito no artigo 355 do Código Penal, que descreve como conduta delituosa a traição do dever profissional, por advogado que.

A relação conjugal diante da infidelidade: a perspectiva do homem *infiel*.

A ideia de criar a LEI DO INFIEL trará segurança jurídica a milhões de casais brasileiros. A infidelidade gera uma imensa insegurança aos cônjuges de todas.

♫ COLDZERA NÃO SOU INFIEL | Paródia Marília Mendonça – ◊***Infiel*** Fábrica de Pratas Music. 0:001:56. Enjoy the full SoundCloud experience in the app.

Fidelidade *infiel*: Espinosa comentador dos Princípios de Filosofia, de Descartes. Marilena Chauí. Resumo. Abstract. When the Principia Philosophiae Renati Cartesii.

Ontem

Google

problemas com álcool

Modos de pesquisa
Todas
Aproximadamente 30.300.000 resultados (0,69 segundos)

Sem Isolamento. Comunicação com Família e Visitas Livre. Recuperação Drogas. Reabilitação Alcoolismo. Programas: Internação Involuntária, Hospedagem. Desintoxicação, Programas/Internação.

A maioria das pessoas sabe o quanto o *álcool* é prejudicial à saúde, mas não liga muito, pois não exagera na bebida, só toma uma ou duas.

O uso de *álcool* está associado a diversas consequências sociais, morais, familiares, entre outras. O consumo de *álcool* está ligado a diversas.

Problemas gastrointestinais. O consumo excessivo de *álcool* pode causar lesões e inflamação no aparelho digestivo, como esôfago e.

Problemas comuns na vida social de um alcoólatra ... a criminalidade e o consumo de *álcool* são reconhecidamente um grave **problema** social.

A cardiomiopatia (doença do músculo cardíaco) é um *problema* que ameaça usuários de *álcool*. Eles também ficam sujeitos a sofrer de.

Identificar um possível ***problema com álcool*** tem uma compensação enorme, uma chance de viver com mais saúde. Quando falar com seu médico sobre o uso de.

Google

| como conquistar com poesia |

Modos de pesquisa
Todas
Aproximadamente 48.200.000 resultados (0,48 segundos)

Versos e ***poesias*** para ***Conquistar*** uma Mulher no Pensador.

Poesia para ***Conquistar*** Alguém. Poemas, sonetos e versos para ***Conquistar*** Alguém.

Cerca de 8261 poemas de ***Conquista***. Se você quer um pedacinho do paraíso, acredite em Deus. Mas se você quer ***conquistar*** o mundo, acredite em você.

Não use a ***poesia*** no início de um relacionamento. Enquanto um ***poema*** doce pode ser lisonjeiro, só servirá como uma ferramenta de ***conquista*** se já existir.

Poemas para ***Conquistar*** uma Garota. Encontre Milhares de Mensagens e Frases Grátis!

Você está pensando em como fazer uma mulher se apaixonar ou ***conquistar***? Poemas para ***conquistar*** uma mulher é o aplicativo ideal, pois você pode.

Homenageie com esta seleção de poemas e versinhos e dê todo o seu amor a quem mais merece!

COMO CONQUISTAR UM AMOR VERDADEIRO E DURADOURO EM 21 PASSOS.

Hoje

amadurecer

Modos de pesquisa
Todas
Aproximadamente 1.810.000 resultados (0,42 segundos)

amadurecer. Significado de *Amadurecer*. verbo intransitivo Tornar-se maduro: as uvas *amadurecem* no outono.

De qualquer forma, todos nós sabemos que é preciso **amadurecer** em algum momento da vida. Mas é importante deixar claro que a palavra.

Amadurecer é um processo interno contínuo, que acontece ao longo da vida, a partir de experiências e de situações que exigem o.

Uma fruta *amadurece*, um legume *amadurece* e uma pessoa *amadurece*. No entanto, quando o assunto é o comportamento humano, a coisa é.

Nossa mente é um espaço ilimitado de potencial, que nos permite muitas coisas, inclusive trabalhá-la.

Google

| carencia e performance nas redes sociais |

Modos de pesquisa
Todas
Aproximadamente 675.000 resultados (0,46 segundos)

Você usa as **redes sociais** como estratégia para a sua empresa?

Compulsão pelas **redes sociais** pode revelar **carência**, solidão e baixa autoestima.

Disseminação do ódio nas **mídias sociais**: análise da atuação do social media.

O maior risco envolvido no uso excessivo de **redes sociais** por jovens é criar vício.

Narcisismo e **carência**. Dois ingredientes que alimentam a **performance** corrente do escritor nas **redes sociais**. Por trás da aparente marra.

Modos de pesquisa
Todas
Aproximadamente 645.000 resultados (0,33 segundos)

Significado de *Insignificância*. substantivo feminino. Característica ou estado do que é insignificante; qualidade do que não possui importância; pequenez.

O Princípio da *insignificância*, conhecido por tratar de casos de pouca ou nenhuma relevância tem chegado à mais alta corte do país.

PAULO SCOTT nasceu em Porto Alegre-RS e atualmente vive em São Paulo. É autor de cinco livros de poemas – o mais recente, *Mesmo sem dinheiro comprei um esqueite novo* (Companhia das Letras) foi vencedor do Prêmio APCA (Associação Paulista dos Críticos de Arte) em 2014. Tem outros cinco livros de prosa, dentre eles o de contos *Ainda orangotangos* (Bertrand Brasil), e os romances *Habitante irreal* (Alfaguara), vencedor do Prêmio Machado de Assis 2012 e lançado na Alemanha, Portugal, Inglaterra e Estados Unidos, e *O ano em que vivi de literatura* (Editora Foz), vencedor do Prêmio Açorianos de Literatura 2016. Seu romance mais recente é *Marrom e amarelo* (Alfaguara).

Uma Carolina
Rafael Zveiter

Reginaldo teve recaída e voltou a encher a cara, tá bravo que não tem mais pelada depois do expediente. Mamãe está no sobrado. Quase não fala. E eu fui demitida.

Pegava duas conduções pra chegar até a casa da Dona Olga. Saía de São Gonçalo pra Niterói. Levava a menina comigo. Bianca estudava em tempo integral numa escola de bacana. Dona Olga conseguiu uma bolsa com a dona do colégio.

Deu pra reclamar quando a gente ia a Niterói, não por causa da escola, ela sempre tirou boas notas, mas porque, Marcela, filha de Dona Olga, não dava sossego.

Justo quando Bianca tava fazendo o dever de casa ou na hora que ela queria falar com as amigas, aproveitando que na casa de Dona Olga tinha internet rápida, Marcela pedia pra eu chamar ela. Minha filha ficava num quarto pequeno na área de serviço.

– Anda, menina! – gritava quando ela dizia, que estava estudando ou no Zap. Antes era tão obediente, agora não saía do celular. E lá ia Bianca, que já tem 13 anos, brincar com uma pirralha de cinco.

– Posso pintar as suas unhas?
– Não.
A pirralha começava a chorar.
– Quero pentear o seu cabelo.
– Não, Marcela, meu cabelo está penteado.
– Tá pra cima, cabelo toin-oin-oin.
– Meu cabelo é irado assim.

– Bonito é o meu. O seu cabelo é ruim. E você fede. Minha mãe me disse que você tem cheiro ruim.

Outro dia Bianca tava estudando para as provas da escola e não queria brincar com Marcela. Tava cansada. Tentei convencer a menina a todo o custo sem sucesso.

– Acontece, Dona Olga, que a Marcela quer brincar o tempo todo, a Bianca fica cansada...

– É só a Bianca brincar um pouco com a Marcela, ela só tem cinco anos.

Era sempre a mesma desculpa: ela só tem cinco anos.

– Não tem limites, nasceu pra ter vida boa, de madame. Por isso quero te ver formada, trabalhando de doutora – eu dizia a Bianca.

Quando a pandemia começou, Dona Olga me pediu pra ir apenas uma vez na semana ao serviço. Me explicou que, por isso, ia reduzir o meu salário pra uma diária de cento e cinquenta reais.

– Dona Olga, se a senhora quiser eu venho todos os dias, sem carteira assinada. Estou tomando todos os cuidados, minha mãe é hipertensa e diabética...

– Não quero, acho perigoso.

– Mas, Dona Olga, um dia de serviço apenas? A Dona Consuelo morreu e eu só estou trabalhando pra senhora. Não tem como a senhora me pagar as duas diárias?

– Você acha que dinheiro cai do céu?

– Não tô pedindo para a senhora aumentar seus gastos, apenas pra manter as minhas diárias, tenho mãe doente em casa, uma filha pra criar...

– Chega de chorar miséria. Assunto encerrado.

– Mas essa mulher é pão-duro! Isso não pode ficar assim.

– E você quer que eu faça o quê?

– Deixe de ser trouxa.

– Trouxa, Reginaldo? Acredita que ela disse que "é melhor que nada"? Só faltou ela me dizer pra trabalhar de graça!

— Zélia, ela não vai querer ficar sem diarista, sabe como é madame... Não lava um prato, quando você chega a pia está cheia de louça... Você acha que ela vai lavar privada? Ameaça meter o pé.

Rimos. Mas eu me lembrei que ele havia me chamado de trouxa.

— Trouxa é você, Reginaldo, que perdeu emprego de motorista particular porque tava bebendo.

— Já larguei o vício. Lá vem você me lembrar disso. Entreguei minha vida a Jesus e mudei, você sabe disso.

— Sabe, Reginaldo... Às vezes me pergunto cadê Jesus que não ajuda nós numa hora dessas?

A situação foi ficando difícil de resolver. Eu tava uma pilha de nervos. O repórter anunciava que devíamos ficar em casa. Mas como? E morrer de fome? Os ônibus foram ficando cada vez mais vazios.

Eu levava uma muda de roupas pra casa da Dona Olga, tirava o sapato, deixava no corredor, tomava banho e trocava de roupa antes de iniciar o expediente, às oito da manhã. Por isso, passei a chegar mais cedo no serviço.

— São quatro e meia, Zélia, você já vai?

— Dona Olga, eu tenho chegado às sete e meia...

— Por causa da pandemia...

— Sim, a senhora me pediu pra trocar de roupa, tomar banho...

— Você tem sorte de eu ainda manter seu emprego. Sabe quantas pessoas estão sendo demitidas e gostariam de estar no seu lugar?

— Dona Olga, não tô reclamando, apenas dizendo que...

— Chega! Chega! Não quero ouvir lamúrias. Passa um café para mim e pode ir embora. Aliás, por que a Bianca não veio mais aqui? As aulas não estão suspensas? A Marcela sente tanta falta dela...

— Dona Olga, o repórter disse que é perigoso circular na rua, então prefiro não arriscar trazendo a minha filha...

— Sua burra. Não é arriscado. É só uma gripezinha, não viu o Bolsonaro dizendo na TV? Traga logo o meu café.

Que Deus me perdoe, mas nesse dia cuspi no café de Dona Olga. Cheguei em casa irritada e acabei descontando em Bianca.

— Custa você ir um dia brincar com a Marcela? Ela gosta de você. Não posso perder o emprego. Você sabe quanto eu gasto pra te sustentar?

— Eu não gosto de brincar com aquela garota, sou obrigada por você. Não tenho nada a ver com os seus problemas.

— Que gritaria é essa?

— É sua filha, Reginaldo, que não me dá sossego.

— Minha filha? É sua também!

— Reginaldo, desde que o Dr. Antero te liberou do restaurante que você tá insuportável.

— E eu tenho culpa? Pelo menos tô recebendo salário e com carteira assinada. Pior você, que não sabe se dar o respeito, é explorada por madame, colocando a vida da sua mãe em risco.

— O que mamãe tem a ver com isso?

— Velho depois que pega essa doença morre. A senhora quer morrer, Dona Durvalina?

Mamãe andava ainda mais amuada e quieta, desde que o corona apareceu. Já não conversava mais com Bianca. A menina andava preocupada, eu também, mas deve ser coisa da idade, pensava.

Meu marido tem razão, idoso é grupo de risco, e mamãe é diabética e hipertensa. Não quero que ela morra de coronavírus. Então, junto com meu esposo e minha filha, fiz uma limpeza no sobrado, colocamos um colchonete em uma cama antiga e uma TV velha que a gente não usava mais. Uma parte do sobrado virou um quartinho, tinha até banheiro, mas o chuveiro não funcionava.

Mamãe descia as escadas com dificuldade pra tomar banho e fazer as refeições. Até que um dia eu cheguei do trabalho e Bianca me disse que ela não tinha saído do sobrado.

— Mamãe, vamos descer, por favor? A senhora tem que se alimentar. Não pode ficar fraca. Os hospitais, que já eram uma porcaria, estão superlotados. E não pode ficar sem tomar banho.

Mamãe não respondia. Seu olhar era tristonho e distante. Queria abraçá-la, mas não podia. Foi uma sensação horrível. Também não podia tirar a máscara para ela ver o meu sorriso.

Neste dia tive a certeza que ela não desceria mais, então a gente passou a subir com as suas refeições.

Iuri, meu cunhado, veio e consertou o chuveiro.

Um dia, indo trabalhar, fiquei sabendo que o Freitas, que pegava ônibus comigo até Niterói, estava internado com corona. Resolvi conversar com a Dona Olga.

– E o que eu tenho a ver com isso? Você quer que eu pague Uber de São Gonçalo para cá?

– Não, Dona Olga, eu quero ficar em casa. Posso vir uma vez por mês e fazer a faxina.

– E eu vou ficar como? Quem vai fazer compras? Quem vai cozinhar? A imprestável da sua filha não vem brincar com a minha?

– Dona Olga, minha filha não é imprestável...

– Sua filha tinha que dar graças a Deus de estudar em uma boa escola. Quem conseguiu isso? Eu. E por quê? Porque sou boa. Sou boa com você e o que recebo em troca? Você sequer tem a consideração de trabalhar até às cinco. Não traz a sua filha e agora diz que quer ficar em casa?

– Dona Olga, me desculpa, mas eu não quero ficar em casa. Eu tenho que ficar. A senhora sabe que eu não fujo do serviço.

– Mas está fugindo agora.

– Dona Olga, eu...

– Cala a boca! Quando você chegou aqui não sabia nada. Quem lhe ensinou tudo? Jacinta, que infelizmente teve que se aposentar. Eu que pedi. Trato você como se fosse da família. Até emprego para o beberrão do seu marido eu arrumei. Se não fosse por mim vocês estariam na miséria. E agora você vem me apunhalar pelas costas? Ingrata! Fora daqui!

– Dona Olga, a senhora está me demitindo?

— Fora da minha casa, sua inútil!

Deus me perdoe novamente, mas, dessa vez, cuspi no rosto da Dona Olga.

— Sua louca!

Ela me deu um tapa na cara. Olhei em seus olhos, com a cabeça erguida e disse tudo o que estava engasgado em minha garganta.

— Você é uma pessoa horrível e amargurada. Por isso não arranjou macho depois que seu marido morreu. Só arrumou vaga pra Bianca numa escola aqui perto pra ela ficar com a insuportável da sua filha. Minha filha não é imprestável. Ela vai se formar. Ser doutora. Não adianta me olhar com deboche. Tenho pena da sua filha, crescer com uma mãe que nunca a abraça. Tô indo embora, sim. Você que se vire com a comida e limpando privada.

— Eu vou acabar com a sua vida. Aqui em Niterói você não consegue emprego. Sua filha vai estudar no quinto dos infernos. Agora saia da minha casa, sua louca.

Saí desempregada, mas com uma estranha felicidade.

Chegando em casa, me dei conta da minha realidade. Senti raiva de mim, mas não podia mais ser esculachada daquele jeito.

A gente que é empregada doméstica é tratada feito lixo. As madames reclamam que a gente não limpa casa direito. A gente é assediada pelo patrão.

Já trabalhei em casa de patroa que nunca me perguntou quando era o meu aniversário, se eu tinha família, só pediu a minha referência.

Nem todas são ruins. Trabalhei pra uma patroa que me dava roupas que ela não usava mais, mas ouvi ela dizer ao marido uma vez que se eu não fosse burra não seria empregada. Pensou que eu não tivesse ouvido.

— Reginaldo, eu não pedi demissão, eu fui demitida.

— Como você é burra, Zélia. Sempre te disse para trabalhar com carteira assinada.

– Eu bem que tentei, mas está cada vez mais difícil.
– E a escola da Bianca, ela vai continuar estudando lá?
– Não, Reginaldo, ela não vai!
– Não grita comigo!
– Você também está gritando!
– Eu vou sair.
– Vai pra onde?
– Não interessa.

Fui ver como mamãe tava se sentindo, Bianca tinha saído e não sabia se Reginaldo tinha lhe dado almoço. Ele andava impaciente e eu, Deus me perdoe, também.

Chegando no sobrado, dei de cara com mamãe sem a fralda, o chão todo sujo de merda e o prato de comida cheio. Senti nojo da minha mãe e muita raiva.

– Por que fez isso, mamãe? Vamos pro banho.

Com muito esforço levei a velha até o chuveiro e esfregando a bucha em sua bunda, continuei a reclamar.

– Olha o trabalho que você tá me dando. Eu chego cansada do serviço e encontro você assim... Enquanto isso, a Renata tá no bem bom da casa dela...

Sabia que minha irmã morava com cinco filhos, sem marido e sem água. Não tava no bem bom coisa nenhuma e não tinha condições de cuidar da mamãe. Mas eu tava muito irada. E quando a gente fica com raiva perde o juízo. Continuei reclamando até que minha mãe começou a chorar. Apesar de saber que eu tava certa, senti dor na consciência. Pensei no duro que ela deu pra criar quatro filhos sozinha.

Meu irmão Enrico foi atropelado. Jonathan se envolveu com o tráfico e acabou assassinado. Duas tragédias em menos de um ano. Mamãe ficou de cama por quase seis meses. Nunca mais sorriu. Pouco falava.

Na hora de dormir, Bianca deitou do meu lado. Deu pra ler pra mim. Tava lendo um livro de uma escritora chamada Carolina Maria de Jesus. Ela me contou sobre a vida dessa escritora. Fiquei encantada e pensei que, diferente do que Reginaldo e Dona Olga me disseram, não sou inútil, nem burra. Vou começar a ler e escrever, feito a Carolina.

Reginaldo chegou tarde da noite. Resmungando, bateu na porta e acendeu a luz. Senti o cheiro de cachaça. Tentou se achegar, mas fiz de conta que estava dormindo.

    Acordei tarde no dia seguinte. Encontrei Reginaldo e Bianca de pé. Tinha um bolo na mesa. Só então me lembrei que era meu aniversário. Meu marido tinha preparado tudo, acho que como um pedido de desculpas. Sorri pra Bianca. Não me dirigi a Reginaldo, que tava com a cara envergonhada.

    A gente cantou parabéns, o celular da Bianca tocou e ela meteu o pé. Cortei a outra fatia, dei a Reginaldo e lhe disse:

    – Da próxima vez me procure sem cachaça, feito um homem.

    Fui levar um pedaço de bolo pra mamãe.

    Chegando em seu quarto vi uma cena terrível, ela tava banhada de sangue. Tinha cortado os pulsos com cacos de vidro de uma garrafa de refrigerante que eu deixei lá.

    Fiquei parada alguns segundos, em choque. Quando voltei a mim, tentei gritar, mas não consegui. Calada, com um grito preso na garganta, vi uma carta do lado da cama dela.

    Minhas filhas, não aguentava mais. Se Deus me entender, vou encontrar meus filhos e espero vocês. Que meus netos me perdoem. Fiquem em paz.

Durvalina

O sobrado foi isolado pela Polícia Militar.

    O perito criminal chegou e fez uma análise do cadáver de minha mãe e do local. Um fotógrafo registrou a cena. Em frente à casa, uma pequena aglomeração de pessoas se formou. Todas curiosas pra saberem o que tinha acontecido. A polícia tentou conter a aglomeração, mas não houve jeito. O ser humano é sórdido.

Reginaldo me abraçava forte, enquanto os homens olhavam o sobrado, os objetos, as gotas de sangue.

Após um tempo, o corpo da minha mãe foi levado para um médico-legista fazer a autópsia.

Por causa do coronavírus, eu e Renata achamos menos arriscado que nossos maridos não estivessem presentes nem nossos filhos.

Não derramei nenhuma lágrima. Renata estava indignada.

Me lembrei dos banhos que dava em mamãe. E que, de uns tempos pra cá, Dona Durvalina, que era tão ativa e independente, mal abria a boca.

– Sou culpada, Renata. Não percebi nenhum pedido de socorro da mãe.

Depois, pensei que talvez tenha sido melhor assim. Em seguida, pedi perdão a Deus por ter deixado a garrafa no quarto dela. Renata voltou a gritar, dizia palavras com raiva e carinho. Pensei que talvez estivesse arrependida, já que mal visitava a nossa mãe. Com pena a abracei e lhe disse:

– Mamãe descansou.

Chegando em casa pedi que a gente não pronunciasse mais o nome Durvalina.

Estou tentando desde o mês passado receber o auxílio emergencial de seiscentos reais do governo federal. No início o aplicativo da Caixa dava muito erro. Demorava pra carregar. Bianca já não tinha paciência pra me ensinar a usar direito o celular. Só uso o aparelho pra conversar no Zap. Não temos internet em casa. Reginaldo também não conseguia. Decidi ir à Caixa resolver o problema pessoalmente.

Chegando lá encontrei uma fila imensa. Poucos com máscara e todos muito perto uns dos outros. Pedi que a mulher atrás de mim se afastasse. Ela fez pouco caso. Esbarrava em minha bolsa constantemente. As pessoas estavam impacientes, debaixo de um sol forte. Esperei mais de cinco horas pra ser atendida, sem sucesso, e voltei pra casa.

Chegando, fui procurar por Bianca. Ela não tava em casa. Não deixou nenhum aviso. Não atendia o celular. Pensei em colocar a máscara e voltar pra rua. Mas tava exausta. Tirei a roupa e coloquei no tanque. Olhei pra escada que dá pro sobrado e lembrei da mamãe. Senti vontade de chorar, mas estava cansada demais para isso. Dormi no sofá.

Acordei com minha filha me sacudindo.

– Acorda, mãe, acorda. Bora deitar na cama.

– Onde você tava, minha filha?

– Peguei mais um livro no sebo do tio Heitor.

– Você foi pra Niterói só pra pegar um livro, menina? Não sabe que pode se contaminar?

– O presidente anda por aí de *jet ski*...

– No dia em que mais de dez mil pessoas morreram por corona...

– Não fui só pelos livros, fui também pra ver o meu *crush*, o Pedro. Acho que tô gostando dele. Quero logo que as aulas voltem para eu ver o Pedro todos os dias.

Dei um sorriso amarelo para Bianca. Então ela se lembrou de que não mais estudaria em Niterói. Fiquei com raiva de mim, por ter sido mandada embora. Fui tão arrogante com Dona Olga... Fiquei com raiva do livro também. Na verdade, senti que o livro era algo que eu não ia alcançar jamais. Nunca seria uma Carolina Maria de Jesus.

– Hoje quero ler a Bíblia, disse, contrariada. Vai dormir, Bianca.

No dia seguinte, acordei cedo. A mesa tava posta, o cheiro de café invadia a sala. Reginaldo não tinha dormido. Me olhou sorrindo.

– Tenho uma novidade pra te contar.

– Novidade, Reginaldo?

– Saí de tarde ontem...

– Eu vi, e só voltou de madrugada. Está com bafo de cachaça.

– Confesso que bebi. Mas foi por um bom motivo. Pra comemorar!

– Comemorar?

– Chama a Bianca. Bianca! Bianca!

A menina levantou descabelada e assustada.

– O que houve?

– Ontem o pai fez uma coisa. Fui até Niterói, na sua escola. Consegui que ligassem pra Dona Iolanda, a diretora da escola, contei que a mamãe foi demitida e ela disse que você pode continuar estudando lá.

Uma euforia tomou conta da menina.

– Eu não acredito, pai!

Ela abraçou Reginaldo com muita força e quase derrubou o pai, que estava um pouco alto.

– Eu tava na rua, menina, não me beija assim, não.

De repente os azulejos da cozinha voltaram a ser azuis. Beijei Reginaldo e olhei pra Bianca sorrindo.

– Minha filha, você vai ser aeromoça. Quando crescer vai me levar aonde?

– Para onde você quiser, mãe. Mas gostaria de conhecer a África. Deve ser irada.

– África, filha, pra ver pobreza? De pobre já basta a gente.

– Não, pai. Eu tenho vontade de conhecer Angola, de onde veio o bisavô da mamãe.

Tudo entrava nos eixos. Comemoramos com pão, manteiga e café.

No jornal o presidente Bolsonaro dizia que o governo não faltou em relação à operação pra pagar o auxílio emergencial. O presidente disse que muita gente deu golpe. Me senti ofendida e indignada. Estou até hoje sem receber o benefício.

– Credo, quanta bobagem. Vamos desligar a TV? – Bianca sugeriu.

A possibilidade de um futuro melhor pra minha filha encheu o meu coração de esperança e me deu forças. Subi até o terraço e fiz uma faxina. Tirei todas as roupas de minha mãe e coloquei em duas sacolas. Colei um adesivo escrito: aqui dentro você encontrará roupas que foram de uma grande mulher. Deixei as duas sacolas na esquina de casa.

Quando voltei pro terraço, pra terminar a arrumação, Bianca estava a minha espera.

– Filha?

– Mãe, posso estudar aqui?

– Boa ideia, vamos trazer o seu material escolar pra cá.

Bianca desceu correndo, foi pro quarto.

Meia hora depois, Bianca chegou eufórica.

– Mãe, conversei com o Pedro. Tivemos uma ideia. Ele me disse que vai trazer alguns livros pra esse cantinho assim que a pandemia acabar.

– Pro sobrado?

– Sim. Mas não vão ficar aqui pra sempre.

– Como assim?

– Aqui sempre vai ter livros. De vários tipos. Mas o Pedro me disse que finalmente vai montar um sebo aqui em São Gonçalo. Ele achou um lugar irado. Vai fazer rodas de leitura e sorteios de livro.

– Que bom, minha filha. Sabe, eu tava irritada ontem e não quis ouvir a sua leitura. Mas fiquei morta de curiosidade. Hoje você lê mais pra mim?

– Leio, mas você tem que começar a ler sozinha. Mesmo que seja uma página por dia.

– Nossa, minha filha, temos que pintar as paredes, colocar estantes. Eu quero que esse cantinho dos livros seja especial.

– Pra nós duas. Sabe, mãe, nosso cantinho tem que ter um nome. Pensei em dar o nome da vovó.

– Não, minha filha, escolha outro nome.

– Hum... O seu!

– Não...

– Então escolhe você, mãe.

– Olha, minha filha, pensei em um nome de alguém importante, que seja dos livros.

– E qual seria?

– Que tal Carolina Maria de Jesus?

Rafael Zveiter é escritor, poeta e estudante de cinema. Criou o blog "Penso à Beça", de poesia, e a página "Entre Nós", no Facebook, voltada para os direitos LGBTQIA+. É integrante dos coletivos Corujão da Poesia e SPN – Somos Nós. Publicou os livros *Visceral* (Editora Faces), *Afrocite* (Editora Philos) e *Correspondências de um invisível* (Editora Cândido).

Fim do mundo
Ralfe Gomes Ecard

Será que dentro desse caos não há entrada?

I

Mãe,
Arrematei no leilão
todos os princípios
fiquei com medo do mundo

II

Quando o mundo acabou
criamos todas as suas histórias
numa pequena lágrima concentrada
e amamos mais do que tudo
quando o mundo acabou
éramos o primeiro homem e todos os outros habitavam em nós
e éramos todas as mulheres
nós e aqueles que chegavam e partiam,
embaralhando nossas certezas cruéis, nossos sexos registrados,
fugindo da marca quente de um ferro em brasas
nós, os que corríamos juntos
tentando alcançar o amor

No final de tudo, havia cartomantes sentadas na areia
junto às águas, passando anéis, contando histórias repetidas
que adorávamos ouvir
enquanto cuidávamos de esconder do tempo
os anéis imaginários

Sentados, mais e mais histórias ouvíamos
de outros continentes, tudo parecia próximo
posto que o mar nos alcançava

Na hora do chá, ou do café, ou do álcool
de qualquer bebida que forçasse um toque
acidental de nossas mãos, nesse momento,
fazíamos carinhos inocentes em nossas linhas de destino e vida.
Quando o mundo acabou, em qualquer ilha
brincávamos de beijar, brincávamos de abraçar o vento
pois nossa derradeira festa
era sempre nosso início

III

Perdoem, a vocês amantes, a vocês
nos carinhos atrevidos, nos beijos e nas noites
perdoem amantes
lá fora há muita maldade, ódio e doenças vis
nada que possa interessar agora
tudo isso ouvi, de dois amantes que se terminam,
de dois amantes que se encontram
em todos os elos quebrados de signos passados
nas mortes que nos trai um mundo
um mundo de soldadinhos de chumbo apaixonados
de muros pichados por solitários caminhos

Se vão brincar de esconder do finito
comecem a contar lentamente
valem arbustos atrás das estrelas
cuidado com as regras ao princípio
sobretudo, quem conta é o mesmo que se esconde

Perdoem amantes e suas tentativas
de querer descobrir um atalho para encontrar a alma
com as ranhuras do corpo que a purificam
perdoem, ao chegar em nada que os possa interessar
por fazê-los acreditar no paraíso, apenas por uma boa ação

IV

A vida era tudo que
nos escapou
porque caiu em nosso colo
porque éramos
crianças
e não homens
e amávamos tanto

V

Recomeçar, restaurar
não, não é a ressurreição etérea
é a profundidade de viver reconhecida
como o universo faz com seus grãos chamados a fecundar
ou se não for possível, dar-se o brilho no infinito lugar
à espera de voltar ao ponto mais extremo
antes de apagar a luz em anos-luz dessa escuridão

para segurar a mão de quem tem frio
para repartir as perdas e os perdões,
na órbita do olhar, quando se cruzarem
a estrela mais distante e o tempo de vida mais curto
até sermos dois seres desconhecidos
sonhando o futuro improvável
ou quando houver no céu a colisão de duas vidas
então pousaremos naves e mais naves na alegria do reencontro
não importa o quão árido e terroso o chão longínquo
não importa o nome estranho que tornasse a ser
outras noites nos dividindo

VI

Temos vidas lado a lado
correndo transversais a outras vidas
gozando na chama impermeável
ou brincando na chuva até o fim do mundo
num fim que teme, que sente dor
as vidas se cruzam, se enlaçam
cansadas, param e se mudam órbitas
se tornam redondas, planetas
inacreditáveis planetas
guardam dentro do peito uma cápsula
desgarrada numa órbita imprevisível
o que pode ser amor nessa vida de milhões de anos?
Tudo aquilo que não existe,
na beleza das criaturas da noite
pulando o muro para amar as
criaturas do dia.
Nalgum ponto o mais perdido
na extrema latitude, ou

num caderno de memórias antigo
numa maravilhosa invenção mágica,
finalmente somos um lugar bom

VII

O grande projeto de esperança em que nos lançamos,
desde que fomos apresentados um ao outro, desde que
fomos espelhados e conhecemos a invasão bárbara do nada
porque ainda é o colo, é íngreme mas é colo
não é o chão
onde me entreguei às horas da tarde
busquei as mostardas
o cheiro de café
que enriqueceram ao longo das colheitas
as pessoas a quem presenteei os grãos.
Procuramos alguém que nos ame
e não nos faça uma proposta de compra, e
não nos reconheça, e nos leiam
as palavras que caem na água e não voam.
É do fundo do oceano que falo

VIII

O silêncio nos ensinou,
que o pensamento e o espanto
nos conectaram às estrelas.
Lunetas e desertos no céu límpido
cartas náuticas, ilhas do sul e
náufragos fazendo contas pelas marés das águas frias.
Pensar exige um plano

resgatar a curvatura do infinito e as lágrimas de amor em noite chuvosa.
Depois da comida e vinho, ardendo em febre de solidão
retomar as escavações de tesouros pueris
chegar na madrugada e ver todos aqueles
barcos afundados na enseada
inflar velas escuras e deixar de vez as águas calmas.
Tudo isso nos causou arrepios
polvilhados cadentes em nossa intimidade.
Nunca mais fomos a mesma noite

IX

Separar a origem dos inícios;
no lugar íntimo em que se tocam
o pensamento dos destinos.
Separar um mundo pós-apocalíptico
de um mundo ainda mais inocente;
na convergência em que ainda não existem.
Separar as juras de amor das ruas vazias

Quem haveria de guardar o mundo que não se guarda?
Quem destronaria o caos e fundaria o novo
que não existe ainda
que hesita em anunciar sua chegada?

Trouxemos o inverno mais rigoroso
mas sabemos que há um momento em que a dor
por mais justa e íntima
deve entrar na grande planilha do mundo

Pergunto às cartas
às vidas passadas

ao amor peregrino
pergunto ao herói e aos deuses, em nossas tristes jornadas
o que desejarão o coração dos vivos?

X

Tudo começou com pavor, tesão e encanto
tubos de um elixir doce correndo num rio
nas entranhas de cada corpo
por onde passavam, deixavam folhas e rizomas, que logo
apodreciam nas águas profundas
tudo se transformava em adubo
alguns animais bebiam nas margens
corriam selvagens, espantando as aves que largavam
penas feridas em queda livre. No céu, rugiam gargalhadas,
como fluidos de outrora delicadeza.
De vez em quando, os tubos se quebravam
e as paixões nos consumiam
o vapor subia aos céus e virava chuva.
No início... orávamos pela chuva
nós, os mesmos bichos, volantes e das lamas
explorando esse planeta novo
nas planícies, nos córregos e nas crateras esculpidas pelo tempo.
Os seres se encontravam em pé na terra fecundada
onde nasciam campos de trigo
caíam lágrimas, dançávamos felizes
fazíamos amor e repartíamos o pão

RALFE GOMES ECARD nasceu em Santo Antônio de Pádua, cidade do interior fluminense, em 1966. É autor de dois livros de poesia: *Tarde Risco Humano* (Imprimatur, 1999) e *Mar revolto* (Imprimatur, 2013). Publicou dois poemas na antologia *Palavreiras: contos e poemas que merecem ser lidos* (Autografia, 2018).

Para quem o cometa virá?
Rennan Martens

Neste, que é o ano do cometa, reuniram-se os representantes dos países com os espeleólogos, e essa gente das fossas e covis preconizou a extinção da superfície.

Não duvidam, portanto, os espeleólogos, do potencial destrutivo do cometa, e se já conjecturam formas subterrâneas de vida é porque sua ciência lhes dá a certeza para prognosticar o pior. Mas não podemos nos enganar.

Já os astrólogos sem divergência descrevem a cauda cometária como aura mística e anunciam seu poder cósmico de transformação. Só não dizem se a vida deve melhorar ou piorar.

Disseram-nos que esse é o ano do cometa e por isso temos vivido atentos aos sinais; é quase sempre final de noite quando nos levantamos do sofá e desligamos o televisor; quase sempre final de noite quando nos damos conta de que respiramos, de que temos pulmões e narinas; e então olhamos pela janela e estudamos a silhueta da cidade sob o céu cravejado de estrelas. Procuramos indícios. Informamos os nossos irmãos. Procuramos um halo, um clarão – uma intumescência luminosa, que seja. E nessa hora tão íntima em que sentimos o estupor do cometa anunciado, nós nos perguntamos novamente para *quem* ele virá.

O cometa virá para os que amam, dizem alguns. Afirmam que o amor triunfará sobre o ódio e que os eleitos serão aqueles que pregam a igualdade; essa gente repleta de certezas a respeito de tudo tende a dissolver as complexidades da vida em amor e ódio, rico e pobre. Não podemos concordar, pois quando penso no que dizem lembro-me de que há muitos anos ouvimos de um senhor bastante rústico as primeiras palavras a respeito do cometa. Naquela época nada diziam astrólogos, amantes ou espeleólogos. Disse-nos esse desafetado senhor, açougueiro em um de nossos subúrbios, que *o cometa é a higiene do mundo*. Entre um golpe e outro na carne já esfolada repetia que a degeneração era imensa. Disse-nos que apenas a passagem do cometa poderia tirar-nos do lamaçal de imoralidade em que nos revirávamos. Desde então nos convencemos de que são aqueles que falam a língua do povo os que sabem alguma coisa, mesmo que pequena, a respeito do cometa. Astrólogos, espeleólogos e amantes: todos artífices da palavra – sofistas, como se diz. São ardilosos, enganadores e sobretudo *incapazes* de saber para *quem* o cometa virá.

Durante alguns anos que antecederam este que é o ano do cometa, falou-se quase nada a seu respeito nos jornais ou na televisão. Decerto os injustiçados pronunciaram uma coisa ou outra, mas como não o fizeram de forma clara e correta, pouco conseguimos compreender. Gente feia e desonesta. Não podem ser o povo. O povo é bom e justo; o povo é limpo.

Naturalmente, dizem os injustiçados que é para eles que o cometa virá. Previsível. Insistem em sua parcela daquilo que desconhecem (mal sabem o que é um cometa) e por não terem conquistado nada querem para si o máximo que conseguirem dos outros.

Neste, que é o ano do cometa, olhamos todas as noites para o céu cintilante e desejamos que seja para nós a sua vinda. Para aqueles que acreditam no poder indestrutível da beleza e que vislumbram a esperança de uma nova aurora. Acreditamos ardorosamente em sua vinda; acreditamos em nome de nossas honestas famílias e em memória do mártir que há pouco, tendo conseguido captar o cometa por alguns instantes na lente de seu telescópio, nada pôde dizer por haver entrado em estado de completa catatonia. Permanece imóvel. Apenas sorri. Perscruta a eternidade, a paz sob a face da terra. Ora, venha.

Trecho legível de panfleto assinado pela Irmandade do Cometa. Fevereiro de 2020. Autoria desconhecida.

Rennan Martens é formado em Filosofia e Letras. É um dos fundadores da Editora Reformatório.

Eles disseram
Rita de Podestá

Hoje

O primeiro homem a ser vacinado contra o Covid-19 na Inglaterra se chama William Shakespeare. Ele tem oitenta e um anos e não usou máscara na hora da vacina, talvez acredite no efeito imediato da imunização ou talvez não ligue muito para o resultado.

William foi o primeiro homem, não a primeira pessoa. É Margaret, de noventa anos, quem recebe a primeira vacina em todo o mundo. Para a ocasião ela usou uma blusa com um pinguim vestido com um chapéu natalino e um pulôver estampado que não combinava nada com a blusa de dentro. Ela sabia que sua foto estaria nos jornais do mundo inteiro e mesmo assim escolheu uma roupa que não combinava.

Eles disseram que a vacinação no Brasil, ou melhor, em São Paulo, começa em janeiro. Começa, dizem, ninguém prevê um fim. Todo fim antecede um começo que antecede um fim que antecede um começo que antecede um fim que é o finalmente antes de outra rodada de começos e fins. Eu já não me lembro quanto tudo isso não começou.

Mês nono

Parei de secar os cabelos há alguns meses e descobri que meus cabelos cacheiam pela manhã e ficam lisos antes de dormir e não existe melhor hidratação capilar que a da babosa, e melhor ainda se feita enquanto você toma Campari com laranja numa espreguiçadeira amarela.

Também descobri que as pessoas podem ser horríveis. Também descobri que as pessoas podem ser incríveis. Já meus vizinhos descobriram o terraço do prédio depois de ele ser frequentado apenas por mim durante dois anos. Sim, o sol é para todos, mas me agradava esse pouco de concreto só meu.

Eles disseram que está tudo bem controlado e ninguém precisa se apavorar com uma segunda onda.

Segunda quinzena do mês oito

Voltei a ir aos supermercados. Sinto certa dignidade quando compro eu mesma minhas próprias laranjas, papel higiênico, verifico eu mesma se os ovos estão quebrados, avalio os produtos com validade próxima ao vencimento, recuso promoções porque são supérfluos, e compro supérfluos que não estão em promoção.

No café do supermercado quatro pessoas numa mesa, duas de máscaras e duas sem. O mundo em pandemia e você arrisca se contaminar num café de supermercado?

Mês oito e meu primeiro teste

Meu exame de Covid deu negativo, o que significa muito, mas não significa nada porque eu posso ter pegado Covid no dia em que eu fiz o exame de Covid.

A psicanalista disse que eu gosto de cultivar algumas ausências. E quem não? Digo, quem consegue viver sem ter ao menos uma ausência de estimação?

No retorno a médica falou que provavelmente meu exame deu mesmo negativo, mas que existem sim casos de falso negativo e eu pensei em todos os falsos negativos que apareceram na minha vida dizendo que não era nada demais e, sim, era, tanto que sigo sentindo os efeitos colaterais.

No Instagram uma pessoa que eu não conheço ao vivo conversou comigo sobre medos banais, e eu tentei listar aqui na minha cabeça meus medos mais banais e, curioso, a maioria deles tem a ver com ausências.

O homem que mora na rua da minha rua talvez seja indiano ou apenas se pareça com um indiano, mas pode ser que eu esteja julgando incenso e mantras como algo indiano. Hoje ele veste uma bata justa e florida.

Mês oito e meus primeiros sintomas

Tenho dores no corpo, coriza e dor de cabeça. Em tempos normais seria virose. Hoje, sintomas.

Porque hoje é sábado

Tudo bem? Perguntou a porteira quando desci para buscar o biquíni que comprei pela internet e que ficou enorme nos seios e pequeno na bunda. Eu disse que sim, mas a resposta é que não sei. Não tenho resposta sobre como me sinto hoje, amanhã acredito que será igual.

Um amigo me respondeu dia desses: tudo bem no novo bem. Perguntei qual o novo bem e ele mudou de assunto.

Mês do pararam de investir na vacina

De volta para minha casa em São Paulo, acho minha sala o menor lugar do mundo. Manoel de Barros nunca escreveria que seu jardim é o maior do mundo se vivesse hoje, aqui, num apartamento estúdio, para não dizer kitnet, em plena pandemia.

Fui tomar sol no terraço e estava tão quente que fiz como o homem que mora na rua da minha rua e que passa o dia mudando de lugar atrás de uma sombra.

No lado debaixo do equador um homem busca não um lugar ao sol, mas à sombra.

E daí? Eles disseram.

Segunda metade do mês sétimo

Tenho em mim todos os sonhos do mundo e uma preguiça enorme de realizá-los.

Acordei de madrugada depois de sonhar com fanáticos religiosos e achei um carrapato na minha coxa.

Esse *home office* com vista pra natureza me deixa com sensação de terra arrasada, o mundo respirando lá fora e eu aqui, sufocada por dentro.

Amanhã volto de avião para São Paulo e ele vai me buscar. Me sinto culpada por me apaixonar na pandemia. É tempo de romper laços.

Vacina em dezembro, eles disseram.

Dia quase noite do fim do mês sétimo

O I-Ching me deu três respostas: paciência, diversidade e já realizado o que significa o clímax. O que significa que depois do clímax vem a queda e eu só consigo pensar em como acabei de me levantar, e já me deu uma preguiça de cair de novo.

Escrevi quatro páginas sobre pássaros ou morcegos ou ratos que dormem no telhado desta casa de campo alugada que não é minha, e no final do texto um trecho solto que dizia que a posse tem gosto de chá de boldo.

Achei um carrapato no lençol, tão pequeno e mesmo assim tão petulante, ao menos tem um tamanho que conseguimos ver para pegar e esmagar com a unha. Será que os carrapatos enxergam os ácaros? Será que ao sentar na cama eu esmago os ácaros? Será que o vírus é do tamanho de ácaro e acha o carrapato um animal gigantesco?

Dia 18 do mês sétimo

Não é curioso que a gente não precise se lembrar de respirar para viver, mas precisa se lembrar de respirar para sobreviver?

Metade do mês sétimo

Alugamos uma casa no mato, eu e minha mãe. Resolvemos fingir que essa casa é nossa por quatro dias. O tempo pede fingimentos. A casa fica num condomínio que finge ser uma cidade de interior onde não há pandemia. Dá para dar voltas no quarteirão, mistura de Mata Atlântica com cerrado, e lavar o rosto num riacho com uma queda d'água pequena, mas constante, melhor, acho, ser pequena e constante do que grande e estática.

Meu quarto nessa casa fica no mezanino e é preciso subir uma escada Santos Dumont, quase vertical. No primeiro dia tive medo e me concentrei. No quarto dia percebi que já conseguia subir pensando nos problemas inúteis que não se resolvem. Achei de um grande feito, já que normalmente esses problemas me desequilibram.

No terceiro dia eu já podia subir a escada com uma xícara de café nas mãos e cantarolando a única música em francês que sei de cor. Se eu ficasse mais uma semana tentaria subir de olhos fechados e no dia seguinte, iria reescrever as instruções do Cortázar (ele certamente não conhecia a escada Santos Dumont).

No telhado do mezanino dormem alguns gambás, e noite ou outra eles se agitam e me acordam numa correria nervosa. Dessa casa, o que eu mais gosto não é só da casa, mas do fato de que é uma casa da qual se pode sair. Gosto das ruas de pedras, dos terrenos com placa de vende-se direto com o proprietário, do cachorro com um cone que anda solto e é bravo de longe, mas manso de perto, da casa imperial azul e branca que sempre que vejo penso: como é feia e triste.

Amanhã vamos embora. A vida continua, eles disseram.

20 de julho de 2020

É sempre familiar e estranho dormir no meu quarto de infância. Gosto da janela de madeira porque ela é baixa. Dá para sentar no parapeito e olhar a Serra do Curral de onde também nascem luas cheias e meu pai grita do quintal, vem filha, ver a lua nascer. De noite me sento no parapeito e olho para a serra tranquila por saber que a cidade acaba um pouco depois das curvas.

Sempre gostei de saber para onde fugir, mas hoje fugir significa ficar, e é melhor não olhar muito pela janela para não dar desejos. Os interruptores do quarto também são baixos, de toda a casa, coisa de pai arquiteto que queria dar aos filhos a independência de acenderem e apagarem as próprias luzes. Demorou para eu entender que o normal são os interruptores do alto e é preciso inclinar os cotovelos para alcançá-los.

15 de julho de 2020

Estou na casa dos meus pais em Belo Horizonte, que só será minha quando meus pais morrerem e por isso espero que nunca seja minha. Talvez o quarto que sempre foi meu desde a infância seja ainda um pouco meu, mas teve a época em que meu irmão dormiu ali e me senti traída. Ele gosta de manter coisas antigas em gavetas que nunca abre e em uma das gavetas da escrivaninha ainda tem sua coleção de canetas tinteiro. A janela desse quarto dá para um grande pé de mandacaru, não o da infância. O da infância soltava pequenos espinhos invisíveis que às vezes voavam com um simples sopro. O novo mandacaru não tem espinhos invisíveis, mas, mesmo assim, furou o toldo da janela, um toldo feio que serve apenas para barrar a chuva.

09 de julho de 2020

Máscaras são obrigatórias, eles disseram sem máscaras.

A vida é uma sucessão de soluções temporárias e chá de maracujá é placebo. Amanhã vou de carro para a casa dos meus pais em Belo Horizonte e terei que fazer xixi na estrada.

Algum dia do mês seis

Mesmo com o trânsito de São Paulo reduzido, continuo tendo que dormir de tampões. Quando durmo. Trabalho muito mais no *home* do que no *office*. É exaustivo viver um momento histórico.

25 de junho de 2020

O porteiro do período da tarde morreu de infarto. Morreu sozinho, em casa, o filho o achou. Não seria sincera se dissesse que estou triste. Falava pouco e eu sempre tive dúvidas se seu nome era Eurípedes ou Orides. Era Orides. Morreu Orides, não Eurípedes, o grego que falava das agitações da alma humana antes de Cristo.

Eu não sei se algo agitava a alma do Orides. Era calmo, tinha jeito de pai tranquilo. Morreu Orides depois de Cristo. E quando a porteira me ligou para dizer, eu estava ouvindo Bob Marley, e eu não faço ideia se o Orides ouviu Bob Marley alguma vez na vida, nem se gostava de jiló, de domingos, de carne ao ponto, papel higiênico com a pontinha virada para cima ou para baixo, água gelada ou natural. Eu não sei nenhum detalhe sobre o Orides e por isso eu provavelmente vou esquecê-lo antes de um ano passar. É que a gente se lembra do que é peculiar. Da nuance, como diz Barthes. Como me lembro de um ex, sempre que a pia entope, porque ele gostava de apertar o triturador de comida que tinha na pia, apertava, sorria e dizia que todo mundo devia ter um triturador de comida. E do homem de uma noite só, que disse que não tinha saco plástico na lixeira e eu sempre me lembro dele quando troco o saco plástico da lixeira. Lembro também da amiga que gosta mais de papel toalha do que guardanapo, e isso me invade a mente quando preciso escolher entre os dois. Da avó que unia os dedos quando queria conseguir uma vaga de carro e eu repito o gesto até hoje mesmo num lugar cheio de vagas. E do senhor que me disse uma vez no sinal que é melhor perder um segundo da vida do que a vida em um segundo, e ainda hoje ele atravessa a rua comigo.

Talvez o Orides seja a nuance de alguém. Talvez sua alma estivesse tão agitada que o coração não aguentou. Talvez eu me lembre dele quando alguém me disser: é simpático o porteiro. Talvez a nuance só venha quando não há presença. Não sei. Mas deve ser bom morrer sabendo ter sido a nuance de alguém.

Orides morreu em pleno momento histórico, mas não faz parte do momento histórico em que morreu.

Vamos todos morrer um dia, eles disseram.

Dia 78

Moro em trinta e oito metros quadrados numa das cidades com o metro quadrado mais caro do mundo. Nessa casa que é minha só por contrato, eu consigo juntar algumas partes de mim, mas mesmo assim fica tudo um pouco frouxo. Vontade de colar com durepox como fazia minha vó.

Nessa casa tem o terraço que de dia é do prédio, mas de noite me permitem fechar o portão e tenho um andar só pra mim. O terraço é um pedaço retangular de concreto bege com paredes não pintadas. Uma das manchas de cimento na parede se parece com uma bailarina do Bottero nas pontas dos pés. Uma outra me lembra um pássaro de bico fino e é triste porque ele está muito perto do chão e pássaros não deveriam passar tanto tempo no chão.

O terraço também tem uma cerca chumbo para aumentar o parapeito e evitar quedas, foi o que disse a síndica. Nada de festas, vai que alguém cai. Dos pontos mais altos da cerca passam arames finos que se transformam em varais e se você se deita no chão e olha para cima parece uma partitura sem notas. No canto superior esquerdo tem um pequeno ralo, o melhor lugar para os banhos de balde. Venta muito no terraço e em dias de sol desconfio que ali a radiação é dois pontos acima do nível do asfalto. A lua nasce atrás de um prédio. Ela vai chegando perto, perto, bem perto. E só quando chega muito perto você percebe o quanto está longe.

Dia 63

De longe vejo o homem que mora na barraca do outro lado da rua cantando mantras com um incenso na mão. Ao longo do dia ele segue a sombra. Meio-dia está em frente do portão vermelho da casa para alugar. Por volta das três, se senta no degrau do restaurante Feijão Mágico, que fechou bem antes da pandemia. No fim da tarde atravessa a rua fugindo do sol.

Não precisa entrar em pânico, eles disseram.

Dia 56?

O vírus voa ou só sobe se houver o impulso de um espirro?

Dia 40

Ao que tudo indica uma quarentena pode durar mais do que quarenta dias. Quantas quarentenas têm dentro de uma quarentena? Ou com quantas quarentenas se faz uma pandemia? Ou com quantas pandemias se faz uma quarentena?

Quarenta dias depois, parece que está começando a ir embora essa questão do vírus, eles disseram.

Dia 39

De volta à São Paulo sinto um incômodo a cada cômodo.
Ele me deixou em casa e foi para a casa dos pais.
À noite tive medo de sentir falta de ar.

Dia 24

Tenho saudades da minha casa, mas tenho medo de voltar para casa porque sei que minha casa não é mais a casa que deixei há 24 dias, e São Paulo não é a cidade que deixei há 24 dias, e o mundo não é o mundo que deixei há 24 dias, e eu fico repetindo 24 dias para me lembrar de que pode até ser que falte muito, mas já faz muito tempo, acho, 24 dias é quanto tempo?

É bom estar em uma casa que não é minha porque faz parecer que essa vida também não é minha, ou ao menos é alguma coisa nova para a qual eu não me preparei, mas tive que viver, e está tudo bem porque não sabia como era essa vida antes então não posso comparar, e é engraçado me ver refletida em objetos que não são meus, mas ao mesmo tempo me sinto já familiarizada com o desconhecido e não sei se isso é estratégia de crise ou resignação, ou loucura já que pensei em dar um nome para a cafeteira.

Hoje está chovendo e eu achei bom, todo aquele sol dos últimos dias estava me parecendo quase uma provocação divina e eu sempre imaginei os deuses um pouco humanos, legais, mas sacanas, e eu pensei em perguntar ao I-Ching se eu devo voltar para casa, mas desisti depois de me dar conta de que os oráculos devem estar muitos ocupados com outras questões.

Deus sabe o que faz, eles disseram.

Dia 22

Em algum lugar do mundo um aquário que está fechado para visitas resolveu soltar os pinguins que agora andam pelos corredores vendo baleias, peixes e tubarões pelos vidros como se fossem humanos turistas e isso me lembrou daquela máxima de que o sonho do oprimido é um dia se tornar o opressor.

#VaiPassar, dizem.

Dia 21

21 dias de pandemia. Nesse caso é hábito ou obrigação?

Dia 19

Dores na coluna me lembram que devo estar atenta à minha postura e ficar ereta como um *homo sapiens* que acabou de evoluir.

No almoço eu e ele, o carinha, gosto do carinha, mas não estou pronta para dizer que gosto, inventamos uma receita, no jantar fizemos um macarrão com molho pronto sabor manjericão.

Não entendo as coisas do coração ou mente. Moro há vinte dias com um cara que mal conheço enquanto o mundo vive uma pandemia mundial. Talvez dos nossos órgãos o coração seja o mais percussivo, disse alguém na reunião da manhã, e eu fiquei pensando: qual será o nosso órgão mais silencioso?

Ontem, acordei de madrugada com um vento quente e o som do mar, que mais parecia o som de uma tempestade, e por um segundo achei que estava debaixo d'água.

Na mesma reunião da manhã disseram que é importante evoluir com os pés no chão, e nem sei há quantos dias eu não corto as unhas e, quer saber, me deu vontade foi de voltar algumas etapas da espécie, quando a gente era bicho ou até de ser aquele casal que vivia livre passeando pelo paraíso sem nem ter ideia de onde estavam pisando.

Dia 18

Fiz exercícios vestida com a cueca dele, e usando uma abóbora como peso. Na minha muda de seis roupas não há roupas de ginásticas.

Alguém clonou meu cartão de crédito e assinou a Sky, bem nesse momento quando tá cheio de canal de televisão liberando conteúdo de graça.

Às vezes me esqueço e logo me lembro de que o mundo está todo dentro de casa por causa de um bicho que ninguém vê, e também me lembrei daquele livro *best-seller* que diz que depois do vigésimo primeiro dia fazendo a mesma coisa vira hábito e só faltam três dias pra esse dia chegar.

Dia 17

Qual o plural de vírus?

Derrubei toda a tapioca da embalagem no chão. Até as tapiocas estão cansadas de ficar em casa.

Dia 13

De madrugada acordei achando que estava com falta de ar, mas estava só engasgada, só não sei se com a vida, eles, o vírus que nunca vi e que me observa torcendo para que desta vez eu não lave as mãos ou coce o nariz, o ser humano sendo pouco humano, ou tudo, então respirei, tomei um gole grande d'água e empurrei a indigestão para mais tarde.

De manhã troquei o *shampoo* e meu cabelo me agradeceu como se eu o tivesse levado pra passear. Não trouxe secador, afinal eram só três dias. Mas os cachos do cabelo já me ornam bem e combinam com os atuais caminhos enrolados, embaralhados, imprevisíveis. Não é tempo de linhas retas.

No almoço cozinhei um quilo de feijão, e ele me perguntou se eu já havia lidado com a pressão, e a pergunta era sobre a panela, claro, mas eu só consegui pensar que muitas vezes sim, mas desse tipo, nem na minha melhor ficção.

De tarde eu disse à minha psicanalista que tenho colocado pensamentos em nuvens e enviado ao vento, e ela me lembrou que hoje em dia colocar na nuvem significa guardar muito bem guardado, e talvez meu engasgo tenha sido isso, talvez seja um alerta de que estamos no limite, e é preciso reinventar a forma de usar os espaços.

É noite, abro uma cerveja e aguardo pela indigestão.

Dia 11

Um amigo me lembrou de Manoel de Barros e de como é hora de ver nosso quintal como maior que o mundo, usar palavras para compor silêncios e preferir a invencionática, ainda que seja a informática que esteja nos ajudando a adiar loucura.

Meu nariz está um pouco entupido, deve ser a mudança de temperatura, eu disse. Ou talvez seja só uma gripezinha, eles disseram.

Dia 10

Décimo dia de quarentena. Tenho seis mudas de roupa, dessas não usei apenas uma, como se guardasse para algum momento especial. Quarei um *short* e uma blusa branca. O trabalho me dá a rotina, o banho de sol de biquíni de quinze minutos após o almoço me tira a rotina.

Fizemos exercícios num tapete que fica na sala e que tem o desenho de uma cidade, desses tapetes para crianças brincarem de carrinho, e as ruas vazias do tapete me lembraram das ruas vazias das cidades.

Às vezes me assusta pensar que é no mundo todo, às vezes me conforta pensar que é no mundo todo. Às vezes eu quase me esqueço de que o mundo todo está parecido com o tapete da sala.

No café ele misturou banana com goiaba e no almoço colocou amêndoa no cuscuz e eu achei bom sentir gostos que nunca havia sentido. Minha mãe ganhou uma cocada da vizinha que ela não conhecia e em algum lugar do mundo alguém acabou de ganhar um abraço proibido. A moça do mercado que pesou meu tomate com luvas pretas disse que só Deus, e eu me lembro de novo que é no mundo todo e penso numa convenção especial de deuses, deusas, santos, orixás, gurus, iluminados e bilhões de anjos da guarda.

Escuto algo que parece o mar, mas desconfio que sejam carros que não deveriam estar na rua. Não quero falar da rua. Meu pai me mandou um mapa da pangeia. Talvez eu devesse desenhar algumas pessoas no tapete antes do próximo alongamento. Talvez amanhã a gente corte a pitaia e misture com o que ainda tem de maracujá.

Dia 08

No oitavo dia da minha quarentena talvez eu finalmente tenha entendido que esta quarentena pode durar mais de quarenta dias.

No oitavo dia da minha quarentena eu me dei conta de que estou longe de casa e senti minhas raízes um pouco frouxas, mas ao mesmo tempo eu pensei que essa coisa de raiz pode até amolecer quando chove, mas ainda que alguém corte o tronco ela continua lá afundada em memórias.

No oitavo dia da minha quarentena eu chorei, enxuguei o choro, e já era bem tarde quando me lembrei de que não havia escovado os dentes desde a manhã.

Será por poucos dias, eles disseram.

Dia 07

Hoje é o sétimo dia de quarentena numa casa que não é minha. O que era um convite de um carinha que eu mal conhecia para um período de três dias na sua casa de praia, virou uma pandemia.

Hoje é dia sétimo, quando deus descansou, e acho que foi nessa brecha que pandora abriu logo o jarro, e algo me diz que esse tal de corona é coisa do meio do pote, mas lembremos que no fundo do recipiente está a esperança – ou a mola que nos mandará de volta.

Hoje é o sétimo dia em que estou numa cidade de praia onde o supermercado principal é patrocinado pela cerveja Corona que, vejam só, tem sua versão mini chamada carinhosamente de coronita.

Hoje é o sétimo dia de uma quarentena que na verdade é só o nome para um número de dias que não sabemos quantos são, então fui buscar no dicionário analógico e me deparei com a expressão às singelas. É é isso, a partir de amanhã, por motivo de não faço ideia de quanto tempo tudo isso vai durar, estarei oficialmente às singelas.

Hoje é o sétimo e amanhã será o oitavo dia que estou às singelas e eu trouxe só seis mudas de roupa e um livro que já acabei, e aqui, neste momento de reflexão, não paro de me perguntar como será que foi o oitavo dia, quando o mundo já estava pronto e deus estava descansado?

Isso tudo está sendo muito superdimensionado, eles disseram.

Dia 01

O mundo já estava em pandemia, mas a partir de hoje o Brasil faz parte do mundo.

Fiquem em casa, eles disseram.

Dia antes de isso tudo começar

Tem um homem que mora numa barraca na rua da minha rua e hoje cedo ele estava sentado no chão com um dicionário *Aurélio*, desses grandes, no colo, e escrevia algo, ele sempre escreve algo. Espiei assim que passei perto e pude ver que ele preenchia bilhetes e mais bilhetes da loteria.

O carinha com quem estou ficando me convidou para alguns dias na praia, você pode trabalhar de lá. Na farmácia comprei camisinhas, *shampoo* e um álcool em gel, são só dois por CPF, eles disseram. No supermercado a geladeira de congelados estava vazia, também não havia papel higiênico.

Ninguém precisa se desesperar, eles disseram.

RITA DE PODESTÁ é escritora e roteirista. Mineira vivendo em São Paulo há 6 anos, terá seu primeiro livro de contos, *Zaranza*, publicado pela Reformatório em 2021.

M

Roberto M. Socorro

As pessoas não se importam. Ninguém se importa. A menos que perfure a própria carne. Mal abro os olhos e batem na minha porta. Já estou acostumado a me ligarem a qualquer hora, é meu trabalho. E com todo mundo em casa, os telefonemas aumentaram. Os motivos também. "Não tô conseguindo acessar a Netflix do meu micro". E descubro que não é a Netflix, é o x-Videos. Tentam disfarçar, mas não me enganam. Passo as noites atualizando antivírus, limpando memória, configurando placa de vídeo, dando dicas de como passar de fase nos *games*, quase não tenho sono. Desperto um pouco tonto, parece que dormi uns quatro dias. E dormi mesmo, o celular está cheio de mensagens e ligações não atendidas. Vou ao meu quarto procurar uma camisa e pegar a máscara. Tenho dormido no sofá do escritório, é mais prático. Miro no olho mágico e vejo duas pessoas. Por trás das máscaras, só reconheço Josué.

– Bom dia, seu Sérgio, esse aqui é o inspetor Rodrigues, da polícia. Ele quer conversar com as pessoas daqui do prédio sobre a Simone, do 202.

É um edifício de três andares, sem elevador, sem garagem, na rua Marquês de Paranaguá na Consolação. Por fora, tem paredes bege chapiscadas e grades verdes na sacada. Um muro baixo na calçada, esticado com grades pontudas, verdes também, e um jardinzinho até chegar no portão de ferro, pesado, vazado, com vidro canelado por trás. Tem que fazer força para empurrá-lo ao abrir. Os velhinhos daqui às vezes precisam da ajuda de Josué. Eu moro no segundo andar, desde que nasci. A escada em curva, larga, com piso de mármore rajado e corrimões de ferro. Tudo bege e verde. Verde-oliva. Acho que nunca houve outras cores, o síndico não deixa. Um coronel do exército que mora no terceiro andar e está na função desde que eu me entendo por gente. Adorava reclamar das crianças e ameaçar multar seus pais. "Não pode pegar nas plantas", "Não pode correr", "Não pode gritar", "Não pode brincar". Acho que minha mãe me proibia de brincar fora de casa por causa dele. Ou das multas, sei lá. Agora não há mais crianças, as pessoas envelheceram junto com o prédio, ele não consegue mais descer por causa dos joelhos. Só que continua síndico, inventando coisas para importunar os outros. Jovens aqui só eu e Simone, minha vizinha de porta.

– Bom dia. O que houve?
– Estamos procurando a dona Simone. O senhor viu ela?
– Não tenho saído de casa, Josué, só pra ir à padaria, não vi ninguém.
– Não ouviu nada? – o tal inspetor olhando para o meu apartamento.
– Ela nunca faz barulho no apartamento mesmo. Deve ter ido embora da cidade, um monte de gente foi.

Simone veio morar aqui no início do ano, parece que para fazer faculdade. Cruzava com ela algumas vezes ao sair, mal me cumprimentava. De *jeans*, camiseta e tênis. Quando tentei puxar conversa, pediu desculpas e disse que tinha que estudar. Imagino que alguém emprestou o apartamento pra ela. Uma menina sozinha em um imóvel de três quartos grandes? Um casal morava lá antes, seus filhos eram bem mais velhos e se casaram quando eu tinha uns 12 anos. Ficaram lá só os dois até o ano passado e parece que foram morar no interior, em Marília. É provável que ela tenha vindo de lá. Se não fosse emprestado, ela procuraria um quarto e sala; tem muitos por aqui e são bem mais baratos.

– A família dela ligou para a delegacia e disse que tem uma semana que ela não liga pra casa; que é estranho porque ela ligava todo dia.

— A gente bateu, bateu, bateu e ela não atendeu, seu Sérgio.

— E o celular dela está desligado.

— Ela não tem telefone fixo?

— Não, a família falou que só tem o celular.

Eu também não teria. Só deixei aqui em casa porque ainda está no nome do meu pai e não faz diferença no preço da internet. Aliás, o apartamento está todo igual como eles deixaram. Quase igual. Mudei só o escritório, pintei as paredes de preto, coloquei um pôster do Darth Vader e um sofá. É nele que eu durmo sempre. O resto continua do mesmo jeito. Os móveis coloniais, o sofá desconfortável, o tapete imitando desenhos orientais, a cristaleira, a cama de casal ainda com a colcha por cima, os armários embutidos cor de cedro com suas roupas lá. Meu quarto, com uma cama de solteiro e o mesmo armário embutido. O banheiro, com banheira e cortina de plástico. A cozinha de azulejos brancos e azuis até o teto, os armários de aço da marca Fiel, o logotipo em relevo com a cabeça de um pastor alemão. Na gaveta, o jogo de facas de minha mãe brilhando, bem em cima. Continuam afiadíssimas. A área de serviço com varais, tanque e uma máquina de lavar que tem quase minha idade, 32 anos, mas que funciona bem. Nasci quando meus pais tinham mais de 40 anos. Eram só os dois e não esperavam mais ter filho. Arrumo e limpo tudo, mas não mudo nada. Troquei também a geladeira, agora, logo que começou a quarentena, e levei a velha para o lixão de entulho. A anterior já tinha 15 anos. Meu pai comprou pouco antes de ele e minha mãe desaparecerem.

— O inspetor quer arrombar a porta do apartamento dela, o senhor pode abrir?

— Você sabe arrombar portas?

— Nunca abri, mas posso tentar.

— Seu Sergio é que faz quase todos os consertos aqui para as pessoas do prédio. O senhor quer que eu pegue as ferramentas lá no subsolo?

— Não, Josué, elas estão comigo, tive que abrir um micro.

Aos 17 anos, tive que aprender a me virar sem meus pais. Já dominava o computador e ganhava um bom dinheiro prestando serviço para a gente daqui do bairro. Todos conheciam o "menino do computador". Minha mãe gostava, mas meu pai se preocupava. Ele queria que eu fizesse uma faculdade de verdade e eu não ligava pra isso; fazia uma grana. Ela aprovava porque era um jeito de eu não sair de casa. Era neurótica com isso. O computador foi a única coisa a que consegui me dedicar sem que minha mãe reclamasse. Desde novinho, todo brinquedo que eu ganhava virava decoração do meu quarto. Dizia que, se eu pegasse, ia quebrar. Não gostava que eu fosse para a rua para brincar com as outras crianças e me proibia de trazê-las pra casa. Por isso, nunca quis vir com ninguém aqui. Sem meu pai, aprendi a fazer todos os consertos domésticos. Com o tempo, comecei a fazer isso nos outros apartamentos também. Para ter tudo sempre à mão e organizado, Josué arrumou uma bancada no subsolo com todas as ferramentas e material. Quando alguém compra alguma coisa desse tipo, como alicate, *silver tape*, parafusos ou pregos, deixamos lá para ser usado por todo mundo. Funciona bem.

– A gente vai abrir sem falar com o síndico?

– Eu já falei com ele, mas acho que ele não entendeu. Só disse que moça de família não mora sozinha. Ele tá meio lelé da cuca, Seu Sérgio.

– Errado não tá, Josué.

Josué é ativo fixo do prédio. Acho que está aqui desde que eu tinha uns três ou quatro anos. Foi ele que me viu chegando com sacolas da loja de ferramentas e disse que tinha muita coisa no subsolo, que, se eu precisasse, podia ver se ele já tinha. Daí surgiu a ideia de montar a oficina lá. Mas ainda deixo algumas coisas aqui em casa.

– É, desaparafusei tudo, mas o tambor não sai, ela está trancada. Deixa eu tentar virar a tranca com as pinças.

– É, você tem jeito pra isso.

– Eu gosto de mexer com essas coisas, inspetor. Pronto, abriu.

O apartamento estava intacto. Com poucos móveis, parecia maior que o meu. Uma mesa com duas cadeiras na sala, um colchão de solteiro com almofadas fazendo as vezes de sofá, uma luminária. Televisão, aparelho de DVD e alguns filmes. Filmes *cult*, musicais, documentários. Nada do que eu gosto. Livros e *notebook* em cima da mesa. A cozinha arrumada, ainda com os armários, geladeira, fogão e máquina de lavar antigos. No quarto, arrumado, o armário embutido com as roupas e um colchão de casal.

— Ela tinha namorado? Pra que essa cama de casal?

— Eu nunca vi ela aqui com ninguém não senhor.

— Eu também nunca vi.

O inspetor revirou todos os cômodos, olhou as janelas, a porta da área de serviço e não encontrou nada de estranho. Eu também não notei nada de errado. Não falei nada pra ele, mas estive uma vez lá para consertar a tomada da sala. Josué que me indicou. Ele está velhinho, não lembra mais. O ar-condicionado estava no máximo. Ela me ofereceu água, mas não aceitei. Foi por educação. Disse que tinha parado de carregar o computador e era a tomada porque ela testou nas outras. Desliguei o quadro de força, desaparafusei a tomada, e vi que o fio tinha oxidado. Foi só cortar a ponta, desencapar e colocar na tomada de novo. Enquanto isso, ela ficou no sofá lendo. Nem olhava pra mim. Estava de meias brancas e moletom vinho. PSICO PUC. O cabelo preso atrás com um elástico rosa. Normalmente ela usava o cabelo solto, na altura do ombro. De vez em quando, olhava por cima dos óculos de armação preta para ver o que eu estava fazendo. A tomada voltou a funcionar. Me agradeceu, perguntou quanto era, falou que queria me pagar alguma coisa, eu disse que não cobrava nada de ninguém no prédio, que não iria aceitar, e me agradeceu novamente. Falei que podia ir outras vezes para verificar as outras tomadas. Ela disse que não, porque não havia mais nada com problema na casa. Não esqueci a imagem dela de moletom e do cordão de ouro que usava, com a letra M, por fora da roupa. Minha mãe também usava um. Fiquei intrigado, pois seu nome era Simone, mas não me deu nenhuma brecha para perguntar a razão do M.

— Bom, ela saiu e trancou a porta. As chaves não estão aqui.

— Mas o senhor não vai procurar mais nada aqui?

– Não, já sei como é, toda hora tem uma menina dessas sumindo. Se bobear era até garota de programa e usava drogas. Muitas dessas meninas de faculdade são, sabia?

– Não parecia. Mas será que ela não teve algum problema de saúde, será que não está em algum hospital?

– Pode até ser, pode estar com esse Corona aí... A gente vai dar um alerta, mas duvido que os hospitais respondam logo, tá tudo cheio, a maior confusão. E a gente também está sobrecarregado. Vamos esperar um pouco mais.

– A porta vai ficar aberta?

– Vou colocar um lacre aqui, você tem cola?

– Tenho sim.

– Não deixa ninguém mexer aqui. Essa menina vai aparecer com o namorado depois dessa quarentena, vocês vão ver.

É assim, sempre foi assim. As pessoas não se importam. O inspetor é só mais um. Os velhos continuavam entrando e saindo como se nada tivesse acontecido, sem máscara. Não se importam com ninguém. Ninguém perguntava por ela. As pessoas não se importam. Ninguém se importa. Do mesmo jeito que não importaram com meus pais.

Meu pai tinha se aposentado e eles resolveram passar uma temporada com os primos, em Rifaina, perto de Franca. Estava de férias. Já trabalhava de casa, mas não iam me chamar mesmo. A última coisa que minha mãe me recomendou foi não levar ninguém no nosso apartamento. "Não quero ninguém aqui em casa. Se fizer escondido, eu vou saber". Meu pai me olhou em silêncio; ele nunca falava nada. Não sei se era pra não se aborrecer, por medo de enfrentá-la, por concordar ou por não ter nada a falar. Ele não se importava. Não sei por que fiquei com raiva daquela vez, nunca me levavam para lugar nenhum. Me joguei na cama e nem vi saírem. Não me despedi. Não lembro direito. Dormi uns quatro dias direto, como agora. Meu primeiro lapso de memória. Que nem hoje, acordei com Josué batendo na porta.

– Que susto, Serginho! Achei que não tinha ninguém em casa. Cadê seu Sérgio e dona Marizete?

– Eles viajaram, Josué.

– Pra onde?

A pergunta veio de um homem mal-encarado que nunca tinha visto.

– Pra onde?

– Ah, Serginho, esse é o inspetor Adolfo, da polícia. Ele veio procurar seus pais.

– Eles foram para Rifaina, para a casa dos primos do meu pai.

– Que dia eles saíram?

– Que dia é hoje, Josué?

– Quinta.

Foi aí que eu percebi que tinha dormido quatro dias.

– Foram no domingo.

– Pois é. Esses primos dele tentaram ligar pra cá e ninguém atendeu. Por que você não atendeu?

– Eu não ouvi. Tava doente, dormi o tempo todo.

– Por que você não ligou para saber dos seus pais?

– Eu tava dormindo.

– Esse tempo todo?

– Tava doente.

– Garoto, por que seus pais não te ligaram?

– Eles nunca ligam. Eu que ligo quando tem algum problema.

– Que tipo de problema?

– Se dá algum problema aqui em casa. Vazamento, entupimento, essas coisas. Meu pai é que conserta tudo aqui.

– Posso olhar a casa?

– Pode.

Na sala, nos quartos, não tinha nada fora do lugar, tudo normal.

– Se seus pais voltarem, fala para eles ligarem para a delegacia.

– Sim, senhor.

Não voltaram. Ninguém nunca mais os viu. Eu e o primo ligamos várias vezes para a polícia. Falei com o inspetor Adolfo e, depois que ele se aposentou, com vários outros. Nenhum se interessava de verdade. Diziam que foram embora curtir a vida a dois ou que sofreram um acidente, estavam sem documentos e que foram enterrados como indigentes. Que não tinham como saber.

Levou dez anos até declararem morte presumida. Tirando a gente, ninguém deu por falta deles. As pessoas não se importam. Ninguém se importa. Eu segui a minha vida sozinho.

Essa história caiu toda de novo na minha frente quando vi Josué e o inspetor na porta. Já sabia o final, nunca mais iam ver Simone. Iam esquecer dela. Do mesmo jeito que esqueceram dos meus pais. As pessoas não se importam. Ninguém se importa. Me despeço, entro em casa e, não sei por que, me sinto leve. Do nada, resolvo olhar as coisas da minha mãe, as joias que nunca tive coragem de vender, que não procurava há anos. Abro a gaveta e bem em cima está o cordão de ouro e o pingente com a letra M.

Roberto M. Socorro tem 55 anos, nasceu no Rio de Janeiro, se naturalizou baiano e vive em São Paulo. Apaixonado por gatos, rock'n roll, pelo Bahia, pelo Vasco, pelo Lucas e pela Érika (que lhe deu o Lucas de presente). Sempre trabalhou para comprar livros e discos. Leitor ávido e escritor ocasional, com contos publicados nos números dois e três da revista-zine *Submarino*, da La Tosca, editadas por Ronaldo Bressane. É um chato.

Retiro
Roberto Soares

Primeira semana

O velho[1] tinha umas bochechas enormes, rosadas, que se juntavam a uma papada em igual desmesura. Os olhinhos estavam pressionados pela gordura. Lamentou minha decisão e todo aquele inchaço do rosto dificultava saber se era sincero, porque não conseguia levá-lo a sério. Assinei o rompimento do contrato, paguei um mês de aluguel, e passei o resto da manhã ajeitando as coisas da mudança. Cabia tudo em poucas caixas que, ainda assim, deram trabalho para acomodar no carro. Os móveis empoeirados eram da casa e não fiz questão de limpar.

Quelemém, meu cachorro, teve que ir meio espremido no banco da frente. No caminho ia pedindo que ele aguentasse, em menos de três horas chegaríamos, e então aquela sua vida de citadino, de um único passeio diário, mudaria para algo muito melhor. Finalmente usufruiria da liberdade. Ele me olhava, com uma infalível cara de velho sábio, analisando se eu exagerava ou mentia descaradamente. Pensei nas pessoas que abandonavam seus cachorros, levando-os para os lugares ermos onde não pudessem ser vistos e longe o suficiente para que os bichos não encontrassem o caminho de volta. Lembrei desse

---

1. Seu Alcides tinha 62 anos, diabetes e hipertensão. Resistiu por duas semanas, deixando três filhos, quatro netos e a esposa infectada pela Covid. Apenas o caçula, que morava na mesma cidade, compareceu ao enterro acompanhado da mulher. Com muito custo convenceu a mãe a não participar do enterro, porque a situação dela era um risco para outras pessoas.

tipo de gente e imaginei que ao longo do caminho dissessem coisas maravilhosas sobre o lugar do abandono, na tentativa de desencargo de consciência e disfarce para as astúcias do animal.

O certo era que eu não sabia exatamente como estava a casa do mato, depois de meses esquecida ao sabor das intempéries. Vislumbrava a grama crescida, os lagartos tomando sol na varanda, as lagartixas se fartando dos insetos na cumeeira. Talvez cobras atraídas pelos ratos. Disso tudo eu ia falando e Quelemém, impávido, ensimesmado, instigava meus carinhos nos seus pelos compridos. Devia ter feito uma boa tosa para evitar que se enchesse de picão e carrapicho.

Antes que eu terminasse de descer as caixas do carro, Quelemém disparou dentro do mato crescido, cheirando tudo afoitamente, urinando em todos os cantos e nas árvores. O estado da construção estava muito além do meu pessimismo. As paredes descascadas e, em algumas partes, o reboco tinha caído e mostrava os tijolões antigos, enormes. As folhas secas acumuladas na varanda, ninhos de pássaros nos caibros do telhado, teias de aranha com muitas delas mortas ou aparentemente adormecidas, na espreita do alimento. Um pouco por desânimo, outro tanto por preguiça, sentei no parapeito para desfrutar da alegria do cachorro que não se fartava de tanta ansiedade. Em pouco tempo o sol baixou entre as árvores, no sopé de um morro, e pude reviver um pouco da infância, das brincadeiras em um quintal similar.

Antes que escurecesse por completo carreguei as caixas para dentro. Varri os quatro cômodos e a poeira era como uma tempestade de areia. As portas gemiam lugrubremente e as torneiras ficaram abertas por um bom tempo até que a cor de ferrugem da água amainasse. A geladeira funcionou depois de um estrondo e apenas duas bocas do fogão acendiam.

Estávamos cansados. O dia parecia tão comprido ao lembrar tudo que tinha ocorrido desde cedo e as expectativas para os próximos meses, de repente, se mostravam menos funestas. O recente desemprego, o distanciamento social, a doída frustração com algumas pessoas pareciam de somenos quando Quelémen se refestelou comigo na cama, e quase dormindo ainda pensei, animado, no serviço de ajeitar a casa ao amanhecer.

Apesar do cansaço o sono foi tortuoso, porque a casa pareceu estremecer durante a madrugada com tanto barulho de patas, tanto farfalhar de asas, o coaxar intermitente de uma sinfonia de sapos e o estrilar de grilos na cabeceira da cama. Ao levantar para ir ao banheiro, às três, tomei um terrível susto com um sapo dentro da privada. Voltei a deitar com a dor da urina contida. Meia hora depois, me acusando de palerma, voltei ao banheiro e mijei mirando o sapo. Ao dar a descarga parecia que ia se afogar no turbilhão. Se ainda estivesse lá pela manhã o expulsaria a vassouradas, prometi.

Não estava. Não poderia ter fugido pela janela, de modo que devia ter se refugiado em algum recôndito da casa. Me daria tanto trabalho revirar tudo que resolvi deixar para mais tarde. Enquanto fervia a água para o café fui ver o tempo na varanda. O sol, meio mortiço, batia no gramado. Um monte de passarinhos era uma algazarra nas árvores do quintal, até que o Quelemém avançou latindo como se fosse alcançá-los e voaram em debandada. Depois do café começamos a arrumar a casa: eu com a vassoura que, às vezes, tinha que esticar para retirar as teias de aranha, e o cachorro atrás de mim, interrompendo o serviço com alguma estripulia.

Só no fim da tarde, após um almoço meio enganoso, é que joguei água no chão e supus que seria o suficiente para uma semana sem limpeza pesada. Na varanda coloquei uma cadeira de vime, confortável, que testei antes para saber se ainda suportava algum peso sem se esfacelar. Ali poderia me fartar da paisagem sem prédios, do canto dos pássaros, do cheiro do mato, da leitura sossegada.

Segunda semana

Continuava adiando a capina do mato ou, pelo menos, o desbaste da grama alta. Aquilo era essencial para que diminuíssem os bichos que atormentavam tanto. Era quase inacreditável que a alegria e o alívio de matar um grilo às três da manhã fossem menores que a frustração de ouvir um substituto na noite seguinte, quase na mesma hora.

Perdendo o sono por cerca de uma hora, se ficássemos em silêncio, eu ouvia um barulho de patas no forro. Se fossem ratos eu teria de dar logo um jeito, mas a preguiça e o tédio, durante o dia, consumiam minha disposição, e eu justificava que seguramente se tratava de uma pobre família de saruês. Então continuava a leitura do livro que durante anos ficou juntando poeira na estante do apartamento. Adiava a leitura porque era um calhamaço, porque me faltava tempo, mas a grande verdade era que estava inseguro por ter ouvido sempre que se tratava de uma obra difícil. E era. As frases precisavam ser deglutidas, os parágrafos sopesados, as páginas exigiam uma pausa para descansar a vista no horizonte e o cérebro nas peripécias do cachorro.

Numa tarde abri a última gaveta de uma cômoda e encontrei um mapa da minha infância. Estava dentro de um saco plástico, em meio a uma série de papéis velhos, e só isso fez com que sobrevivesse às traças. Levei até a varanda para ver melhor. Ainda estavam lá as pequenas marcas enviesadas, que deviam ser asteriscos, feitas pelo meu pai muitos anos antes. Eram seis asteriscos espalhados pelo mundo, um em cada continente. Durante três dias, como se sofrêssemos de uma febre, ele explicava e fabulava sobre cada um daqueles lugares e eu o interrompia com dúvidas e a ânsia de saber mais detalhes. Marcava o mapa, suspirava como se revisasse toda a história ou guardasse um suspense, e então começava com aqui tem uma cidade de construções muito antigas, casas de três andares com muitos quartos onde já dormiram e morreram dezenas de pessoas da mesma família. De geração em geração, um eleito repassava o segredo de uma cidade subterrânea, com acesso pela adega, pelo depósito de carvão, ou pela biblioteca, e lá no subsolo é que estava a verdadeira maravilha. Meus olhos arregalados suplicavam a revelação. Havia indícios da existência de templos gigantescos com pilastras enormes, ruas muito largas com um sistema labiríntico de aquedutos, mas era preciso que averiguássemos pessoalmente, encontrando o guardião do segredo de algumas daquelas casas.

Noutro continente, e ele quase cochichava como se fosse algo perigosamente secreto, se escondia uma ilha invisível aos aviões, aos navios, aos radares, porque era protegida por um nevoeiro intransponível e uma jazida de minerais que desorientava os sistemas de navegação. Nela só se chegava em canoas e por pura sorte. Desde a praia, a sudeste da ilha, já se podia averiguar com espanto que se tratava de um mundo paralelo, com espécies da fauna e da flora que existiam no planeta desde o surgimento da vida. Ali, quem sobrevivesse aos perigos de uma selva sobrenatural, estava imune ao envelhecimento.

Peixes gigantes luminescentes, cavernas de diamantes e esmeraldas, tribos de pigmeus, montanhas que se deslocavam quilômetros em apenas um ano: cada resposta ao meu espanto era acrescida de um detalhe mais estarrecedor. Eu já tinha idade suficiente para contestar muitas daquelas patranhas, mas não tinha coragem nem vontade de interromper meu pai. Aqueles dias foram uma intersecção entre uma quase indiferença e o alheamento de uma loucura galopante. Não falou mais do mapa, tornou-se cada vez mais monossilábico, até que minha mãe precisou interná-lo. Passava a maior parte do dia na varanda da nossa antiga casa, com o olhar perdido no horizonte, tão silencioso que parecia surdo aos ruídos do mundo. Achar o mapa desenterrou memórias que eu achava possível apagar. Não gosto de lembrar, não quero lembrar porque tenho vergonha, remorso e medo.

Terceira semana

No mercado, com uma irritação gradativa, porque faltavam nas gôndolas produtos que enchiam carrinhos de alguns clientes, imaginei ter visto Janete[2], minha ex-mulher. Passava com um carrinho abarrotado, o que me fez desviar o olhar, sem comprovar se realmente era ela.

---

2. Janete tinha um casal de filhos adolescentes que, nas aulas digitais, atormentaram a mãe com pedidos de ajuda e o desinteresse pelas lições. Além disso, trabalhava em um laboratório clínico sobrecarregado com os exames regulares e os da pandemia.

Apressei o passo para alcançá-la e de costas parecia ainda mais, apesar de uma cintura um pouco cheia, e dos cabelos curtos, bem escuros.

    Se eu cheirasse seus cabelos, meio abobalhado de paixão, quase revirando os olhos, ela perguntava se não estavam fedidos. Naquela época, quando ainda namorávamos, eu desconfiava que seu medo fosse legítimo: talvez o cheiro não estivesse agradável. Mas sempre tinha um aroma bom de xampu e creme e, mais tarde, percebi que aquilo só servia para cavoucar um elogio. Nunca se cansou deles, que eu não apenas replicava como me esmerava em encontrar outros, inéditos e esdrúxulos. Quando me fartava de renovar os adjetivos aos seus dotes físicos e ela se mostrava quase entediada, eu elogiava seus movimentos, sua altivez, sua perspicácia. Achava que era garantia para mantê-la presa em uma teia, até que nos casamos, até que ela encontrou um amante sem que eu desconfiasse por vários meses. Talvez eu disfarçasse inocência, porque chegou um tempo em que o relacionamento foi esmaecendo: os ímpetos sexuais, as discussões frívolas com suas reconciliações exultantes, e o ciúme de pura insegurança. Eu acreditava que tudo isso era próprio de uma amor assentado.

    Os dois estavam em um parque, de mãos dadas, e jogavam alternadamente migalhas para um tanto de patos à beira do lago. Meio escondido esperei o cheiro nos cabelos, o beijo interminável, a troca profunda de olhares. Não era um homem baixo como eu, nem acima do peso, tampouco desleixado. E tinha um jeito suave de caprichar nos carinhos.

    Ela não negou, quis logo antecipar os arranjos para a separação. Venderíamos a casa com os móveis e cada qual escolheria o que fosse imprescindível entre os livros, utensílios e bugigangas. Insisti que era uma precipitação. Alguns deslizes, paixões avassaladoras e experimentações eram corriqueiros e até, sendo sensato, reforçavam os laços do casal. Ela riu e fez um esgar de pena na boca. Então desvelou as diferenças entre mim e o amante, com todas as vantagens para ele. Fez uma lista de situações em que fui paspalho, desonesto, insensível e monótono. Em nada eu podia discordar e pedi perdão. Também ajoelhei abraçado à sua cintura, chorei soluçando, prometi absurdos, todo tipo de humilhação que ainda me envergonha.

Pensei nisso perseguindo a mulher[3] no supermercado. Se fosse a Janete, quanto embaraço eu estaria disposto a sofrer? Não era. De perto, o rosto carregado de rugas, os olhos meio murchos, as sobrancelhas desenhadas, sequer lembravam minha ex-mulher. Comprei o que achava suficiente para uma semana de isolamento. Menos a ração do Quelemém, que procurei em três lojas sem encontrar, e resolvi substituir por uma semelhante.

Quarta semana

Quelemém não gostou da ração. Só comia quando eu derramava no pote algum molho de carne, de salsicha e até de queijo. Depois comia capim para regular o estômago. O mato continuava crescendo e da cadeira da varanda eu parecia ver o ímpeto do capim, sem que tivesse qualquer disposição de apará-lo.

Em um desses dias acordei de um cochilo com os latidos violentos do Quelemém. Esperei achando que fosse algum cachorro de rua passando no portão. Como só piorou tive que averiguar. Um burrinho se recusava a continuar puxando uma carroça cheia de pedras morro acima. O dono[4], com as calças quase arriadas, mostrando parte da bunda cabeluda, tentava ajudar. Ralhei com o cachorro e mandei que entrasse na casa e fiquei no portão, de curioso. Me vendo, o homem resolveu acelerar o processo, deu a volta na carroça, pegou um chicote e começou a bater no burro. O animal arregalava os olhos e levantava uma das pernas tentando coicear. Também tentava sair do lugar, mas

---

3. Francine Soudant comprava ingredientes para meia dúzia de receitas de doces que ofereceria aos familiares e amigos pelas redes sociais. Seu filho mais velho faria as entregas nos intervalos dos pedidos de um restaurante onde trabalhava.
4. Raimundo Tavares, o Bodão, se vangloriava de uma saúde exuberante. Contra as advertências dos parentes e amigos sobre os perigos de contágio, bradava que a doença não era mais perigosa que uma gripe, bicho de pé ou hemorroida.

ora escorregava no cascalho, ora não suportava o peso e recuava como se fosse arrastado pela carroça. Na cara do homem, vermelha, a raiva crescia. Xingando e incitando para que o burro seguisse, sua voz foi ficando rouca. Pigarreava para falar mais alto como se aquele fosse o problema. Uma das chicotadas cortou uma orelha do bicho. Se era pra morrer que fosse de apanhar, o homem, babando, gritava. Comecei a sentir pena. Achei que o burro chorava porque tinha alguma coisa escorrendo no canto dos olhos. Quelemém ouvindo os gritos voltou ao portão ensandecido. Tive que trancá-lo e de lá ele não parava de latir. Por que o senhor não diminui a carga e faz duas viagens, eu interferi. Respondeu que era manha daquele vagabundo, preguiçoso, malandro. Que ia deixá-lo sem comer o dia todo. Em seguida se concentrou, descansou o braço por alguns segundos e desferiu com toda força uma chibatada nas costas que o coitado tomou impulso provocado pela dor e começou a puxar lentamente. Não falei, gritou o dono, acompanhando o animal cujas pernas trepidavam.

Passei dias lembrando do burro: seu pelo cinza, suas marcas de surra ou doença, que em algum canto da memória eu resgatei. Sonhei naquela mesma noite que o bicho chorava sangue enquanto subia o morro e que o homem ia chapinhando no cascalho encharcado. Cada vez mais alta uma torrente vermelha cobria suas botas, suas pernas, as minhas pernas.

Não esperei para ver se o burro tinha conseguido superar os cem metros até o fim do morro, não quis apurar os ouvidos para ver se continuou apanhando, enquanto acalmava o cachorro fechado no quarto. Eu deveria ter tentado intervir com mais veemência, tirado algumas pedras da carroça, segurado o braço do homem, ameaçado uma denúncia. Talvez não fosse só o medo de alguma represália, ali sozinho naquela casa, se ele viesse tirar satisfações. Havia também aquela espécie de apatia covarde que me remeteu à Janete e suas verdades sobre a minha personalidade, à memória de ser afugentado por outras crianças na escola, às tremedeiras diante dos surtos do meu pai, no ocaso da doença. Eu ia recordando tudo isso em voz alta e o Quelemém parecia se compadecer.

Quinta semana

Para entrar no mercado me cobraram o uso de uma máscara. Por sorte, em uma barraca ali perto consegui comprar uma que, na fila organizada pelos funcionários, sob um sol que nem parecia de outono, incomodava e fazia embaçar os óculos. Com a voz fanha, não sei se intensificada por causa da máscara, o gerente[5] chamava de cinco em cinco clientes. Na fila as conversas eram raras e alarmistas. O vírus, a economia, as ações do governo divergiam as opiniões.

As prateleiras estavam reabastecidas e os preços mais altos. Minha impressão era de que todos tinham mais pressa e nenhuma alegria. Os funcionários, como autômatos, organizavam prateleiras, atendiam em alguns balcões com uma deferência melancólica. Obviamente gastei mais do que pretendia e seria uma catástrofe se o meu auxílio governamental não fosse aprovado.

Do mercado fui ao banco responsável pelo pagamento do auxílio. Dessa vez a fila dava volta no quarteirão, todo mundo amontoado, muita gente sem máscara, suando e arremessando os pingos ao tentar secar o rosto. Ali as reclamações se concentravam na falta de organização dos órgãos públicos. Pedi que me guardassem o lugar na fila, e fui até uma banca comprar um jornal.

Na capa tinha uma foto enorme de uma série de covas abertas. Uma terra bruna, aparentemente ressecada, e duas pessoas vestidas de cosmonautas assistindo a quatro mulheres ajeitarem a sepultura e as coroas de flores. O sol iluminava bem a foto, mais um reforço para intensificar a desolação.

5. Marcos Santana de Menezes se justificava com o estresse no trabalho, com o medo terrível de pegar o vírus, toda vez que discutia violentamente com a esposa. Quando ela ameaçou se separar, calou-a com um murro no rosto e um chute na coxa, duas marcas roxas que custaram a desaparecer.

No enterro do meu pai eu segurava a mão da minha mãe, atento à terra se espalhando sobre o caixão a cada movimento do coveiro. Ventava forte e gelado. Uma das três coroas de flores caiu no buraco e foi um susto. Minha tia começou a rezar alto. Um amigo da família, como mais tarde me apresentaram, quis ajudar de pronto e por pouco não escorregou sobre a coroa. Achei engraçado o homem, com uma grande pança, tentando se equilibrar. Minha mãe apertou forte os meus dedos. Eu, que já estava quase da sua altura, levantei um pouco a cabeça e me deparei com um olhar azedo. Com o cabo de uma enxada o coveiro suspendeu a coroa e voltou a jogar terra, com uma naturalidade enfadonha. Depois saímos, umas seis pessoas apenas, se esgueirando entre os túmulos, protegendo os olhos por causa da poeira que o vento levantava. Minha mãe ouviu muitas desculpas de gente que não podia ir ao enterro, como se a loucura fosse uma doença contagiosa.

A fila tinha andado meio metro, no máximo, por alguma desistência, intuí. Quantas formas de morrer aquelas pessoas podiam ensejar? Uma senhora negra, com um lenço na cabeça que só deixava descoberta a nuca de cabelos brancos, morreria de morte natural. As doenças, a fome, o trabalho exaustivo, em lugar de liquidá-la ainda jovem, reforçaram sua imunidade. Talvez passasse dos setenta anos e ainda aguentasse mais vinte e cinco, no mínimo, se despedindo de filhos, netos e bisnetos, poucos minutos antes de fechar os olhos tranquilamente, em uma manhã de quinta-feira. Dois passos à frente dela outra senhora sucumbiria em breve, devido à falência do pâncreas. O corpo inchado e a pele amarelada eram fatídicos. Dez metros atrás, o rapaz de boné verde cairia da moto, sem capacete, em uma tarde que a neblina forte deixara o asfalto escorregadio. Uma mulher muito magra, de vestido encardido, agonizaria muitos dias e não resistiria a uma picada de urutu. O garoto que acabou de chegar com um pirulito e abraçou a senhora de lenço, provavelmente sua avó, vai ser morto com um tiro da polícia. A mocinha com os grandes seios saltando do decote vai morrer de tristeza. Em qualquer circunstância, se não fosse em tempos de pandemia, essas pessoas teriam um velório e um enterro com alguma dignidade. A fila, de repente, começou a andar.

Sexta semana

Disseram que eu não tinha direito ao benefício do governo por um motivo que a funcionária[6] do banco não soube muito bem explicar. Uma série de burocracias que eu não conseguiria destrinchar porque muitos lugares estavam fechados na quarentena. Talvez pela internet, ela tentou me motivar, com uma cara que, paradoxalmente, incentivava a desistência. Tive que comprar créditos para o celular, cada vez mais preocupado com o dinheiro que ia minguando.

A cara da mulher fazia sentido, era praticamente impossível dar conta de todos aqueles trâmites, isolado naquele mato. Como última tentativa liguei para três amigos que se mostraram muito preocupados com meu sumiço. Tentei tranquilizá-los. Por outro lado, não me ajudaram muito. Cada qual me dava informações contraditórias.

Avançada a noite, uma dessas pessoas, uma amiga antiga, da época em que ainda era casado, quis saber da casa, da tranquilidade da roça, da alegria do Quelemém. Ainda curiosa perguntou da minha comida, se estava me saindo bem no preparo, da minha leitura, do meu tédio. Contei do tucano que apareceu em três manhãs seguidas, das saracuras que saíam das moitas e vinham desconfiadas até perto do gramado, do fogão que deixei ligado vazando gás por quase uma hora. Cada história suscitava novas perguntas. Dela, lembrou que depois da separação tinha mudado de bairro e emprego. Os dois filhos, com um ano de diferença entre eles, cursavam a universidade, química o mais velho, história o mais novo, e viviam em repúblicas. Portanto éramos dois solitários, mas ela não estava desfrutando um paraíso

---

6. Jaqueline Alves da Cruz estava apaixonada por um rapaz mais jovem – sete anos – que tinha encontrado em um aplicativo de encontros. Se espantava que a cada conversa suas almas se tornavam mais gêmeas. Se fosse menos responsável e tivesse como voar para outro estado, onde ele dizia morar, resolveria a ansiedade que a martirizava.

rural, e, sim, trabalhando o dia todo em reuniões pelo computador. Um serviço a que foi preciso se adaptar, mas que tinha a vantagem de se safar dos congestionamentos, da poluição que atacava sua rinite e sinusite, além de não precisar se esmerar na vestimenta. Às vezes passava o dia de pijama.

Para me mostrar a roupa com que tinha trabalhado o dia todo, me fez uma chamada com vídeo. Era mentira, estava com um conjunto de seda curto e de alcinhas. O cabelo parecia recém-lavado, de modo que tinha se vestido daquela maneira depois do banho. Perguntei se não estava com frio, porque na roça a temperatura caía muito rápido. Comprovou que não, mostrando um pouco mais das coxas. Eu sabia onde todo aquele coquetismo queria chegar, também me sentia instigado, mesmo assim não tomava nenhuma atitude mais ousada, nem enveredava a conversa para recônditos mais libidinosos. Tornou-se um jogo excitante: ela fazia perguntas capciosas, adoçava algumas palavras, mordia os lábios ou ajeitava, com certo despudor, a camisola. Eu contava das traquinagens do cachorro, da carestia, dos insetos que invadiam a casa quando acendia a lâmpada, mesmo com todas as janelas e portas fechadas. Só não contei do burro e da foto do cemitério por causa da tristeza que, provavelmente, nos acometeria. Quando eu fugia das suas intenções, ela, ardilosamente, arranjava um jeito de voltar ao seu objetivo. Por um descuido calculado deixou mostrar um seio e eu fiquei calado como se ambos não soubéssemos de nada. Era bonito e me dava vontade de elogiar, de pedir que descobrisse o outro. Minutos depois disfarçou muito mal que estava envergonhadíssima com aquela distração e, logo em seguida, abriu um sorriso malicioso. Então não me esquivei de elogiar.

Era um corpo lindo, que em muitos anos de amizade esteve escondido em roupas bufantes. Ela sabia tirar proveito das poses e dos ângulos para se mostrar excitada. Também estive por um tempo, mas quando tirei a roupa, as minhas carnes moles, sobretudo o que mais lhe interessava, por alguma timidez ou inaptidão, fizeram terminar a noite em desconsolo.

Sétima semana

Há dois anos minha mãe morreu no hospital, às quatro e quinze da manhã. Eu estava acordado, com o celular sobre a barriga, esperando. A moça[7] disse que sentia muito, protocolarmente. Quantas vezes por dia, na semana, no mês ela tinha repetido aquela voz adocicada, sumida? Na madrugada o sono atrapalharia o seu tom melancólico-monocórdio? Todo o discurso racional de que a morte é um bom fim para o sofrimento se dissipou quando ouvi a moça. Mas não chorei. Calcei os sapatos, juntei os documentos, chamei um táxi.

Dias antes, na cama do hospital, minha mãe apertou meu braço e, com a voz embargada, desfiou um rol de atitudes positivas para a vida. Na verdade uma série de conselhos práticos que variavam de utilidades domésticas ao comportamento com as mulheres, de hábitos de higiene a posturas profissionais. Uma pedagogia resumida para um infante de mais de cinquenta anos. Para acalmá-la, nas pausas respiratórias, eu dizia que já sabia, que concordava com tudo, que descansasse.

Quando descobrimos a doença, ela estava muito mais otimista que eu. Passou a ler sobre os avanços no tratamento, na tecnologia diagnóstica e medicamental; a estatística de cura e sobrevida. Suas prédicas em prol da ciência reverberavam como mantras para a própria esperança. Eu disfarçava o desânimo, porque onde ela via eficácia no tratamento eu enxergava deterioração. Os esquecimentos, as histórias repetitivas, o cansaço renitente que ela amenizava em função da idade, eu era testemunha do agravamento naquelas semanas. Às vezes surgia com uma novidade, alguma história da minha infância ou da sua juventude. Seus pais deixaram de coincidir com as imagens que eu tinha dos meus avós. Eu mudei de criança e adolescente traquinas e voluntarioso para obediente e tímido. Meu pai era alegre e descontraído.

---

7. Fábia Silvestre de Assunção completou 56 anos faz uma semana e os colegas do hospital comemoraram com um bolo de chocolate. Também aproveitaram para lembrá-la de que em breve conseguirá sua aposentadoria, adiada pela lentidão no órgão responsável, devido à pandemia. Tragicamente sua contaminação e morte chegarão antes.

Antes da doença eu visitava minha mãe duas ou três vezes por semana. Apenas aos domingos eu chegava para almoçar e ficava ouvindo seus comentários sobre as cenas da televisão e sobre alguns acontecimentos importantes da semana. Também contava histórias do passado, mas essas, geralmente mais longas, eram interrompidas várias vezes pelas críticas à programação permissiva ou despudorada dos canais. No meio da semana minhas visitas eram rápidas, depois do serviço, com conversa sobre o dia em questão. Ela detalhando o cotidiano da casa solitária, falando mal da faxineira que limpava tudo três vezes na semana, eu reclamando do trabalho, salário e ambiente nocivo.

Sempre estivemos no limiar de uma relação amigável e supérflua. Ambos com certa indisposição para os assuntos indigestos, guardando muitos segredos. Ela não esmiuçava a loucura do meu pai, eu escondia a traição da Janete. Nunca me contou os problemas que teve no meu parto, que a impediram de ter outros filhos, eu nunca contei sobre a decisão de não ter descendentes por temer a genética.

Após a morte vendi sua casa e comprei essa na roça. O que sobrou do dinheiro fui gastando para pagar dívidas de frivolidades e inconsequências. Se ao menos tivesse tino para os negócios. Se tivesse ouvido um décimo das orientações da minha mãe, métodos infalíveis para uma vida sem atribulações. O que fiz, mesmo sabendo da sua ojeriza por animais domésticos, por causa da sujeira e das doenças, foi adotar o Quelemém, o menor dos filhotes de uma ninhada de seis cachorrinhos peludos, cuja mãe[8] morreu atropelada.

Oitava semana

A neblina matinal estava se dissipando cada vez mais tarde, coincidindo com meu despertar preguiçoso. Devido às madrugadas frias apro-

---

8. Baleia tinha parido sua terceira ninhada quando os donos, cansados daquela promiscuidade e do exaustivo trabalho de afogar os filhotes que não conseguiam adoção, decidiram abandoná-la em um uma estrada vicinal. Foi esmagada por uma caminhonete em alta velocidade ao procurar comida.

veitava o aconchego das cobertas e ficava virando na cama até que o Quelemém exigisse que o liberasse para urinar no quintal. Enquanto ele saudava o novo dia com as mesmas corridinhas, cheiradas e latidos para os pássaros, eu preparava o café, esquentava na frigideira um pão de forma com manteiga e cozinhava um ovo *mollet*.

Não sabia como resolver os trâmites do auxílio, não discernia nenhuma maneira de ganhar dinheiro. Em quanto tempo uma horta cresceria?, eu elucubrava sem nenhuma noção de plantio. Quais eram as hortaliças adequadas à sazonalidade, onde achar sementes e mudas? Tentei uma pesquisa rápida e não era uma atividade simples como eu supunha ao comprar verduras e legumes no mercado ou quando, eventualmente, assistia alguns minutos um agricultor no seu trabalho. O preparo do solo parecia um grande mistério e o cuidado com as pragas, uma guerra. Apenas a rega era simples. Pior, o trabalho devia ser estafante.

Sábado

Voltei do mercado e o Quelemém tinha sumido. Havia me esquecido de trancar a porta. Não tinha demorado nem duas horas fora de casa. Talvez tivesse ido para a rua atravessando o mato e era fácil conceber que um cachorro besta da cidade sonhasse com uma fuga. E sendo assim, um tonto, como acharia o caminho de volta? Saí para procurá-lo e deixei o portão aberto para o caso de ele voltar antes de mim. Primeiro subi o morro onde o burro tinha sofrido, gritando nos dois lados da rua, reparando se qualquer coisa se mexia no capim alto ou entre as árvores. As esperanças eram substituídas pela aparição de um gato, de uma ave, de um cachorro vadio.

Dali continuei por uma longa parte plana da rua, onde havia umas poucas casas, distantes entre si. Ninguém tinha visto, ninguém queria conversar direito com medo de contágio. Na pressa e nervosismo eu tinha esquecido minha máscara. Também deveria ter ido de carro e quando me dei conta amaldiçoei a minha palermice. Cada família tinha seus próprios cachorros e aquilo era indício de que o Quelemém não estivesse naquelas casas.

Em uma bifurcação contornei para a esquerda, achando que dali pudesse ter acesso outra vez à minha rua. A mata se adensava e o sol mais brando formava sombras meio tenebrosas, como se a noite se antecipasse. Também estava mais cansado e um alívio era pensar que o olfato aguçado do cachorro o levasse ileso de volta. Apressei o passo com a certeza de que já estivesse em casa, arranhando a porta e impaciente com minha demora em abrir.

A rua dava uma volta imensa. Quando cheguei em casa, faltava pouco para escurecer. Ele não estava. Chamei alto para me certificar e não obtive resposta que não fosse a algazarra dos pássaros se ajeitando para dormir.

Passei a noite toda sentado no sofá com a porta semiaberta, o olho vidrado na expectativa de vê-lo entrar esbaforido e assustado, preparado para abraçá-lo e beijar seu focinho, seus olhos, cheirar seus pelos, ralhar com sua irresponsabilidade. A escuridão cheia de uivos, grunhidos, chiados, pios agourentos não deixava que eu sequer cochilasse. Onde ele poderia ter se protegido de tantos perigos? Será que continuava andando desesperado para encontrar um rastro do meu cheiro?

Com o canto dos primeiros galos fiquei ainda mais ansioso para que amanhecesse. As ruas eram poucas, mas muito longas com vários acessos a chácaras e sítios. No meio da tarde mal tinha percebido a pouca gasolina no tanque. Teria que ir ao centro da cidade para reabastecer. Fui devagar, quem sabe o Quelemém não tivesse ido naquela direção. Perguntei, descrevendo-o, a cada uma das pessoas que eu encontrava no caminho se o tinha visto. Uma senhora[9] me falou de

---

9. Bernadete Vieira Passos de Miranda tinha o hábito de lavar a calçada todos os dias e ficar algumas horas por ali, depois de terminado o serviço, para averiguar o movimento da rua, bisbilhotar alguma cena extravagante. A pandemia obrigou que diminuísse os dias de limpeza e o tempo de investigação da vida alheia. Assim mesmo, por várias vezes, esteve a poucos passos de se contaminar.

um cachorro parecido, com jeito de perdido, correndo em direção à cidade. Enchi o tanque do carro, circulei dezenas de ruas no centro até que concluí que era uma perda de tempo: certamente ele estaria perto de casa. Voltei, outra vez no pôr do sol. Ainda tinha a chance de ele estar na porta. Nada.

Foram duas noites insones e três dias percorrendo as redondezas, gritando com a voz já rouca. Depois só conseguia chorar.

Nona semana

Essa luz, um filete de sol matinal atravessa uma série de obstáculos e ilumina uma espessa teia de aranha no canto do telhado. Faz três dias que sempre amanhece um inseto novo ali preso e ela escorrega pelos fios para devorar a cabeça dele. Assisto à cena até que um resquício da asa desaparece na boca da aranha. Em um desses dias achei uma grande formiga de asas e a grudei na teia, de um jeito que ela se debatia e se enrolava, e a aranha esperava, como eu, o momento certo do deleite. Em outro canto do telhado, com a chuva que começou às duas da madrugada, chuva de vento, um ninho de pardal deve ter se encharcado e um dos filhotes amanheceu caído. O bico aberto, o olho morto. Pisei no filhote e as tripinhas explodiram depois de um barulho chocho. Um filhote se salvou e os pais não fariam conta daquela insignificância esmagada. Só davam valor à vida, todo o resto era apenas um desígnio natural. Um dos sapos reapareceu no banheiro e com toda calma alcancei na cozinha a vassoura. Acertei com muita força as duas primeiras cacetadas e a terceira que pegou de raspão foi desnecessária, porque acertou uma das pernas já esticada. Mas era preciso ter certeza e com mais raiva bati outras vezes e o sangue lambuzou a piaçava. Varri até o gramado para que pudesse assistir a seu apodrecimento durante o dia, talvez tivesse que colocar algo em volta para evitar as formigas. Queria me iludir que o cheiro de carniça seria de todos os bichos que eu mataria e juntaria ali, e não lá debaixo de onde soprou um vento fétido no meio da tarde, uma podridão que devia ter se soltado do animal inchado e já carcomido pelos vermes. Armado de um pedaço de pau eu quis descer até lá, cheguei à margem do capinzal e o cheiro era insuportável, mas o que lá estivesse devia ser um desígnio da natureza e nunca o filhote que mordia a barra das minhas calças, nunca o intrépido que saltava as moitas no parque, nem pensar o desarvorado que rasgou meu sofá, o friorento que dormia encostado nas minhas costas no inverno. A covardia não devia carregar o estofo de prudência e autoproteção: não entrei no mato com receio de ser picado, não procurei o corpo putrefato para não desabar diante da certeza, do reconhecimento, mas isso serviu para absolutamente nada, porque agora além da culpa de ter deixado a porta aberta, havia o vexame e o remorso de talvez tê-lo abandonado apodrecendo no mato. A natureza estava tomando novamente as rédeas, os animais não demorariam a invadir a casa, o vírus recrudesceria e faria sucumbir mil, dois mil, dez mil, cem mil, duzentos mil, e era uma espécie de alívio. Pensei em ir ao encontro da doença, sem nenhuma proteção contra o contágio, oferecer minha carcaça para sua proliferação. Depois esperaria sentado na varanda. Não, talvez não fosse eficaz. Preferia que o fim fosse mais certo e instantâneo.

Roberto Soares é professor de Geografia da rede municipal de São Paulo. Em 2017 participou do Curso Livre de Preparação do Escritor – Clipe, da Casa das Rosas. No mesmo ano se classificou em 5º lugar no concurso de contos da Off Flip. Em 2018 se classificou em 4º lugar no concurso de contos de Barueri/sp. E em 2020 foi finalista do Prêmio Contos da Quarentena da Livraria Lello de Porto/Portugal, com o presente conto.

Elegia (Novo?) Milênio
Roger de Andrade

Venho eu caminhando, matutando,
em uma rua qualquer, esburacada,
tarde, noite ou manhã, não sei dizer,

na selva de drones, câmeras, algo/ritmos,
buzinas, ar-água-solo, polutos,
mercadorias, merdas, dores, me espiam.

Carregado de mim ando no mundo,
carregado de mundo ando em mim,
palmilho, inlasso, o reino das palavras,

curioso, ante tanta maquinação:
mundo, corpo, terra, pedra, sertão,
tudo, tudo, pura devastação.

Mas a máquina, o monstro, o verme, horrores,
me empurram para a explosão das formas:
será a única solução?

Lá fora, vermes, monstros, máquinas me/nos convocam
cá dentro, palavras me cavucam:
pode a ruína ruminar o radioso canto?

A grande máquina fabrica monstros
a máquina selvagem verte vermes,
vertigens, vômitos, vórtices, ávidos.

A máquina gangrena a grafia do sonho
pinta úlceras na paisagem branca
sua matéria-prima, a relíquia bárbara,
a contradição em processo,
o valor que se valoriza,
obscurece o horizonte.
A máquina mói mores
mares, morais
desfolha ideais
esfola afetos
semeia tumores
colhe tormentas
estrondos, tremores.
A máquina espessa
ceva, ceifa, cega
o cuidado do outro.

O monstro corrói afetos
pensados e sentidos
os ares de eros
beijos, abraços meros
memórias.
O monstro demonstra o que mostra
o corpo, a terra, carcome por dentro
no centro, no ventre.
Os bichos que o monstro menstrua
sonham nossas entranhas
entranham nossos sonhos
nublam as manias de um novo avenir

gaiata a gala de gaia
futura uma natureza lesa
deixa fera a biosfera
despluma as plantas do planeta
(desplante!)
o planeta (des)terra:
berra a mãe-terra.
Chuva, rio, mar, nuvem: me dito:
a vida no corpo, na terra, é um ciclo.
O verde se degrada
o azul se degrada
o vermelho se degrada
o arco-íris do mundo
(degredo)
nada o agrada.
(Que praga, seu peste!)

O verme sem verve
germina no ovo
da serpente, se esboça como serpente
tem medinho do novo
sonha a nostalgia dos tolos
até aí, nada de novo.
O verme tudo corrompe:
pátria, deus, família, pois
a besta bruta blasfema
a noite a manhã violenta.
Que os vermes falam fezes
já saquei tantas vezes:
é desgraça sem graça
que escorraça sua graça
que desgraça sua raça
bota praça, mordaça

faz pirraça e arruaça.
Seu brinquedo preferido?
pós-verdade, pré-mentira,
insulto à inteligência
inculta violência
simplista, maniqueísta
insano obscurantista
bebe na ingaia inciência
mas um dia se curva à turba,
ao triunfo dos livres, justos
da verde verdade vera
verdade verdeamarela.

O mais cruel dos meses são todos.
Seres rasos se arrastam na terra árida
onde não há trem azul
nem floração multiforme
onde tudo é desoceano.
Tropeço em ares sujos
matas desoladas
gelos chamuscados
água acidulada
"campos soterrados
de cinzas infecundas"
casas com piscina
casas sem banheiro
casas com morfina
casas, bem maneiro
que se shopping centram:
esgotos escrotos.
Uns dizem retrotopia
outros, horror, distopia
uns dizem sim

outros não tão
me parece o estopim
pra tanta indignação

E sua, nossa, vida?
dádiva da diva?
pura construção?
(no deserto?)
ou teleologia?
cadê o novo céu?
ou uma nova terra?
para quem tem sede?
para quem tem fome?
de pão, água e fogo?

Aceito a chuva
mas não a guerra
o desemprego
a injustiça
e, sim, quero, posso, mãos dadas, dinamitar a ilha da fantasia.
Agora pós-tudo
tudo muda
tudo chama
o poema livre, a poesia impura, o verso negro.

                        Opressão?
                        Repressão?
                        Supressão?
                        Depressão?
                        Expressão.

O que veem meus olhos cansados:
mariana, brumadinho,

nada lá vale
pico do cauê
onde está você?
serra do curral
deságua mineral
serra do curral: fachada
metáfora do estrago
no nada
rio doce, amargo,
amarga descaso
o velho chico, nasce na canastra,
morre na triste bahia
queimada, desmate, garimpo
não, não tem nada limpo
fêmeas, serras, índios, rios
nada escapa a seu arrepio
museu nacional, favela
põe tudo na conta dela
amazônia nas chamas
(não, não são, penso em vão,
amazonas em chamas!)
o recado da mata
o recado do morro
lama, detrito, destroço
me dá tudo um troço.

O que veem meus olhos cansados:
moralistas hipócritas bestas desembestadas brancos limitados racistas incendiários reacionários otários neoliberais irracionais eficientes incompetentes burgueses irrelevantes bufões ufanistas boçais ignaros bárbaros racionais parvos motivados mulas desmioladas antas paralíticas ...

O que veem meus olhos cansados:
estado de exceção vida líquida estado de exclusão vida bandida povo
da mercadoria feitiço da mercadoria mais-valia xenofobia alienação
exploração desejo frio sorriso cinza seca dos afetos laços liquefeitos
corrosão solidão aur_ sacra fames angelus novus ...

O que veem meus olhos cansados:
o paraíso perdido
a giesta do deserto
a terra desolada
a máquina do mundo
a rosa radioativa / com cirrose (cadê a pluriaberta?!)
o cão sem plumas
o poema sujo
a queda do céu.

O que veem meus olhos cansados:
o duro mundo de drummond
o manual de manuel
a mente de mendes
a clareza de clarice
os amores de moraes
o mel (?!) de melo
os cabras de cabral
os chistes de hilst
a gula de gullar (turva)
os prados de prado
o campo dos campos.

                        Sobre o que
                           verso?
                    (des/con/tergi/verso?)
                      verso reverso?

                inverso?
              converso?
               adverso?
               anverso?
              perverso?
                diverso?
          controverso?
                universo?
             multiverso?
               subverso?
             Transverso.

Poesia: séria
brincadeira
com a língua.
O poema:
trama de palavras, lavras
saturnino renitente
porta para o infinito
às vezes, só ouve estrelas
às vezes, roça as veredas
as ruas da resistência
a alameda do alarido
areja o sufoco, o grito
recusa, rói a reação
artefato antisséptico:
a máquina, o monstro, o verme.
No caos do acaso
da contingência
onde não chega
perto a ciência
no caos do ocaso
no cosmo da gosma

penetra um cometa
torrente de luz
o poeta caminha
um gauche na vida
(besta)
na noite sinistra
na tarde sem vida
aviva o véu d'alma
almeja a partilha
expecta quereres:
a comunhão dos comuns.

Minha língua
tem sotaque
lá de minas
deus lhe pague
(não é blague)
A geo-meta-física
das minas geraes
me ampara, me apara
como o pasto o boi
"eles conversavam
entre si e com o homem"
como a serra a lua.
A chama do tempo
chama o chão de ferro
as veredas de ouro.
Quisera ser tão sertão
salvar a mata que matam
descerrar o desterro
das serras, do cerrado
florar esta flor, esta
no que resta da floresta.

Não faço poema ruguento
quinem xexelento
não judio palavras
chucho um cadinho de vida
(se tiver)
no encardido desgramado
não compro verso na mão de ninguém
mas um tiquinho de ardor
me deixa adoidado:
duro pelejar com este troço
(não é troça)

Onde o horizonte era (é?) belo
tengo como bandera el cielo
as damas da noite flambam
belorizontinamente
o sono rubro do tempo
um acerbo sentimento
do fundo da noite
eu espero chegar
um grande país.

"No lixão nasce flor"
tá ligado, chapado?
rosa do povo? do morro?
ginestra no deserto?
íuca em floração branca?
cava o tédio, o nojo, o ódio?
ou é o poema a flor?

que antena em quarentena
um nada luminoso
um tudo opaco

o rumor impreciso
o mel mais impuro
a náusea brilhante
no tempo suspenso
o silêncio dos seres
o coração das coisas
a pressa das esperas
na música das esferas
acende chama no real
o poeta se funde ao poema: poet/ma.

O que/m lá vai? o poet/ma?
onde? como? quando?
na contramão?
a sangue frio?
à queima-roupa?
a palo seco?
: é a capela
velô sem vela
a contrapelo
a contravento
o poet/ma grande
cria/mos o novo céu, a nova terra
para quem tem sede, fome,
de água fogo terra vento
evoca o passado
provoca o presente
convoca o futuro
o grito rouco
o duro confronto
"o suspiro da
criatura opressa"
recusa o vazio entre

existência e canto
canto coral: encarnado, coletivo
mundo e palavra
o fugaz e o perene
os olhos vencem o abismo
a acídia da torre de marfim
o poet/ma
arte/fato anti tudo
ato est/ético anti escombro
sede da sede
ascende a ação salvadora
cisma a comunhão cidadã
ordena o "estado de
bagunça transcendente".

Never more!?
I would prefer not to!?
Ai! que preguiça!?
Nexo, next, nex – neca!
É agora, José!

Sousas (Campinas), março-maio de 2020

ROGER DE ANDRADE é natural de MG – em Belo Horizonte foram lapidados seus anos de aprendizado (existencial) e sua educação sentimental. É graduado pela FACE/UFMG, mestre pela Unicamp e doutor pela Universidade de Londres (UCL), com pós--doutorado pela Universidade Paris XIII Nord. Foi professor da PUC/SP e da FEA/USP. Atualmente, é professor livre-docente da Unicamp. É autor de um livro de poemas intitulado *Nenhuma Poesia* e do romance *Memórias Sentimentais de um Gauche na Vida*, ambos inéditos.

João Pedro
Sacolinha

Advertência: esta história faz parte do projeto "O final você já sabe!"*. É um conto fictício e foi baseado em fatos do cotidiano. Dessa forma, o autor não busca aqui imitar a realidade ou ser fiel a ela.

Manchete

Adolescente foi baleado dentro de casa durante operação policial. Família procurou pelo rapaz por 17 horas e acusa a polícia de atirar sem precisar.

Fonte: https://g1.globo.com/rj/rio-de-janeiro/noticia/2020/05/20/o-que-se-sabe-sobre-a-morte-a-tiros-de-joao-pedro-no-salgueiro-rj.ghtml. Acesso em: 13 jul. 2020.

— O Gustavo roubou pão na casa do João!
— Quem, eu?
— Você!
— Eu não!
— Então quem foi?
— O João Ricardo.
— O João roubou pão na casa do João... Ops!
— Vixi! Nada a vê, Nicolly. Como eu vou roubar pão na minha própria casa?
— Ué, os nóia não rouba coisa em casa pra comprar droga?
— E por um acaso eu sou nóia de pão, é?

Essa pergunta, lançada pela boca do adolescente João Ricardo, arrancou uma gargalhada geral daqueles três naquela tarde de domingo.

– Ô, falando em nóia, cês viram como tá a Dona Aninha?
– Vi. Tá só pele e osso, coitada.
– Também, com aquele filho que só sabe roubar ela e ficar zumbizando pelo morro.
– O pior é que ela não é a única daqui a sofrer assim.
– A gente podia fazer alguma coisa pra ajudar essas mães – Sugeriu João Ricardo.
– Eu já faço. Não me envolvo em problemas pra não trazer preocupação pra minha mãe.
– Mas isso não é mais que a sua obrigação, Gustavo. Eu tô falando da gente fazer pelas mães que não têm filhos como a gente.
– Sei lá. Já faço o bastante em não me envolver com coisa errada.
– Deixa de ser individualista, Gustavo. O João tá certo. Essas tiazinhas devem sofrer tanto que qualquer ajuda é uma forma de carinho.
– Aff, já vem a Nicolly com essas poesias.

O plano foi bolado, mesmo com o Gustavo contra. O grupo sabia que ele era contrário a tudo que exigisse esforço, afinal era o mais preguiçoso de todos. Já João Ricardo era o contrário: cheio de energia, atitudes e sorrindo largo o tempo todo. Seu sonho era ser advogado. Mas não para advogar em causa própria, que seus pais já tinham ensinado que o dinheiro não é tudo. João queria advogar para as pessoas injustiçadas que não têm como se defender. Igual aquele povo que mora ali no morro. E começar com um projeto para auxiliar as mães dos usuários de drogas, além de um plano digno, era também o seu estágio. Não objetivava homenagens nem estátua. Ver no rosto das mães o mesmo sorriso de satisfação que via em sua mãe e receber o mesmo abraço que recebia do seu pai quando estes estavam felizes com as atitudes e o comportamento dele, seria um pagamento e tanto, equivalente a uma recompensa que dinheiro nenhum daria conta. Gostava de dinheiro, sim, afinal, ir ao *shopping*, ter um celular bom, assistir a uma partida no Maracanã e ter uma piscina igual àquela da casa da tia, custaria muito dinheiro. Mas esse dinheiro não viria das pessoas pobres. Prestaria serviços para os ricos também e cobraria caro, como se o valor estivesse pagando também os serviços que ele faria aos que não pudessem pagar. Um indenização, igual a que o professor de história comentou na aula sobre abolição da escravatura.

Já era início de noite. João foi para casa se arrumar para ir à igreja com os pais. Antes, ele e os amigos combinaram de se encontrar no dia seguinte depois da aula na casa da tia do João para jogar sinuca e continuar a desenvolver a ideia. Planejaram ainda uma vaquinha para a compra da pipoca que comeriam durante o filme da noite de segunda, hábito que cultivavam já há alguns meses.

Gustavo foi o primeiro a chegar. Ainda eram 13h30. Nicolly chega 10 minutos depois e os dois aguardam João Ricardo sentados na calçada. Não demora muito e ele aparece lá na ponta da rua, todo sorridente, com aquele andar maroto que a Nicolly ama, mas que nunca falou para ninguém, assim como também não falou que se derrete toda com aquelas exageradas covinhas de João.

O amigo já chega empolgado:

– Vocês nem imaginam a ideia que eu tive.

– Eh. Lá vem o João com mais coisa pra gente fazer – Reclamou Gustavo.

– Fala, João! Não liga pro Gustavo, não. – Nicolly, com os cotovelos nos joelhos e apoiando a cabeça nas mãos, era toda ouvidos.

– Então, galera, já pensou se a gente começasse nosso plano doando cestas básicas para as famílias que perderam os empregos por causa da pandemia?

– Aff. Num consegui dinheiro nem pra pipoca, quanto mais pra cesta básica pra ficar doando pros zoto.

– E quem falou que a gente vai precisar de dinheiro, Gustavo? Deixa eu completar minha ideia.

– Tá bom, mas enquanto você fala abre o portão.

João tirou as chaves da casa da tia do bolso, abriu o portão e foram entrando à medida que ele falava das possibilidades de conseguir alimentos para a montagem das cestas.

Durante a semana, todos os dias João saía da escola e passava na barraca em que seu pai e sua tia vendiam lanche à beira-mar. Trocava algumas palavras com eles, pegava as chaves da casa da irmã do pai e ia para sua residência almoçar. Depois partia para se encontrar com os amigos na casa da tia onde havia mesa de sinuca e piscina.

Entretanto o dia hoje parecia diferente para João. Não sabia explicar a sensação. Era como se aquelas ideias que tomavam corpo na sua cabeça desde a noite de ontem fossem o seu projeto de vida. Sentia-se dono da situação, seguro e totalmente responsável pelas suas decisões. Na escola, passou o tempo todo lembrando aquela frase famosa que leu em um livro indicado pela professora de português "Tu te tornas eternamente responsável por aquilo que cativas". Enquanto almoçava, mal prestando atenção às mastigadas, curtia aquela ideia de que ser responsável era algo legal. Tomaria várias responsabilidades para si: o seu futuro, a educação de sua irmã, a velhice dos pais, o progresso do seu bairro e por que não o rumo de muitas coisas no mundo?

Pés no chão como sempre, João Ricardo sabia que tinha que ser uma coisa de cada vez. Então teve a ideia que agora contava empolgado para os amigos:

– A gente sai batendo nas casas de quem pode doar um quilo de alimento. Também podemos deixar um cartaz na barraca do meu pai pedindo doações aos turistas.

– Cê é loko? Nunca fiz nem o cartaz da professora de matemática...

– Essa parte a Nicolly faz, que ela tem a letra bonita.

Ela não pensou duas vezes:

– Conta comigo, João.

– Oba! Fechou, então. E aí a gente começa a ir nas casas amanhã depois da escola, que a minha mãe não pode saber. Por causa da bronquite eu sou do grupo de risco do Corona e ela não quer que eu fique por aí dando sopa.

– Tá bom, João. Bóra jogar sinuca, então.

– Calma aí, pô. Temos que pensar no lugar onde vamos guardar os alimentos antes da distribuição.

Gustavo se prontificou:

– Lá em casa tem um cômodo vazio que meu pai parou de construir porque a grana ficou curta. Tá sem contrapiso, mas podemos colocar uns palets.

– Até que enfim fez uma hein, Gustavo. – Caçoou Nicolly.

– É que se não nós vamos ficar nesse papo a tarde toda. – Se defendeu Gustavo, que no fundo tinha disposição, mas adorava destoar dos dois amigos só por zoeira.

E foi rindo que iniciaram o jogo de sinuca.

O barulho de helicóptero foi ficando cada vez mais próximo. João começou a receber mensagens da mãe pelo celular. Tranquilizou-a:

"Tô dentro de casa"

Tiros são ouvidos. A mãe de João continua a enviar mensagens. E ele insiste em tranquilizá-la:

"A tia já está vindo. Calma"

O coração da mãe pressente o perigo:

"João, pelo amor de Deus, não sai daí"

Com os tiros cada vez mais perto, agora é João que precisa ser tranquilizado. Como a mãe não responde, ele envia um áudio para a tia:

"Tia, tia, tia..."

Não foi mais possível o envio de mensagens. A casa foi invadida, e os meninos não sabiam se era por bandidos ou policiais. Só sabiam que tinham que ficar deitados, porque os tiros começaram a atingir as paredes da casa.

Ao perceber homens fardados na casa, os adolescentes começaram a gritar:

– Aqui só tem criança. Só tem criança...
Duas granadas explodiram. Os tiros continuaram.
João pegou o celular e ligou para o pai:
– Estou aqui, pelo amor de Deus...
Algo o atingiu nas costas e o paralisou de imediato. O celular foi lhe escapando da mão. Perdeu os sentidos.

Minutos depois era carregado por alguém. A vista alcançava o portão da casa da tia, que ia se distanciando à medida que o barulho da hélice do helicóptero ficava próximo. Foi colocado no chão da aeronave e assim que tomou consciência da situação começou a dizer para o policial que não queria morrer. Quando o helicóptero alçou voo, a cabeça de João Pedro pendeu para o lado e ele pôde ver do alto a comunidade em que morava e pretendia ajudar com suas ideias.

"Como o bairro é pequeno aqui de cima"

Lembrou que sempre quis andar de helicóptero, mas não naquelas circunstâncias.

No exato momento em que o helicóptero pousava, a essência do menino que queria ser advogado, alçava voo. Já não era mais João Ricardo deitado ali no chão da aeronave.

* O final você já sabe! É um instrumento de denúncia e de militância literária do escritor Sacolinha. Vem para divulgar a violência cometida, principalmente pelo estado, contra um povo que só quer viver. Deixem-nos viver!

SACOLINHA (ADEMIRO ALVES DE SOUSA) é formado em Letras pela Universidade de Mogi das Cruzes (UMC). É escritor, autor de romances, livros de contos e crônicas. Em sua trajetória já esteve em programas de televisão como Programa do Jô (TV Globo), Provocações, Metrópolis e Manos e Minas (TV Cultura). Ganhou vários prêmios por seus livros e seus projetos. Desenvolve ainda uma palestra por semana nas escolas públicas do estado de São Paulo. Atualmente realiza o projeto "Literatura e Paisagismo – Revitalizando a Quebrada", que tem por objetivo a intervenção em espaços públicos com literatura, grafite e plantio de árvores.

Luisa e a descoberta do amor
Silvia Lobo

Luisa tem doze anos e não acredita mais nas histórias de Papai Noel, de Coelhinho da Páscoa, nem na Fada do Dente. Cresceu e percebeu que os presentes debaixo da arvore colorida e os chocolates escondidos que encontrava quando seguia as marcas das patinhas e os pedidos atendidos quando ficava banguela, chegavam até ela magicamente pelo amor de Papai e Mamãe. Agora as histórias que gosta de ler e ouvir são outras. Tem prazer em acompanhar o encontro dos príncipes e princesas que se apaixonam, das meninas espertas que frequentam as escolas de magia e de outras que sabem usar o arco e a flecha tão bem quanto os meninos. Aprecia também as histórias dos heróis que voam, que se esticam como borracha, ficam invisíveis, lutam com coragem e quando fazem tudo isso a levam junto com eles. Luisa sente que voa, se estica, fica invisível e não tem medo de nada. Ainda gosta das histórias de verdade com meninos e meninas que não são heróis, não tem poderes, tem amigos com quem brigam, fazem as pazes, por vezes sentem medo, por vezes são corajosos. E ao viverem tudo isso se parecem com ela.

Luisa tem um desejo secreto de ficar grande, ter sua própria casa, seu dinheiro e seus pais e todos de quem gosta por perto, sem esquecer Ming, a cadela chow-chow que vive com ela desde que era bem pequena.

Neste momento da vida, pouca coisa a entristece. Não tem irmãos, mas tem amigos e amigas; seu cabelo não é o mais comprido entre as meninas, mas tem cachinhos e brilha muito quando o sol bate; também não é a mais sabida da classe, mas adora ir para a escola, descobrir o que não sabe e quase sem esforço fazer as provas mensais e ver nelas escrito parabéns!, quando as recebe corrigidas. Há apenas uma única coisa que a entristece: papai e mamãe quase nunca estão juntos, e no pouco tempo que em casa se encontram pouco conversam, não riem, parecem sempre tristes. Papai faz suas coisas, mamãe as dela, como se tivessem duas vidas separadas, todo o tempo se preocupam com o trabalho e, com frequência, se queixam de cansaço. E sempre, quando os vê juntos, conversando, o assunto é ela.

Luisa não gosta de vê-los assim tão longe um do outro, já tentou muitas vezes aproximá-los pedindo para saírem juntos, fazendo graça e até mesmo chorando, mas percebe que não tem esse poder de mudar o que sentem um pelo outro ou o modo como levam a vida. Tem certeza de que tanto mamãe, quanto papai, gostam muito dela, mas não sabe se eles se gostam.

Luisa pensa que adultos também deveriam brincar, ficar à toa, falar errado, ter preguiça, perder a hora, comer doce e tomar sorvete antes das refeições e, às vezes, só às vezes, dormir sem escovar os dentes, sem tomar banho, ou pôr pijama. Por isso, guarda outro segredo: vai tentar ficar grande de outro jeito, mais divertido. E ainda que não saiba se vai conseguir, vai tentar.

Lembra, porém, que já foi diferente. Quando era pequena, ao viajarem e ao prepararem os aniversários; recorda a alegria com que mamãe e ela esperavam papai voltar do trabalho e a graça que achavam quando era mamãe a chegar mais tarde e papai com ela se escondiam, deixando pistas para que fossem achados. Riam juntos e os dias iam passando assim. Tudo parecia muito seguro. Luisa se pergunta em que momento a vida dentro de casa foi ficando diferente e como ela não percebeu.

Fica pensando quão bonita mamãe sempre foi, mesmo sem usar brinco, colar ou laço de fita. Mesmo quando ela não se arruma. Uma vez Luisa deu a ela uma caixinha de maquiagem que, por muito tempo, não foi aberta, mas mesmo sem enfeite, quando mamãe sorria, seus olhos tinham luz, seus cabelos – como os dela – tinham cachinhos e sempre quando chegava pertinho dela sentia neles um cheiro muito bom. Às vezes, sem saber como, quando longe pensava nela, sentia seu perfume e a saudade diminuía de tamanho, como se estivessem bem perto. Sem nenhuma dúvida, Luisa achava mamãe muito bonita, a mãe mais bonita de todas as outras mães que conhecia, mas também a mãe mais triste de todas elas.

Nas férias, sempre iam à praia. Sua vovó e vovô lá moravam e encontrá-los era muito bom. Papai não ia, ficava; dizia que não gostava do calor, do sol, da areia no corpo, do barulho do mar. Ele as levava até a estação do ônibus e na volta as buscava. Apesar da saudade que sentia dele, Luisa adorava essa viagem e sempre que lá estava não se aborrecia com nada. Encontrava muitos de sua idade; primos, meninos e meninas desconhecidas que fazia amizade e brincavam, brincavam muito.

Luisa também percebia que mamãe, na praia, com seus tios, perto de vovô e vovó, ficava alegre. Conversava, contava histórias, ouvia atenta o que lhe contavam e ria. Em algumas manhãs caminhava na praia de mãos dadas com vovô ou abraçada com vovó, em algumas noites saía com os irmãos para um clube próximo onde ouviam música e dançavam.

Na praia o tempo passava muito rápido e, quando se davam conta, as férias tinham chegado ao fim. Luisa ficava um pouco triste na despedida e também um pouco feliz, pois voltar para casa era chegar ao seu quarto, sonhar na sua cama, ir para a escola, encontrar seus amigos e, sobretudo, abraçar papai e contar para ele tudo o que tinha vivido.

Assim o tempo foi passando... Até que em uma das férias algo diferente aconteceu. Mamãe foi convidada para trabalhar como gerente em um restaurante bem bonito recém-inaugurado, e Luisa com os avós adoravam almoçar ou jantar lá de vez em quando. Viam mamãe contente indo de um lado a outro, falando com as pessoas, acompanhando o serviço e tomando conta de tudo. Uma noite, Luisa notou que mamãe, antes de sair, abriu a caixinha de maquiagem, que ela nem imaginava que ainda existia, e, pela primeira vez, passou batom, pintou os olhos e prendeu os cabelos com uma fita azul. Mamãe ficou ainda mais linda. Nem parecia a mesma, parecia sim uma artista da televisão ou do cinema. Luisa gostou de vê-la assim, mais vaidosa, mais jovem, mais viva.

Mamãe passou então a chegar cada vez mais tarde do restaurante e, às vezes, um de seus irmãos ia buscá-la, outras vezes, um amigo de tio Antônio a trazia para casa e entrava para conversar. Quando chegavam, quase sempre, todos da casa estavam acordados e Luisa sentava na roda, bem perto dela, e a ouvia contando as novidades do dia com as bochechas rosadas, e querendo saber como ela estava, o que tinha feito, pensado e o que tinha acontecido na casa com as pessoas, enquanto estivera fora no trabalho. Às vezes, cantarolava uma canção nova que tinha ouvido na seleção musical do restaurante, outras vezes, vovô na gaita lembrava as músicas de seu tempo. Muitas noites terminavam assim.

Luisa prestava atenção em tudo que via e se interessava em saber sobre tudo que se passava ao seu redor. Foi assim que, no correr dos dias, começou a notar que o amigo de tio Antônio, que muitas vezes acompanhava mamãe à noite até em casa, olhava muito para mamãe na roda de conversa, quando falava se dirigia a ela e quando mamãe falava prestava muita atenção no que ela dizia, ouvindo sério ou achando graça. Mamãe parecia gostar dessa atenção especial e retribuía sem exagero.

Havia noites em que alguns se cansavam antes e se recolhiam para dormir, Luisa resistia ao sono e acabava dormitando no sofá. Mamãe e o amigo de tio Antônio não cansavam, tinham muito a contar um ao outro e, com ele, mamãe ria, gesticulava animada de um jeito gracioso que Luisa nunca tinha visto antes. Este moço, sem que Luisa soubesse como, conhecia mais que ninguém do que mamãe gostava: as músicas, os livros, as comidas, as histórias da vida e foi por isso que um dia, quando iam embora, ao final das férias, ele deu a ela o presente mais sonhado: uma caixinha pequena fechada que ao se abrir soava uma linda música que acompanhava os movimentos de uma delicada bailarina. Mamãe sempre desejou ter uma caixinha de música como aquela, falara disso em casa, muitas vezes, mas sabe-se lá por quê, nem papai, nem Luisa, nem a própria mamãe, levaram a sério esse desejo.

Em casa, muitas vezes, Luisa ouvia o som da caixinha que se abria e ao ir na direção da música encontrava mamãe distraída, como se sonhasse. Quando se viam, sorriam, se abraçavam e juntas ficavam até a corda esgotar. Luisa pensava, nesses momentos, nas férias passadas, no mar, na areia da praia, nas reuniões em casa nos fins de semana. Nos tios animados. Nas conversas dos adultos. E mamãe, no que pensaria? Sentia saudades do amigo de tio Antônio, que lhe dera a caixinha de música e a fazia rir. Talvez fosse isso que nas histórias dos livros de que ainda gostava, aparecia com o nome de amor. Esse jeito de ficar feliz junto sem cansar, de ter vontade de ouvir e contar o que passa pela cabeça, de dar notícia em segredo daquilo que se viveu; esse jeito de sentir saudade, de se importar e conseguir adivinhar o que o outro gosta e quer. Luisa, no tempo que já tinha podido viver, conhecia um pouco desse amor, que aparecia no que sentia por papai, por mamãe, pelos avós, por alguns amigos e por Ming, sabia que tinha amor guardado para amar muito mais e ainda tinha nela muito amor para aprender. Foi num desses momentos que Luisa entendeu que o que percebia entre papai e mamãe não era amor. Eles se queriam bem, mas não mais se amavam. E foi por isso que Luisa ouviu sem susto, quando, um tempo depois, em plena pandemia, mamãe muito séria, segurando apertado suas mãos e olhando bem dentro de seus olhos, lhe disse que estava indo embora. Conta que pensou bastante antes de decidir e ainda que a ame e se entristeça ao se afastar, ficaria ainda mais triste se não tentasse outro jeito de viver, diferente do que vive agora. Conta que vai morar na praia das férias, em uma casa pequena, que já tem trabalho arranjado por lá. É sua chance de sentir-se melhor, de ter amizades, de fazer planos, de viver melhor e mais feliz. Mas avisa que Luisa cabe nesta nova vida dela, e ela, Luisa, pode escolher se quer ir ou ficar, se prefere ir de vez em quando, ou mesmo se quiser, poderá se dividir entre a casa da mãe na praia e a do pai, na cidade.

    Luisa entendeu o que Mamãe dizia e entendeu o que ficou guardado, sem dizer. Poderia ir com mamãe, a praia era legal, mas tinha a escola, os amigos, Ming já velhinha e, sobretudo, tinha papai. Resolveu ficar, pois, como mamãe, ela também tinha direito a sua própria vida, por mais que sentisse saudade. Nas férias, poderia encontrá-la na praia. Se a saudade apertasse muito, passaria com a mãe um fim de semana, feriados. Além do mais, mamãe agora estava feliz, não precisaria mais dela tanto por perto. E papai? Papai podia contar com ela. Agora faltava ele também encontrar a felicidade. Teria agora seu próprio caminho a buscar. E ela estaria por perto, para ajudá-lo, caso precisasse. Chegaria também para ele o tempo de escolher outra vida na qual pudesse sorrir mais. Só ou acompanhado, mas isso seria escolha dele.

    (Texto concebido a partir do conto *Tchau* de Ligia Bojunga)

SILVIA LOBO é psicanalista, socióloga e docente da Sociedade Brasileira de Psicanálise de São Paulo, membro do Espaço Potencial Winnicott, autora de diversos artigos e publicações em revistas especializadas; em 2016 publicou em coautoria com Cris Bassi (uma de suas pacientes) o livro *A paciente, a analista e o dr. Green: uma aventura psicanalítica*, finalista do Prêmio Jabuti. Em 2018 publicou pelo selo Pasavento (Editora Reformatório) o livro *Mães que fazem mal*.

Por enquanto ainda não

Suzana Montoro

Seria impossível prever os rumos que a viagem tomaria. Renata atravessou a pequena rampa de acesso ao barco engolindo a ansiedade, vida nova aqui vou eu, e ao escolher o pé de apoio para pisar no convés, desequilibrou-se. Não era supersticiosa, mas as palavras do ex no último encontro, "entre com o pé direito em seu sonho", ecoaram em suas lembranças. Logo à frente, um senhor esguio de cabelos brancos bem curtos serviu-lhe de anteparo e ela sentiu a tensão do corpo ao ser tocado. Ah, turista inglês, farei com ele a primeira entrevista, inaugurando assim a carreira de jornalista na matéria sobre os glaciares da Patagônia chilena. A mala era pequena, poucas roupas, um casaco reforçado para o frio, o *notebook* e dois livros – não gostava de ler no formato digital, o anacronismo que combinava com sua rebeldia. O último cigarro tinha sido fumado momentos antes, o vício deixado para trás junto com a estabilidade do emprego de bancária, a mesmice tépida da rotina e a sensação de clausura numa cidade de milhões de habitantes cercada de prédios, entroncamentos e semáforos quase sempre no vermelho, além das chuvas de verão torrenciais. No barco, cerca de 150 pessoas: a excursão da terceira idade, um grupo de vendedores farmacêuticos premiados com a viagem, alguns chilenos e argentinos avulsos, os casais de europeus aposentados e a excitação ruidosa da partida, além da pontada de nostalgia que sentiu quando começou o movimento ondulante de separação do cais. O dia estava claro, o céu muito azul, com certeza as águas de março não alcançam essas lonjuras, e ela se abriu ao futuro de cronista de viagens com a altivez da adolescente que já não era. Este seria o ano da virada.

No jantar de boas-vindas receberam as instruções de praxe sobre trajeto, horários, segurança a bordo, informações que ela ia anotando no moleskine preto. Também tenho um destes que uso pra desenhar, era o homem sentado à direita, Felipe, que estendeu a mão e em seguida apresentou a companheira, Carmem. Chileno, reconheceu o sotaque e lembrou-se de Miguel, os mesmos cabelos desalinhados e a barba por fazer, poderia estar ali junto com ela não fosse o pessimismo atávico e o desejo de permanecer em segurança num mundo estreito e confortável. Repetiu seu gesto peculiar de mão, afastando o pensamento incômodo como se afastasse um mosquito da face. *Hola*, respondeu ao casal, sem saber que deste momento em diante estariam sempre juntos em todas as refeições durante o tempo que durasse a viagem.

Na primeira noite, o suave balanço do barco dava a sensação de estar deitada num colchão de água, era a experiência que buscava ao abandonar a vida passada e tudo o que a imobilizava na fixidez do cotidiano. O movimento das águas, a ausência de terra firme sob os pés e a zona de convergência das placas tectônicas se encaixavam no destino ondulante que desejava. Tenho direito de ir atrás dos meus sonhos, foi a resposta dada a Miguel no último encontro e o mantra que repetia diariamente para assegurar-se de suas escolhas. Através das cortinas entreabertas da cabine, olhou a imensidão de noite marítima onde o céu parecia maior e mais intenso.

A navegação ia tranquila em direção ao Sul, a paisagem tornando-se mais azul e gelada e os espaços comuns do barco sendo ocupados de acordo com as simpatias e os interesses. Os grupos pouco se misturavam e Renata, que andava solta por todos os lados registrando impressões no moleskine e na câmera dependurada no pescoço, acabou se aproximando dos chilenos e argentinos avulsos, embora continuasse preservando a condição de estrangeira e a liberdade de ir e vir. Assistia a tudo sem fazer parte de nada e sentia-se quase como os europeus, que guardavam uma distância cautelosa à movimentação de todos, não fosse o sangue latino e o desejo imperativo de expandir horizontes. Gostava do inglês esguio, os gestos contidos, sua presença silenciosa. Foi próxima a ele que se sentou na proa de manhãzinha quando o barco se aproximou do primeiro glaciar e eles, os únicos passageiros acordados, avistaram na brancura densa da aurora aquela parede vertical boiando imponente no meio do nada e tingindo a atmosfera da cor azulada e fluorescente das moléculas de água cristalizadas. Os dois se olharam, suspensos diante do assombro. Comovida, quis partilhar a sensação de abismo, mas em vez disso abriu a câmera e o momento dilui-se entre os cliques da máquina e o movimento da tripulação trocando de turno. Quando terminou as fotos, o inglês não estava mais lá. Enfiou as mãos nos bolsos, relaxou a cabeça no encosto da cadeira e deixou-se ficar, aquecida pela sensação de grandeza e solidão.

Depois desta manhã o barco permaneceu alguns dias perto do glaciar. Não estavam tão ao Sul, o glaciar não era dos maiores, mas, ainda assim, enorme. Era comum os grupos ficarem na amurada admirando a paisagem, excitados e alegres, até que o frio os forçava a se abrigar e aí restavam apenas ela e o inglês lado a lado, ela tomava notas, o inglês lia livros de bolso. Felipe se juntou a eles e, depois de algumas tentativas de conversa ficou também em silêncio com seus desenhos. Durante as refeições, enquanto ela transitava pelas mesas colhendo relatos e depoimentos, Felipe ia fazendo caricaturas de quem pedisse e Carmem, fluente no inglês, servia de tradutora intérprete e lhe dava uma tragada vez ou outra. Os três formavam uma espécie de família e ela se sentia abrigada por essa camaradagem descompromissada e a estabilidade flutuante das águas sob o céu imenso.

E foi num momento de harmonia depois de jantar que o comandante avisou que entrariam numa zona de forte turbulência e, caso o barco jogasse demais, comprimidos contra enjoo seriam distribuídos, sendo recomendável permanecer dentro da cabine. Instrução para os idosos ou mais sensíveis, ela pensou, sem dar importância à mudança das condições de navegação. Naquela noite custou para pegar no sono, mas a agitação das águas só começou a ser notada a partir do dia seguinte quando foi ao convés e encontrou o inglês sentado, o livro fechado no colo, o olhar fixo para um ponto à frente. Sentou-se ao lado, tentou fotografar a paisagem cinza, mas o movimento um pouco mais intenso do mar impedia que sustentasse a câmera ou enxergasse qualquer coisa a um palmo de distância. Lembrou-se de Miguel, para ele qualquer lugar fora de casa era desconfortável, e voltou à cabine, tomou os tais comprimidos contra enjoo e ficou sentada na cama, olhando, ela também, para um ponto fixo da parede.

As condições do tempo pioraram bastante, a tempestade ficou mais intensa, o barco jogava tanto que ninguém pôde sair da própria cabine por dias. Ela ainda tentou se aventurar, mas teve dificuldade em manter-se ereta, os pés pareciam grudados no chão e mesmo arrastando-os, o corpo se desequilibrava como se lhe faltasse um centro de gravidade. Ficou isolada em seu quarto sem saber que vivia coletivamente um tempo de recolhimento. Quando o barco parecia ter vencido a travessia da zona turbulenta, ela saiu ao convés e viu o outro glaciar, este sim titânico, quilômetros de geleiras imponentes que crepitavam quando fragmentos se soltavam e caíam azulados na lâmina espelhada da água. As dimensões do barco pareciam reduzidas diante da geleira colossal. De um lado, a tempestade atravessada e do outro, aquela extensa barreira impossível de contornar. Apesar de cercada de passageiros e tripulantes, ela conheceu a sensação incômoda da solidão acompanhada, olhou em volta em busca de referência, Carmem e Felipe se aproximaram, o inglês também chegou perto, um momento fugaz que acendeu a lembrança da casa e da luminosidade do quarto ao amanhecer, podia escutar Miguel arrastando os pés com suavidade em direção à sala, as primeiras buzinas e freadas dos automóveis na rua e antes que pudesse se afogar num passado que parecia a anos-luz de distância, colocou a câmera a postos e foi clicando geleira, barco, pessoas enquanto dentro dela, sem que se desse conta, um outro mar entrava em turbulência.

A partir desse dia a paisagem se transformou. Ao longe via-se o temporal que impedia o caminho de volta, nuvens negras pairando um pouco acima do horizonte sem se moverem, e diante deles a parede de gelo que parecia determinar o fim da travessia. O ar denso da umidade deixava tudo mais lento e pesado. A tempestade não se dissipava e o barco não tinha opção, apenas aguardar a mudança do tempo e assistir ao enorme glaciar se desfazendo a conta-gotas frente aos olhos apertados da tripulação tentando avistar indícios de melhora, e ao cansaço dos passageiros que afundava qualquer possibilidade de renovação. Era um tempo que existia sem existir. Diante do imponderável, só restava aguardar. O cenário da enorme geleira tornou-se o comum dos dias e a rotina foi para alguns a âncora para manter a sanidade e, para outros, a corda enrolada no pescoço que ia sufocando na proporção crescente da angústia. A excursão de idosos e alguns casais europeus não saíram mais da cabine nem mesmo para as refeições, e o grupo de vendedores, antes tão festivo e barulhento, agora se reunia de modo formal e comedido, receoso de que um movimento brusco pudesse provocar desastre maior.

Renata escreveu e reescreveu várias vezes a matéria jornalística, leu os dois livros que tinha levado, sentou diariamente ao lado do inglês, passeou por todos os lados com Felipe e Carmem, até que se sentiu esvaziada e chegou ao limite de si mesma, como se encontrasse dentro dela a enorme geleira que impedia novos caminhos e possibilidades além e acima da própria turbulência. O inglês se refugiava em seu silêncio insular e o casal chileno mantinha uma intimidade da qual ela não fazia parte. A instabilidade flutuante das águas, antes tão desejada, tornou-se descabida como aquela montanha de gelo suspensa no oceano ou a profundidade descontínua das placas tectônicas. Desejou voltar à cidade dos milhões de habitantes com seus semáforos e cruzamentos, encontrar o companheiro depois de um dia de trabalho, viver a concretude morna e protegida do cotidiano. Cansou-se da imensidão do ar marinho e da falsa amplitude de horizonte.

Não mais moleskine, livros, câmera, o projeto da vida à mercê dos quatro ventos, tudo se desmoronando ao som dos estalidos da geleira e da solidão que a imobilizavam num presente onde não vivia. Carmem, além dos cigarros, emprestou um livro a ela, *Cem anos de solidão*, que Renata leu e releu sem conseguir passar do ponto em que um dos personagens decide esperar que a chuva termine para retornar a casa, ela mesma aguardando a volta a sua vida por um tempo que parece aos olhos de todos mais longo do que os quatro anos, onze meses e dois dias de chuva em Macondo e mais avassalador do que o choque causado pelo encontro de placas tectônicas nas profundezas, dando a impressão de que um dia tudo desaparecerá. Mas por enquanto ainda não.

Suzana Montoro nasceu na cidade de São Paulo, é escritora e psicóloga. Tem vários livros publicados, entre eles *Os hungareses*, vencedor do Prêmio São Paulo de Literatura, *Nem eu nem outro*, finalista do Prêmio Jabuti. Seu livro mais recente é o volume de contos *Travessias* (Editora Reformatório, 2020).

Berlim: sol e pedra

Tomas Rosenfeld

Em uma tarde de inverno em Berlim, olho feliz para os raios de sol entre os galhos secos das árvores. Se observados individualmente, os ramos finos e tortos, apontando para direções pouco cartesianas, e lembram, em uma associação herdada dos contos infantis dos países frios, dedos e narizes de bruxa. Bastam, contudo, meia dúzia de árvores para que o emaranhado perca qualquer significado singular e se transforme em um complexo jogo de luz e sombra formado por milhares de pequenos triângulos, quadrados e outros intricados polígonos.

No outono, temos a diversidade das folhas, cada uma se tornando amarela em seu próprio ritmo, secando em tons alaranjados, em um colorido que vai aos poucos deixando de cobrir o horizonte para tomar as calçadas. Na primavera, a força da natureza em que se recompõem, as flores e frutos. No mais, tudo parece estático. Os solstícios inclinam impetuosamente a vida para um lado – no verão, os dias quentes e longos; no inverno, breves e escuros.

Em meio a uma sucessão de semanas úmidas e cinzentas, o fio de sol naquele último dia de dezembro preencheu-me de esperança. Como se a luz externa pudesse penetrar as camadas de pele, gordura e músculo que me dão forma e entrassem no vácuo esquecido de um corpo. Foi impossível não sorrir diante do sol no inverno em Berlim.

Caminho alegre por alguns segundos, os olhos fixos no horizonte, absorvendo a luminosidade entre os galhos secos. Em uma sucessão de movimentos que me acompanham ao longo da vida, coloco as mãos no bolso, empurrando para o lado o celular, procuro ajeitar a coluna e olho para baixo para enxergar o caminho. Neste instante, meus olhos cruzam com um pequeno objeto que suga minha alegria. Como um balão de ar tocado por um alfinete, os músculos do rosto abandonam suas contrações risonhas e murcham. Uma Stolperstein, uma pedra do tropeço, derruba a exultação.

As pedras foram instaladas por um artista plástico alemão e lembram qualquer pessoa perseguida ou assassinada pelo regime nazista: judeus, Roma (conhecidos como ciganos), Testemunhas de Jeová, homossexuais, pessoas com deficiência mental e física, perseguidos políticos e indivíduos tidos como "associais", como sem-teto e prostitutas.

As pedras lembram onde as pessoas viveram. Elas são instaladas no último lugar em que indivíduos e famílias escolheram livremente habitar, lembrando um tempo em que ainda havia escolha para elas. A maioria das peças tem inscrita sobre uma camada fina de metal a frase *hier wohnte*, aqui viveu. Quando a rua onde as vítimas moraram deixou de existir, surgem exceções para outros espaços da vida livre, com frases como: aqui estudou, aqui ensinou, aqui trabalhou.

Assim como o ano de 2020, Berlim nos faz olhar para cima e para baixo, em um incessante e cansativo movimento. Esperança e pavor, sol e pedra, luz e escuridão. Uma alternância cotidiana em uma calçada qualquer no inverno em Berlim.

Tomas Rosenfeld nasceu em São Paulo, em 1986. Atualmente vive em Portugal. Formado em Relações Internacionais pela USP, desde 2009 trabalha com temas ligados à inovação social. É autor dos romances *Para não dizer que não falei das flores* (7 Letras, 2014), livro finalista do Prêmio São Paulo de Literatura, e *vão livre* (Reformatório, 2019).

xxvi
Whisner Fraga

a

pra casa, respondi. ele mirou a mochila embutida em meus ombros e mencionou novamente a importância de irmos, era preciso lotar as ruas, incendiar o abc, (assim a polícia não teria coragem de levar o homem), os companheiros deviam isso ao país: esse negócio de confronto, de violência, é notícia plantada pela direita,

era o nosso partido, porra.

o outro se aproximou, mãos apalpando os bolsos da calça, virando o rosto primeiro para a mesa, depois para as meninas hipnotizadas pelas luzes das telas dos computadores, finalmente para mim, e eu repeti, pra casa, e a pose de dilma rousseff no quadro que permanecia ali como birra, como uma espécie de resistência inútil, aquela altivez censurava minha decisão, pra casa, confirmei uma terceira vez:

era comum alguém faltar a uma manifestação, mas eu?, coisa inédita.

ainda tentaram uma derradeira abordagem, me recriminaram, como se aquela ausência riscasse da memória deles minha história de militância, já que aquele era o momento, era ali a história, e fiquei imaginando quanto tempo esperariam lá, diante dos portões do sindicato dos metalúrgicos, e o outro falou que a polícia federal estava a caminho, e tive a impressão de que eles queriam mesmo era tentar filmar algo, uma despedida, se dessem sorte, um abraço, se encontrassem algum conhecido na organização, e o termo midiático me pareceu um pouco mais adequado a isso do que ao que achavam que o novo governo faria.

eu queria ter dito não vai ter golpe, uma quina de boca conspirando um desânimo, mas eles já tinham saído rumo ao carro que os esperava diante da escada de emergência.

dilma rousseff. vilma, arrisca o catador de recicláveis em um programa de televisão, reproduzido no youtube, um sorriso despetalado, procurando a esmo a palavra desertora, uma palavra que justifique a alegria debaixo da impiedade do meio-dia, os braços calvos gesticulando o nada, a exumação de uma esperança prematura, e essa palavra, helena, era casa, nem ele pode explicar como foi possível, mas tinha uma casa, e cada um suponha onde e de que tamanho, mas há aquele rosto marulhoso, afogado em tremores, a garganta retinindo a sede do trabalho, vilma, ele reitera, como se ligasse a essa desconhecida a fatalidade de uma escritura, é dono de algo, a mão na cintura, depois os braços cruzados nas costas, a cabeça baixa, todos esses indícios atraiçoam o desejo de posse, e eu iço o semblante até o quadro de dilma, o tailleur bege e a simetria arranhada por uma faixa presidencial deixando entrever um ângulo da gola direita, as cinturas das colunas do palácio da alvorada se espaçando de um jeito desigual, o resto de concreto atraiçoando a mulher, como se fosse um chifre ou então uma estaca empalando o semblante de monalisa.

havia um desalinho, helena, um pano com vincos disformes, e o pescoço desproporcional, sem um colar que o enrodilhe, que o deixe menos senil, havia o batom sóbrio dentro de um sorriso miserável e, hoje, afirmo: sofrido, porque escrevo de um outro tempo e sei de alguns fatos, é claro, ou de suposições lidas em matérias de revistas de esquerda, sei de vascular os links de reportagens de pequenos e grandes jornais, sei de ser um espectador que não acredita em todas as notícias, que desconfia, mas não tem saída a não ser filtrar as pistas lançadas por jornalistas, cada qual com seu interesse, cada qual com seu financiamento, seu salário, além de todas as insuficiências camufladas em dúvidas de praxe, afinal não era ali, na coletiva, que a política acontecia, era sempre em lugares mais reservados, aos quais, em geral, um jornalista não tinha acesso,

dependíamos de um dedo-duro, de um traidor, de um bêbado pinçado na sorte da madrugada, de um vendido, às vezes; resumindo: de uma "fonte" sigilosa. porque algum dia a verdade dependerá dela, a verdade se ajoelhará sussurrando: foi golpe, foi golpe e, helena, por enquanto era a deselegância e a satisfação de ir para casa, de deixar que os outros se defendessem um pouco.

a foto emoldurada estava em cima de uma caixa de troféus, um deles, de um campeonato de rúgbi no espírito santo, outro de um torneio de tênis de mesa, eu já havia verificado, de eventualmente ficar desvairando qualquer passatempo nas homenagens quase diluídas nos lugares-comuns dos termos, nos relevos do metal barato, dilma se equilibrava entre duas abas de papelão, apoiando-se no drywall, a poeira alojada no vidro, abrandando as marcas no rosto, e um furo entre o amarelo e o verde, helena, certamente uma traça que se infiltrara em tanto papel e talvez morrera cavoucando a transparência, talvez recuara, escapando dali para outros destroços, não importa, e o buraco para mim remetia a alguma violência, um tiro de calibre ínfimo, talvez em escala reduzida, e às vezes tinha vontade de rabiscar um sangue, dar algum sentido à faixa carcomida, mas desistia diante da voz esganiçada reclamando de alguma incompetência, das palavras autoritárias de quem se arrogava um dos fundadores do partido dos trabalhadores.

lívia hasteou as retinas, guarnecidas por cílios copiosos, por sombras azuis a atrair cada vez mais filiados, o queixo encastoado na mão, e esse desviar de foco durou alguns segundos e logo retornou à ociosidade, eu expeli um tchau, rapidamente retribuído com um suspiro, me virei e percebi o prédio deserto, a menos de uma ou outra alma aproveitando a internet rápida para baixar pornografia ou música, a menos de um ou outro empregado disposto a mostrar serviço, mal sabendo que não há competência suficiente para uma promoção ali, tudo era mimetismo, era uma minibrasília a resolver tudo nos bares, nas pizzarias da vizinhança, nos puteiros da vila formosa, helena, e eu me desviava desses destinos, acostumado a confraternizar apenas com os poucos amigos ou, de modo mais frequente, com a família,

fiz uma conexão na caverna: isso estava se tornando rotineiro,

uma gargalhada reverbera pelo corredor do antigo depósito,

faltam alguns metros até o departamento jurídico, dito a senha: in dubio pro réu,

através do vidro testemunho rafael fechando a gaveta, escondendo uma garrafa de qualquer coisa alcoólica, mas não é um gesto apressado, de quem teme um flagra, é um movimento natural, experiente,

ele aponta para uma cadeira e dois copos cheios nos aguardam, pergunto o que é desta vez e ele responde: descobre, e atraco a borda fria ao lábio inferior, uma negligência adocicada se esparrama pela garganta, ele vira o monitor e convida, você tem de ver, e aparece alguém imitando um personagem antigo de chico anísio: qual é a graça de alguém imitar um personagem antigo de chico anísio, mesmo que essa imitação seja perfeita, é a imitação de uma imitação, e me recordo dos versos de fernando pessoa, mas seria ainda mais patético se eu recitasse os versos de fernando pessoa, porque rafael odeia poesia, odeia arte, para resumir o problema, a não ser pelos paralamas do sucesso ou por um jantar na associação dos oficiais da polícia militar do estado de são paulo ou pela viagem anual a nova iorque, para trocar o iphone por um modelo mais recente,

isso aqui é arte, ele ironiza, ostentando um iphone sei lá qual geração, no pulso um relógio ou algum artefato análogo trocando dados e outras mixarias com o smartphone, e ele me alerta sobre estes mecanismos de mil façanhas, como se fosse um vendedor tentando me convencer da mediocridade de meu aparelho e da necessidade de outro moderno, inovador,

eu mereço, eu levo isso aqui nas costas, eu, o departamento jurídico de um homem só, enfatiza,

antes de pedir a segunda dose do que achava ser um licor (era um whisky com mel ou de mel, não sei bem, adquirido em algum duty free, revelou mais tarde), antes de ganhar a segunda dose, a tela já exibe uma multidão ao vivo e rafael tritura meia dezena de tiras de batatas fritas enquanto cospe um chavão adaptado de algum debate político entreouvido durante o trajeto do metrô: o nove dedos ser preso é a maior piada desse país, isso sim,

piada pronta é um advogado de direita trabalhando num sindicato, isso sim, retruco, um tom nublado de ironia e ao mesmo tempo ríspido, afiado,

ele destampa a garrafa, emborca o gargalo no copo e o rangido daqueles vidros em contato aviva alguma lembrança e rafael contra-ataca: piada é o fim do imposto sindical, isso sim,

naquele momento ele devia compreender que era uma pena isso ter sido aprovado, era uma merda trabalhadores odiarem uma organização criada, *a priori*, para protegê-los, era uma tragédia viver em um país que legisla sobre instituições originadas no chão de fábrica, mas pior ainda era testemunhar um representante jurídico desdenhando o próprio ganha-pão, um doutor, como prefere ser chamado, ignorando o arcabouço legal e suas implicações nos processos que defendia,

não, o pior, helena, o pior mesmo, era a manada reclamando que o sindicato era um antro de roubalheira e não aceitavam ceder a suada porcentagem de seus salários, mesmo que essa suada porcentagem representasse, para cada um, ao final do dia ou do ano, uma ninharia, um almoço em um self service, um quarto de tanque para alimentar as arcaicas bestas de quadro rodas, algumas recargas no pré-pago, com direito a um bônus limitado de dados,

o pior, helena, era que não mexiam um milímetro de suas comodidades para ajudar, para combater essa suposta corrupção generalizada, ao contrário, aperfeiçoaram-se nos preceitos da crítica, conheciam profundamente os meandros da desaprovação, helena, bradada entre os dentes, ao lado do ovo desentalado de uma marmita de cinco horas ou mais,

e ainda assim conseguíamos resolver algumas pendengas, normalmente relacionadas a liminares, recursos, suspensões, sentenças e outras trivialidades jurídicas, embora o nosso carro-chefe, helena, fosse o plano de saúde: não entendíamos como, não havia histórico: o valor que nossos sindicalizados desembolsavam por um intrincado sistema de hospitais, laboratórios, clínicas e procedimentos era ridículo,

é claro que todo aquele obscurantismo era compensado pelas doses e pela didática de uma outra visão quase oposta a tudo que eu defendia desde a adolescência, desde os caras-pintadas e o embrião de uma liberdade manipulada na pós-ditadura, um experimento complexo que culminaria na mamadeira de piroca, no kit-gay, em adélio bispo abraçando lula, na legalização da pedofilia e em outras barbaridades gourmetizadas em banners de péssima qualidade, distribuídos com voracidade em redes de whatsapp, sem a intervenção de qualquer poder da república, mais: sob os aplausos e incentivos governamentais, sob o indecifrável sistema de suporte a todo tipo de corrupção,

não havia desmentido nem comunicado oficial para dar conta da violência dessas pós-verdades, helena,

e eu tentava desvendar, numa conversa de vinte ou trinta minutos diários, os motivos que levaram rafael a ser contratado por um petista de carteirinha, ou buscava apenas os vídeos, as impertinências, as novidades, o tempo perdido mesmo, o abatimento, antes de encarar os trinta minutos no ponto de ônibus, já que nunca me organizei o bastante para anotar os horários em que passavam pela cruzeiro do sul,

o 146-d aflora na esquina, a fila se posiciona em frente à placa de itinerários, mulheres, gays, homens, recorrem a um último espasmo de tolerância e instituem o confuso desafio da ordem, e desconfio daquele sistema improvisado, um traquejo renascente alertando para o estorvo de um imprevisto: a lotação apinhada de trabalhadores abatidos, presos até mais tarde em infindas atividades, maltratados pelas vibrações de incalculáveis maquinismos, sem perspectiva a não ser alcançar o mais cedo possível os lares, requentar a janta, a fome recrudescida, instintiva, era o expediente da sobrevivência: brutalizar os sentidos, transformando-os em impulso, a vontade proscrita, todos torcem para que haja uma urgência contorcendo a lógica, eles precisam do comando de avanço rápido para ensurdecer tanta submissão e, depois, quase orgulhosos, declararem que a vida é breve, sem se atinarem ao preço da hora, sem deduzirem, helena, que a fórmula da escravidão é simples: salário menos dívidas,

o motorista acelera a impaciência em ponto morto, enterra o pedal em uma fresta na lataria, recolhe, repete a ação, o pé em frenesi, como se a rabugice do motor fosse capaz de agilizar a entrada dos passageiros, como se um solavanco a mais auxiliasse o encaixe dos corpos naqueles poucos vãos, como se o urro cínico para o cobrador, a respiração truncada, os dedos desempenando o bigode, fossem sinais para arrefecer a pressa, o atraso, e tudo se resolvesse com raiva, afinal era a última volta e mais um pouco teria a cerveja, os pés estendidos sobre a mesa, a novela, a arroz feito na hora,

atraco a mão no balaústre, a cabeça descansa no braço estirado e, mal o cabelo sente o conforto do algodão, me sobressalto:

ao lado, a uns quatro ou cinco metros, um senhor espalma o abuso na cintura de uma mulher, o crime se esgueirando entre as brechas abandonadas por cansaços salpicados de suor e, pouco abaixo, o pau devasta o respeito, o pau se engalfinha no jeans alheio, o pau estrebucha um sêmen decadente, e, neste intervalo,

(o homem de boné acompanha o estupro,

a moça com brincos de flores se refugia nas músicas que fogem do fone, rumo ao ouvido,

o cobrador coça o nariz enquanto assiste ao que mais tarde definirá como "não sei de nada, não vi nada")

e o adolescente sentado saca uma toalha de rosto da mochila, entrega à mulher, que limpa o bolso, o cós, o vinco abaixo, empurra novamente o velho, encara o chão, as pessoas se acotovelam, se amontoam e um estreito corredor se abre e ela singra a vergonha até a porta, consegue descer e talvez tenha de caminhar trinta, quarenta minutos até alcançar a casa, onde permanecerá em silêncio sobre tudo, onde deixará a calça de molho, onde tomará um banho, esquentará a janta, enquanto se esforça para esquecer o que aconteceu, esperando um super-herói que a resgate daquela humilhação, na próxima vez, ou nem torça por mais nada a não ser regressar viva,

desembarco em frente ao trailer de comidas naturais, corto pelo posto de gasolina, uma sirene disputa a atenção com buzinas,

o cotidiano uivante denuncia o tédio abrandado pela pressa.

b

podiam ser coincidências, helena, podiam ser pistas ou não podiam ser nada, você decide,

o mau humor vincava aquele espaço sem nome entre as sobrancelhas, e eu me calava, helena, vinha me silenciando sobre tudo, refugiado no quarto da música, com o kindle, com iggy pop, com ana, com o facebook, com a cidade suplicando uma atenção que eu era incapaz de oferecer,

não conseguia me libertar do ano,

primeiro o *vírus chinês*, é o termo do século, helena, é nele que se incrustam e se alastram e se desenvolvem as legitimações, as agressões, os preconceitos, neste fim de década,

ali devíamos ter combatido,

desde dilma, desde a lava jato, desde o #elenão, desde lula, desde a ponte para o futuro, desde a garantia da lei e da ordem, desde 2018, helena, quando o conservadorismo se cansou do armário e se apropriou das ruas, devidamente vestido com a camisa da seleção brasileira, original, cintilante, diferentes 10 gravados nas costas: ronaldinho, kaká, neymar,

desde o ciúme do presidente com um microrganismo coroado, helena,

a notícia do ano é a economia, helena, a recuperação financeira, é o emprego versus gripezinha, a retomada (um ramo do realismo mágico por aqui), é o arrocho justificando a mordomia de poucos, enquanto milhares de mortos (sem qualquer figura de linguagem), milhares mesmo, helena, desafogam o sistema previdenciário, para deleite dos neoliberais, e já me perdoe a generalização, helena, mas a injustiça sempre foi meu gatilho, somos mesmo uma nação de maricas, helena, e daí, helena, e daí?, se só haverá vacina para o faísca, e daí?, vamos todos morrer um dia, helena, e daí?, sem histeria, somos um país de jogadores de futebol, temos inesgotáveis históricos de atletas, helena, e daí?, um viva aos químicos de whatsapp, vamos construir uma cidadania regada a hidroxicloroquina, a azitromicina, helena, e daí?, precisamos trabalhar para não quebrar este brasil de merda, e daí?,

não, helena, não é bem assim, o principal fato deste ano é gringo e atende por pray tell: eu ficaria horas dissertando sobre pose, sobre como a netflix reformulou isso que chamamos de isolamento e formatação cerebral, de como dividimos o tempo entre o home office e a smart tv, eu também me rendi, helena, nem foi o caso de vender meu tempo, mas de pagar para alguém furtá-lo de mim, é assim quando não temos mais o alívio dos engarrafamentos, quando, acuados dentro de algum coletivo, podemos, finalmente, escutar um disco inteiro do stooges, e daí?,

agora, helena, trancafiado, confiro as últimas postagens no facebook, no instagram, e descubro billy porter descarregando a impotência nas telas de oled de vinte e quatro ou trinta e seis prestações, helena, com apenas cinquenta e um anos billy porter arromba as casas deste surrealismo que é nosso cotidiano e nos puxa a orelha, helena, e daí?, billy porter tem apenas cinquenta e um e eu cinquenta, de modo que me restam apenas dez meses ou menos para tentar a salvação, para tentar um xeque-mate contra a vida, helena, mas de repente a verdade curetada me assombra com essa casca asséptica de enganos, a insólita necessidade de tudo que é inútil, e o meu tempo é barato, helena, meu tempo sufocado por sequências de incapacidades, essa impertinência proscrita, helena, é de graça, sirva-se à vontade,

e daí?, não adianta, helena, nada é páreo para a convicção, para a fé, para a mentira, para a conveniência, para o milagre e, por enquanto, estou cansado e só o controle remoto dará fim a tanto desânimo.

Whisner Fraga é mineiro de Ituiutaba, autor dos livros *As espirais de outubro*, romance, (Nankin, 2007), *Abismo poente*, contos, (Ficções, 2009), *O privilégio dos mortos*, romance, (Patuá, 2019), *O que devíamos ter feito*, contos, (Patuá, 2020), entre outros. Participou das antologias *Os cem menores contos brasileiros do século*, de Marcelino Freire e *Geração zero zero*, de Nelson de Oliveira. Teve contos traduzidos para o inglês, árabe e alemão.

Esta obra foi composta em Minion e impressa em papel Lux Cream 70g/m², para a Editora Reformatório em março de 2021. No dia 09/03/2021, data em que este livro seguiu para a gráfica, o Brasil chorava a morte de 266.398 pessoas. Poucos dias depois de o presidente da República, Jair Messias Bolsonaro, ter dito em rede nacional: "Chega de frescura e de mimimi. Vão ficar chorando até quando?"